KB231846

탐정 피트 모란

탐정 피트 모란

퍼시벌 와일드 지음 / 정태원 옮김

해문

차 례

미행

발신 : 뉴욕 주 사우스 킹스턴

　　　애크미 인터내셔널 탐정통신교육학교 주임경감

수신 : 코네티컷 주 서리. R. B. 맥레이 씨 댁내

　　　탐정 P. 모란

…… 지난번 레슨을 충분히 연구했다면, 어엿한 탐정에게 미
행이 가장 중요한 기능 중 하나란 걸 알았지요? 당신은 목표로
정한 인물을 잘 연구해야 합니다. 예를 들면, 이탈리아인 범죄
자가 다른 사람들과 얼마나 다른지를 이해하고 그 특징을 잘
알아야 합니다. 또 늘 인파에 섞이도록 수수하고 눈에 띄지 않
는 차림새를 배워 터득할 필요가 있습니다.

이 레슨을 모두 배웠다 싶으면, 친구나 친척 한 사람에게 미

리 허락을 얻은 뒤 미행하고, 어느 하룻밤 그 사람의 행동에 대해 완전한 기록을 남겨봅시다.

J. J. O'B

추신 : 사전을 사서, 나에게 편지를 쓸 때 2음절 이상의 단어를 쓸 경우엔 철자를 점검하시오. 일거리를 구할 때, 자주 등장하는 '지문' 같은 단어를 '짐운'처럼 써서는 도저히 일을 맡을 수 없을 겁니다.

J. J. O'B

발신 : 코네티컷 주 서리. R. B. 맥레이 씨 댁내
    탐정 P. 모란
수신 : 뉴욕 주 사우스 킹스턴
    애크미 인터내셔널 탐정통신교육학교 주임경감

예, 말씀하신 대로 철자를 점검하려고 사전을 샀고, 친척은 멀리 포터킷에 살기 때문에 미행할 수 없어서 이탈리아인을 미행했습니다. 그때 일어난 일은 다음과 같습니다.

이 마을에 사는 이탈리아인은 구둣방의 토니뿐인데, 쌍둥이를 빼고도 자식이 아홉이고, 밤에 외출하지 않습니다. 그래서 목요일 밤, 마침 휴일이기도 하고 사모님도 "피터, 쿠페를 타도

좋아요. 대신 휘발유를 20리터 이상 사용하면 안 돼요."라고 해서 토링턴으로 나가보았습니다.

운전기사 복장은 하지 않았습니다. 왜냐하면 제복은 수수하고 눈에 띄지 않는 복장이라고는 할 수 없으니까요.

토링턴까지 차로 가서 중앙광장을 달리자, 그곳에서 클리프 애덤스('클리포드'를 줄인 이름입니다)가 교통정리를 하고 있었습니다. 제가 "안녕, 클리프."라고 부르자, 그는 "안녕, 피터."라고 대답했고, 저는 골목으로 들어가 쿠페를 세웠습니다. 이상한 우연이지만 제가 쿠페를 세운 바로 뒤에 클리프 애덤스의 차가 있었는데, 거기는 업무 중 그가 주차해 두는 곳입니다. 클리프 애덤스의 차라고 알게 된 이유는, 하나는 그의 엄청 큰 고물차를 알고 있었기 때문이고, 다른 하나는 X-3이란 짧고 외우기 쉬운 번호인 까닭이죠. 코네티컷에서는 차를 가지면 이런 식으로 Z-1이라든가 D-2 또는 이니셜을 사용한 짧은 번호를 붙입니다. 그래서 클리프 애덤스의 차 번호판을 봤을 때, 그게 클리프 애덤스의 차라고 직감적으로 느낀 것입니다.

그다음에 저는 어슬렁어슬렁 걸으며 미행을 시작했습니다. 인파 속으로 섞여들 수 있었겠지만, 다만 그때는 사람들이 없었습니다. 그리고 한두 블록도 가지 않아 이탈리아인 두 사람이 이탈리아어로 이야기하는 것을 발견하고 뒷골목으로 몸을 숨기며 그들을 미행했습니다. 그들의 말소리는 잘 들렸지만 이탈리아어라 무슨 내용인지는 전혀 몰랐습니다. 두 사람은 금방 헤어졌고, 한 사람은 주차했던 곳, 이스트 메인 가로 돌아가 차를 타고 떠났는데 번호는 보지 못했습니다. 왜냐면 번호판을 보려고 생각했을 무렵엔 차는 이미 떠났기 때문이죠.

그래서 그가 다른 이탈리아인과 이탈리아어로 지껄이던 곳으로 돌아갔더니 그 남자는 보이지 않았습니다. 그러나 잠시 후 가게에서 나와 걷기 시작해서, 저는 프랭클린 가에서 계속 이스트 앨버트 가에 닿을 때까지 미행했고, 그런 다음 또 프랭클린 가를 따라 그 남자가 교외 부근으로 나올 때까지 800미터쯤 뒤쫓았습니다.

그러자 그가 눈치채고 달려서 저도 따라 달렸더니, 그가 멈춰 서서 말했습니다.

"왜 나를 쫓는 거요?"

그는 "와이(Why)?"가 아니라 "봐이(Vy)?"라고 했습니다.

저는 "상관의 명령이다."라며 드러그 스토어에서 산 배찌를 보였는데, 배찌에는 아래쪽에 'G맨(FBI의 수사관)' 위쪽에 '소년'이라고 쓰여 있었지만, 위쪽은 보여주지 않았습니다.

그가 힐끗 보더니 소리쳤습니다.

"젠장!"

제가 말했습니다.

"그걸 내놔."

"내놓으라니, 뭘?"

"말했잖아. 총 말이야."

그가 이상한 표정으로 저를 봤습니다.

"몰라, 총 같은 건 없어."

그래서 저는 몸수색을 했지만, 그의 말은 사실이었고, 주머니에서 나온 건 담배 몇백 개뿐이었습니다.

"이봐."

그가 두리번두리번 주위에 아무도 없는 걸 보고 말했습니다.

"이봐, 경관. 결말을 내지."

제가 물었습니다.

"무슨 뜻이야?"

"이런 뜻이야."

그가 악수를 청했는데 손바닥에 접힌 지폐 같은 게 느껴져, 제가 성냥을 켜서 보니 20달러짜리 지폐라, 얼마나 놀랐냐면 이쑤시개로 찔려도 푹 쓰러질 지경이었습니다.

"이걸로 됐지? 더 필요하면 언제 한 번 내게 와." 그가 말했습니다.

"어디로 가지?" 제가 물었습니다.

"가게로 돌아가지. 잠깐 산책하러 나왔을 뿐이야."

"괜찮다면 가게까지 미행하겠소. 레슨 4에 쓰여 있던 것처럼 멋진 연습이 되니까."

"그렇게 해."

그가 대답해서 저는 가게까지 미행했고, 그 뒤 저는 쿠페로 집에 왔는데 휘발유는 12리터도 쓰지 않았습니다.

그래서 다음 목요일 밤에 쉴 때 이탈리아인을 조금 더 미행하려고 합니다. 이탈리아인을 미행하는 건 재미있습니다.

발신 : 뉴욕 주 사우스 킹스턴

　　　애크미 인터내셔널 탐정통신교육학교 주임경감

수신 : 코네티컷 주 서리. R. B. 맥레이 씨 댁내

　　　탐정 P. 모란

충고하겠는데, '배찌'를 내보이는 건 문제의 원인이 됩니다. 그 남자가 범죄를 기도하고 있었다고 가정하면, 그에게 돈을 받는 순간 공범이 됩니다. 당신에게는 어떤 사람도 미행할 권리가 없습니다―친구나 친척을 빼고―그것도 본인의 양해를 얻은 경우뿐입니다. 당신은 아직 단순한 학생일 뿐, 어엿한 탐정이 아닙니다.

J. J. O'B

발신 : 코네티컷 주 서리. R. B. 맥레이 씨 댁내

　　　탐정 P. 모란

14

수신 : 뉴욕 주 사우스 킹스턴
애크미 인터내셔널 탐정통신교육학교 주임경감

예, 주인도 미친 듯이 화를 냈습니다.

애미니아 역에 6시 14분 기차로 도착하는 주인을 마중 나가 서였습니다.

"주인님, 곤란하게 됐습니다."

"피터, 이번엔 뭐야?" 주인이 질문 하셨습니다.

그래서 평소와 마찬가지로 몽땅 털어놓고, 주인을 옆에 태우고 국도 343호선을 타고 집으로 달리는 동안 당신의 편지에 쓰여 있던 것도 이야기했습니다.

"피터, 이건 심각해."

주인이 말하고, 언젠가 월 가에서 곰이 도망쳤다(시세가 떨어졌다는 표현의 잘못)고 했을 때처럼 턱을 쑥 내밀었습니다.

"예."

"피터, 오늘 밤 토링턴으로 가서 그 가게 주인과 얘기를 마무리 짓기 전에는 돌아오지 마."

제가 말했습니다.

"주인님, 죄송하지만 오늘 밤은 토링턴에 갈 수 없습니다."

"왜?"

"주인님과 사모님을 시먼스 가의 댄스모임에 모시고 가야 합

니다."

주인이 아까처럼 턱을 쑥 내밀고 말했습니다.

"피터, 오늘 밤은 운전기사 없이 어떻게든 하지. 스테이션왜
건을 내가 운전할 테니 자네는 쿠페로 가게."

"예."

"결말을 내고 와야 돼. 그렇지 않으면……."

저는 "그렇지 않으면……"이 무엇을 의미하는지 알기 때문
에, "예, 주인님. 결말을 내고 오겠습니다."라고 했습니다.

그래서 저는 다시 토링턴까지 운전하고, 클리프 애덤스가 있
는 곳을 지나며 "안녕, 클리프"라고 인사하자, 그도 "안녕, 피
터."라고 대답했습니다. 그리고 요전과 같은 장소, 이미 주차된
클리프 애덤스의 차 바로 앞에 쿠페를 세운 뒤, 가게가 보일
때까지 걸어가서 안으로 들어갔습니다.

저는 관찰 레슨을 기억하므로 관찰한 것을 여기에 적습니다.

그곳은 작은 가게로, 밖에는 '스포츠 용품, 궐련, 담배'라는
간판이 있고, 안에는 한쪽에 카운터가 있고, 다른 한쪽에는 선
반이 있었습니다. 안쪽으론 탁자와 의자가 몇 개 있고, 거기서
몇 사람이 딸기아이스크림 소다를 마신 흔적이 있었습니다. 무
엇을 마셨는지는 잔에 남은 것을 보고 츄리했습니다.

카운터에는 젊은 남자 한 명과 여자 두 명이 서 있었습니다.

카운터 안쪽에는 지난 목요일 미행했던 이탈리아인이 있었습

니다.

카운터 끝에는 다른 여자가 있었습니다.

즉 가게에는 남자 둘, 여자 셋이 있고, 저는 그들의 모습을 적습니다.

이탈리아인은 마흔다섯 살쯤으로 적당한 몸집에 중간 키였습니다.

젊은 남자는 열아홉 살 정도에 보통 몸집에 보통 키였습니다.

한 여자는 열여덟 살로 보이는 검은 머리였습니다.

또 다른 여자도 열여덟 살쯤으로 검은 머리였습니다.

카운터 끝에 있던 여자는 스물한 살쯤으로 화려한 금발이었습니다. 파란 눈에 속눈썹이 길고 치아는 가지런했습니다. 멋진 구두와 실크 스타킹을 신었는데, 그녀의 피부와 같은 색이어서 유심히 보지 않으면 스타킹이라고는 눈치채지 못하겠지요. 또 커다란 다이아몬드를 박아 넣은 팔찌를 차고 있었습니다. 한쪽 팔에 세 개, 다른 팔에는 네 개를 했습니다.

다른 손님들은 얘기를 하고 있었는데, 그 여자만 카운터에 기대서 고상하게 이를 쑤시고 있었습니다.

제가 들어갔을 때, 카운터 앞의 한 여자가 "리퍼, 리퍼, 리퍼를 주세요." 했습니다.

카운터 안쪽의 이탈리아인은 그 여자에게 담배를 몇 개 주었습니다. 그 여자가 원했던 건 리퍼 재킷(두꺼운 더블 재킷)인데도 이상하게 담배를 주는구나 싶어서 제가 쳐다보는데, 남자가 저를 보고는 여자에게서 담배를 확 낚아채며 "여긴 소프트드링크와 스포츠용품밖에 안 팔아."라고 한 뒤, 저에게 "안녕, 친구."라고 말을 걸었습니다.

저는 "안녕, 예쁜이."라고 했는데, 그건 화려한 금발 아가씨에게 말을 걸었기 때문입니다.

"대체 지금까지 어디에 있었어?"

그 여자는 기분 나쁜 눈으로 저를 봤고 이탈리아인이 그 여자의 팔을 잡고 말했습니다.

"안 돼, 메이블, 내 소중한 친구야. 상냥하게 대해." 그리고 저에게는 "이 아가씨는 분명히 자네를 소개받고 싶어 하는데, 자네가 아직 이름을 가르쳐 주지 않아서 못 하는 거야."라고 했습니다.

그래서 제가 피트 모란이라고 말하자, 그는 "메이블, 내 소중한 친구 피트야."라고 했습니다.

"아우구스트의 친구라면 누구라도 내 친구예요. 악수해요, 피트." 메이블이 말했습니다.

저는 그 여자와 악수하고 말했습니다.

"아우구스트, 할 얘기가 있어. 우리가 친구라는 건 진심으로 한 말이야?"

"진심이냐고? 당연히 우리는 친구지."

그가 두 여자와 젊은 남자에게 뭐라고 말하자, 그들은 가게에서 나가고, 그런 다음 지난번처럼 그가 악수를 청해왔는데 이번에는 10달러였습니다.

제가 말했습니다.

"아우구스트, 진지한 얘기야. 우리 사이엔 아무 문제도 없는 거지?"

그가 소리 내며 웃었습니다.

"무슨 말이야! 어처구니없군! 피트, 우리는 하나의 장갑에 들어간 두 손 같은 거야. 메이블, 들었어?"

메이블은 머리가 좋은 여자입니다.

"처음부터 알고 있었어요, 거스."

메이블은 빠른 이탈리아말로 말했습니다.

"Eevlay isthay unkpay ootay eemay."

한 글자 남김없이 기억하는 건, 메이블의 목소리가 낮으면서도 아름다워서입니다.

"알았어." 아우구스트는 대답하고 맞은편을 보고 선반을 정리하기 시작했습니다.

그러자 제 옆에 서 있던 메이블이 친밀하게 어깨에 살포시 기대는데, 그녀의 향수 냄새가 정말이지 황홀했습니다.

모든 게 잘 풀려서 기분이 좋아진 제가 밑으로 손을 뻗으니,

메이블의 조그만 손에 닿아서 살짝 꼬집자, 그녀도 제 손을 꼬집었고 예쁜 웃는 얼굴을 보여 주었습니다.

제가 물었습니다.

"메이블, 토링턴을 좋아해?"

메이블은 물고 있던 이쑤시개를 얼굴 반대편으로 옮기고 말했습니다.

"당신처럼 멋진 사람을 만날 수 있다면 더 좋아질 거야."

저는 메이블의 손을 한 번 더 꼬집었습니다.

"메이블, 이제 주인한테 돌아가 보고해야 하지만, 목요일 밤에는 쉬어."

"재미있는 우연이네, 피트 왜냐면 목요일 밤은 내가 쉬는 날이야."

"메이블, 목요일 밤에 함께 드라이브 할까?"

"그렇게 토링턴의 밤을 즐기자는 말이지? 꼭 가고 싶어."

그래서 우리는 처치 가에서 만나기로 하고, 장소는 처치 가에 있는 고등학교 바깥으로 정했습니다. 그리고 집으로 곧장 돌아가 차고에서 주인이 들어오는 걸 기다렸습니다.

"자, 피터. 모든 게 잘 됐나?" 주인이 돌아와서 질문했습니다.

"물론이지요, 주인님."

"그래, 그거 다행이군. 안 그랬으면 해고였어."

그러나 저는 아우구스트에게 미행해도 되는지 묻지 않았습니다. 왜냐하면 경감님은 잊으신 것 같은데, 첫날 밤 뒤쫓을 때, 그가 이미 허락했기 때문입니다. 그래도 허락을 받아야 된다고 하시면, 다음 목요일 메이블과 헤어진 뒤에라도 그의 가게가 열려 있으면 물어 보지요.

전보

코네티컷 서리. R. B. 맥레이 씨 댁내

피터 모란 앞

당신의 부인 위험. 리퍼는 마리화나 담배임. 아우구스트의 가게 위치를 알리시오. 그러면 상금의 일부를 받을 것이오.

애크미 인터내셔널 탐정통신교육학교

주임경감

발신 : 코네티컷 주 서리. R. B. 맥레이 씨 댁내

　　　탐정 P. 모란

수신 : 뉴욕 주 사우스 킹스턴

　　　애크미 인터내셔널 탐정통신교육학교 주임경감

예, 경감님이 '당신의 부인 위험' 같은 어처구니없는 말을 써

보내지 않았다면, 전보는 더 빨리 도착했겠지요. 왜냐하면 저는 부인이 없으니까요. 전보 교환원은 레이크빌에서 제 앞으로 온 전보가 있다고 전화했어요. 그런데 저는 사모님을 A&P 가게까지 모셔다 드리느라 외출해서, 하녀 로지가 전보를 받을 거라고 말했더니, 교환원이 이 전보에는 제 아내에 대한 내용이 적혀 있어 개인적인 것이라며 완강하게 전하지 않았습니다. 그 때문에 저는 그럴 생각이 전혀 없었는데, 로지는 저에게 농락당했다며 결혼한 남자가 그런 짓을 한다고 노발대발 화를 내며 저에게 레이크빌에 전화하도록 전하는 걸 잊어서, 전보가 도착한 것은 오늘 아침 주인이 저한테 가져왔을 때이고, 이미 어젯밤에 메이블과 데이트를 한 뒤였습니다.

주인이 전보를 읽고, 경감님이 '부인(와이프)'이라고 한 것은 '목숨(라이프)'을 의미한 것이라고 했지만, '목숨'이라고 말할 작정이었다면 왜 그렇게 말하지 않았을까 생각했습니다.

어쨌든 전 토링턴까지 차로 가고, 중앙광장에서 클리프 애덤스가 교통정리를 하면서 오토바이에 탄 경관과 이야기를 하고 있어서 "안녕, 클리프"라고 말을 걸자, 그도 "안녕, 피트"라고 했고, 저는 처치 가와 프로스펙트 가 모퉁이에 있는 고등학교까지 차를 달렸습니다.

메이블은 어디에도 보이지 않았지만, 전혀 걱정하지 않았습니다. 왜냐하면 약속시간보다 30분이나 제가 일찍 도착했고, 그렇게 빨리 메이블이 오리라고는 생각지 않아서죠.

그래서 워터 가를 달려 다시 중앙광장을 빙 돌고, 프랭클린 가를 지나 아우구스트의 가게까지 갔습니다. 가게 안을 들여다 볼 수 있도록 그의 가게 앞 도로를 천천히 운전하니, 아우구스 트가 이탈리아인 두 사람과 카운터 위에서 머리를 맞대고 이야 기하는 게 보였지만, 메이블은 없었습니다.

메이블은 2층에서 밤나들이 옷을 갈아입고 있을 것이라고 츄 리했습니다. 만약 그녀가 거기 살고 있다면 말이지요.

천천히 지나치면서 도로 끝에 크고 번쩍거리는 차를 발견했 는데, 왠지 이상한 느낌이 들었습니다. 어디가 이상한지 잘 몰 라서 모퉁이를 돌아 이스트 메인 가에 차를 세우고, 걸어서 돌 아가 다시 한 번 보았습니다. 그랬는데 이상한 건 그 차에 'X-3 코네티컷'이란 클리프 애덤스의 번호판이 달려 있었습니다.

클리프가 새 차를 사지 않은 건 압니다. 만약 샀다면 제가 두 번이나 지나쳤을 때 불러 세워 자랑했을 것이고, 게다가 클 리프는 저와 마찬가지로 정직해서 그의 월급으로 그런 차를 살 만큼의 돈을 모을 수 없었을 것이며, 돈을 가졌다 해도 차를 사지 않고 부인이 사라고 몹시 채근하지만 엄두가 나지 않는 미전 애버뉴의 클랩보드 하우스를 살 테니까요.

자세히 살펴보니 번호판은 깨끗했지만 지지대 부분에 번호판 의 양 옆 몇 센티미터를 빼고 먼지가 쌓여 있었습니다. 그래서 이 번호판은 이 차와 아무 관계도 없고, 토링턴에 왔을 때 이 차에는 코네티컷의 번호판보다 길쭉한 다른 주州의 번호판이 달려 있었고, 누군가 클리프에게 나쁜 짓을 하려고 번호판을 슬쩍 훔친 거라고 츄리했습니다.

번호판을 고정하는 나비너트를 누가 조였는지, 허술하게 해서 너트가 전혀 조여 있지 않았습니다. 그래서 저는 뒤쪽의 번호판을 떼어서 클리프에게 돌려주려고 안쪽 가슴주머니에 넣었습니다. 앞 번호판도 떼려고 했지만 이탈리아인 둘이 가게에서 나오는 게 보여서 뒷골목에 살짝 몸을 숨기고 지나가기를 기다렸습니다.

하지만 그들은 지나가지 않았습니다.

그들은 재빠르게 차에 올라타 액셀러레이터를 밟고 너무나도 빨리 달려가서, 불러 세워 그들이 잘못을 범하고 있다는 것, 또한 클리프처럼 좋은 경관에게 나쁜 짓을 해서는 안 된다고 말할 겨를도 없었습니다.

그래서 저는 쿠페로 돌아와 올라탄 뒤, 어쨌든 중앙광장으로 되돌아가 클리프에게 한쪽 번호판을 건네고 싶었지만, 시계를 보니 메이블을 만날 시간이어서 그대로 곧장 고등학교로 갔습니다.

메이블은 약속대로 처치 가에서 기다렸고, 그녀라고 알만큼 다가가기 훨씬 전에 헤드라이트에 비친 화료한 금발이 보였습니다.

"안녕." 제가 말했습니다.

"안녕, 오빠." 메이블이 대답했습니다.

"많이 기다렸어, 예쁜이?"

"아주 오래 기다린 기분이야, 자기." 그녀가 즉각 말을 받았습니다.

제가 문을 열자 메이블이 날렵하게 뛰어올랐습니다. 그녀의 눈은 파랗고, 비단 같은 소리가 나는 드레스를 입었는데 옷깃 언저리엔 털가죽이 달려 있었습니다.

저는 차의 방향을 바꾸어 프로스펙트 가를 천천히 나아갔습니다.

메이블은 달콤한 향기가 나는 향수를 듬뿍 뿌린 것 같았습니다.

"오, 메이블, 향기 좋은데."

"이 향수의 이름은 위험한 밤이야." 그녀가 말했습니다.

"뭐?"

"어떤 이름이라고 생각했어?"

"은방울꽃 같은 냄새가 나."

"요즘은 향수에 꽃 이름 같은 건 붙이지 않아."

"오, 그건 몰랐어. 예쁜이, 당신 멋진데."

"어머, 당신이 범죄수사관이란 걸 깜빡했네. 배찌 좀 보여줘."

메이블이 웃으며 말했습니다.

　그러나 경감님이 전보로 알려준 것을 잊지 않았기 때문에, 저는 말했습니다.

　"곤란해, 메이블. 그 배찌를 함부로 보일 수 없어."

　"왜 안 되지? 해고됐어?"

　그녀는 굉장히 매력적이어서 저는 거짓말을 하지 못했습니다.

　"아니야, 메이블. 해고된 건 아니지만, 주임경감에게 제명될지도 몰라서."

　"제명된다고? 피트, 무슨 일이야?"

　그녀가 이해하지 못할 것 같아서 설명은 하지 않았습니다.

　하지만 그녀는 제게 바싹 기대며 말했습니다.

　"이제부터 친구가 되려고 하는데 서로 비밀 같은 거 가져선 안 되지. 주머니에 있는 게 배찌야?"

　그녀가 제 가슴주머니로 곧장 손을 뻗어왔지만, 제가 붙잡았습니다.

　"아니야, 메이블. 이건 배찌가 아니고 번호판이야."

　"번호판? 무슨 번호판이야?"

　"경찰 번호판이야. 코네티컷의 번호판은 작아."

　그 말이 그녀의 입을 다물게 한 것 같았습니다. 왜냐면 그녀는 단지 "어머나." 했던가 뭐라고 말하고, "알았어." 그리고 "아우구스트가 결국 옳았군."이라고 했기 때문입니다.

"그의 뭐가 옳았다는 거지?" 제가 물었습니다.

"일 얘기야."

그런데 무슨 일인지 전혀 알 수 없었습니다.

"메이블, 토링턴에는 오래 살았어?"

그녀는 마치 모욕이라도 당한 듯 휙 몸을 뗐습니다.

"내가 이런 촌구석에서 오래 산 여자로 보여? 대도시에서 막 왔고 아직 1주일도 지나지 않았어."

"어째서 여기로 온 거야? 예쁜이."

"물론, 아우구스트가 전화해서 왔지."

가로등 옆을 지나가면서 그녀가 저를 물끄러미 보는 걸 알았습니다.

"피트, 정말 이런 일 하고 싶지 않아. 정직하게 말해 줘. 당신은 범죄수사관이 틀림없어?"

경감님을 또 화나게 하고 싶지 않아서, 저는 곰곰이 잘 생각한 뒤에 마침내 말했습니다.

"메이블, 그 질문엔 주임경감의 허락이 없으면 대답할 수 없어."

"그럼 그것으로 결정됐어."

그녀의 목소리는 굳어 있었습니다.

"결정됐다니, 뭐가?"

"당신이 나의 새 애인이고, 이제부터 같이 드라이브하기로. 피트, 어디로 데려갈 거야?"

저는 지난달 월급에서 남겨둔 돈에다 아우구스트가 몰래 30 달러를 주어서 주머니에 32달러 가까이 있었습니다.

"간단히 마시고 춤출 수 있는 나이트클럽에 가는 건 어때?"

"싫어."

"싫다고?" 제가 되물었습니다.

"응. 오늘 밤은 단화를 신었는데, 이 신발로 춤추고 싶지 않아. 새끼발가락에 물집이 생겨서 너무너무 아픈 걸."

그래서 제가 말했습니다.

"새 구두를 신을 땐 나도 물집이 생겨. 메이블, 당신은 뭘 하고 싶지?"

그녀가 가까이 바싹 다가왔습니다.

"오늘 밤은 달이 밝아."

저도 국도 4호선을 타고 왔을 때 그렇게 느꼈습니다.

그녀는 부끄러워하는 것 같았습니다.

"있잖아, 피트 이 근처를 잠깐 드라이브하고, 그리고 어딘가 몇 시간이라도 달을 바라볼 수 있는 곳에 차를 세워!"

그건 정말 멋진 생각이라고 여겨서, 제가 말했습니다.

"메이블, 어디 특별히 가고 싶은 곳이 있어?"

"응. 베시 연못 북쪽 낭떠러지야. 이스트 메인 가에서 토링포드 애버뉴로 나가서 연못이 보이면 거기에서 왼쪽으로 돌아."

"토링턴에 온 지 1주일밖에 안 되는 여자치곤 길을 잘 아네." 제가 말했습니다.

그녀는 약간 몸을 떼고 저를 바라본 다음 제 팔을 꽉 꼬집고 말했습니다.

"오늘 자기와 데이트 약속을 한 뒤에, 여자 친구에게 차를 세울 만한 좋은 장소가 없나 물었더니, 그 친구가 항상 세우는 곳이 거기라고 알려줬어."

이제 쓰는 걸 그만두고 자야 해요, 라고 간호사가 말합니다. 그래도 이 편지를 저를 대신해 간호사가 부쳐줄 겁니다. 그러므로 저는 베시 연못 북쪽 벼랑에서, 달빛을 한껏 받던 메이블이 얼마나 예뻤는지 꿈에서 만나기로 하겠습니다.

전보
코네티컷 서리. R. B. 맥레이 씨 댁내
피터 모란 앞

내 전보에 대한 답신 없음. 모두 알려주면 상금을 나누지.
50단어 몫의 답변료 지불 끝.

애크미 인터내셔널 탐정통신교육학교.

발신 : 코네티컷 주 서리. R. B. 맥레이 씨 댁내
　　　 탐정 P. 모란
수신 : 뉴욕 주 사우스 킹스턴
　　　 애크미 인터내셔널 탐정통신교육학교 주임경감

예, 제가 푹 자고 눈을 떴을 때 먼저 생각난 건, '당신의 아
내 위험'이란 경감님이 친 전보를 잊은 일이었습니다. 오늘 아
침에 주인이 병원으로 가져다주어 비로소 받은 탓도 있고 해서
진지하게 생각하지 못했습니다. 그리고 지금 주인이 경감님의
두 번째 전보를 가져와서, 상금이 있다면 기꺼이 받을 테니 걱
정 마시라고 답변하도록 말씀하시니, 부디 안심하십시오. 단지
마리화나 담배 콘테스트 같은 것이 있는 것을 몰랐고, 게다가
제가 참가했다는 일조차 몰랐습니다만.

　그런데 메이블이 베시 연못으로 가고 싶다는 말을 꺼내고 나
서, 우리는 그렇게 오래 드라이브하지 않았습니다. 그렇지 않으
면 19리터 이상의 휘발유를 쓰고 돈을 물게 될 것 같아서죠.
그래서 우리는 방향을 바꾸어 다시 중앙광장을 우회했는데, 왜
냐하면 토링턴에선 어디로 가려면 대부분 중앙광장을 돌아서
가야 하기 때문입니다. 클리프 애덤스는 아직 근무 중이었지만,

30

오토바이 경찰은 이미 없었고, 제가 "안녕, 클리프" 하고 말을 걸고, 그가 "안녕, 피트"라고 대답했습니다. 그때 제 어깨에 머리를 기대고 있던 메이블의 몸이 굳는 걸 알았습니다.

"저 경찰과 친구야?" 메이블이 물었습니다.

"그렇고말고, 좋은 경찰이야."

"오!" 메이블이 말했지만, 저는 메이블과 같이 있는 것을 클리프가 놀릴 거라 생각해서 클리프에게 번호판을 넘겨주기 위해 차를 세우진 않았습니다.

이스트 마틴 가를 나와 토링포드 애버뉴로 가서 왼쪽으로 꺾자 연못이 보였습니다. 차를 세웠습니다.

그날 밤은 더웠지만 달이 떠 있었고, 연못가에 벤치가 여러 개 보였습니다.

"메이블, 밖으로 나가서 저기 벤치에 앉을까?"

"어머, 피트, 지금 마침 그렇게 말하려고 했어."

그래서 우리는 밖으로 나가고, 저는 쿠페를 잠근 다음 둘이서 연못가로 곧장 걸어가, 메이블은 벤치에 앉고 저도 같은 벤치에 앉았습니다. 그리고 달빛이 수면에 비치는 것을 보는 동안 저는 지나치게 감상적이었던 것 같습니다. 왜냐하면, 그들이 저를 여기로 데려왔을 때, 누군가 "큰일이다! 저 남자 얼굴 상처 좀 봐!"라고 해서, 그들이 제 얼굴을 씻겼는데, 알고 보니 그냥 립스틱이었기 때문이죠.

메이블이 뭔가 여러 가지 말한 것 같은데, 아무것도 기억나지 않습니다. 저도 이것저것 떠들었는데 그녀도 기억 못하겠지요. 하지만 그곳에 앉아 5분인가? 10분도 지나지 않아 남자 둘이 걸어오는 게 보였고, 게다가 우리 쪽으로 곧장 다가와서 한 남자가 말했습니다.

"오, 소꿉동무 메이블 아냐!"

"어머, 당신들! 여기서 만나다니 이상한 우연이네." 메이블이 말하고, 한쪽을 몽크라고 소개하고, 스미스라고 이름을 밝힌 다른 한 사람도 제게 소개하자, 두 사람은 우리와 똑같이 벤치에 앉았습니다.

전혀 재미없었는데, 메이블도 그걸 알아차린 것 같았습니다.

"피트, 이 두 사람도 같이 앉아 얘기해도 상관없지? 아주 소중한 친구들이야." 메이블이 말했습니다.

"그렇고말고" 스미스는 말하고 연못에 침을 뱉었습니다.

저는 잠시 생각한 뒤 말했습니다.

"이건 정말 기묘한 우연이군. 왜냐면 몽크와 스미스는 아우구스트의 손님이니까."

스미스가 벌떡 일어났습니다.

"어떻게 그걸 알지?"

"오늘 밤 당신들이 아우구스트와 이야기하는 걸 봤어."

"그러니까 뭐야?" 그는 시비조로 말했습니다.

"별로. 단지 레슨 2에 관찰은 한 만큼 가치가 있다고 쓰여 있어서야." 제가 대답했습니다.

이윽고 메이블이 말했습니다.

"있지, 여기 참 좋아."

"응, 베시 연못이라고 해." 제가 말했습니다.

"모두 같은 의견이네?" 메이블이 말하고 묘한 웃음을 지었습니다.

"얼마나 깊지?" 몽크가 물었습니다.

"그렇게 깊지 않아. 거의 걸어서 건널 수 있을 정도야." 제가 말했습니다.

"여기는 충분히 깊지 않군." 몽크가 말하고 스미스를 보자, 스미스는 슬픈 듯 머리를 가로저으며 "안 되겠어. 처음부터 알았어야 했는데."라고 했습니다.

제가 물었습니다.

"물이 깊지 않으면 어떻다는 거지?"

메이블이 웃었습니다.

"피트는 물이 깊지 않으면 달이 잘 비치지 않는다는 거 몰라?"

그런 이야기는 처음 들었습니다.

"아니, 몰랐어. 만약 정말 깊은 호수를 찾는다면 리치필드 근처에 반탐호수가 있어." 제가 가르쳐 주었습니다.

"들었어, 스미스?" 몽크가 묻자 스미스가 대답했습니다.

"응, 근데 그 젠장맞을 반탐호수는 대체 어디에 있는 거야?"

이것에는 참을 수 없었습니다. 제가 대답했지요.

"스미스 씨, 숙녀 앞에서 거친 말은 삼가 주시오. 반탐호수라면 여기에서 겨우 17킬로미터나 20킬로미터쯤 되는 곳에 있소. 길을 가르쳐 드리지."

메이블이 손뼉을 쳤습니다.

"재밌지 않아? 네 사람 모두 피트 차에 탈 수 있을까?"

"안 돼." 몽크가 말했지만, 저는 함께 갈 마음이 없었습니다. 길만 가르쳐 줄 생각이었습니다.

"피트의 차론 갈 수 없어. 흔적이나 지문을 남기고 싶지는 않아." 몽크가 말했는데, 저는 그 마음씀씀이에 감동했습니다. 사모님은 쿠페를 더럽히는 걸 싫어하시겠죠. 그리고 그가 말했습니다.

"내 고물차가 있어. 오시오, 피트 이쪽이야 메이블."

그런데 걸어가다 보니 아까 봤던 크고 번쩍거리는 차와 비슷한 번쩍번쩍한 차가 있어, 저는 같은 차라고 생각했습니다. 그러나 몽크와 스미스 사이에 끼어 걷고 있어서 뒤쪽으로 돌아가 거기에 없는 번호판이 제 가슴 안주머니에 있는 것인지 어떤지 확인할 기회가 없었습니다.

메이블이 차에 타고, 저는 그녀의 옆자리에 앉으려 했지만,

몽크가 "자네는 안내역이야, 피트. 내 옆에 타."라고 해서, 앞좌석 그의 옆에 앉고, 스미스가 메이블과 뒷좌석에 앉았습니다.

"토링포드 애버뉴로 돌아갈 필요는 없어. 더 빠른 지름길이 있어." 제가 말했습니다.

"지름길이 좋아. 쇠뿔도 단김에 빼야지." 스미스가 말했고, "찬성이야. 나도 늘 그렇게 말하지." 하고 제가 말했습니다.

몽크에게 윈스로프 가에서 메인 가로 빠져나가는 지름길을 가르쳐 주고, 우리는 남쪽을 향해 중앙광장을 우회했는데, 그곳에서 클리프 애덤스가 오토바이 경찰과 이야기를 하고 있었습니다.

"안녕, 클리프" 제가 말을 걸자, 그도 "안녕, 피트" 했는데, 제가 다른 차에 타고 있는 걸 보고 놀란 것 같았습니다. 그때 저는 클리프의 번호판이 생각났습니다. 얼마 안 있어 그가 비번이 되면 필요할 것 같았고, 저는 이미 그것을 손에 쥐고 있었기 때문에 "이봐, 클리프."라고 말하고 번호판을 던졌는데, 마침 그의 발밑에 떨어졌습니다.

"이 자식, 뭘 하는 거야?" 바로 뒤에 앉은 스미스가 제 목덜미를 붙잡고 말했습니다.

"괜찮아. 저 경관은 이 사람 친구야." 메이블이 그를 끌어당기며 말했습니다.

"그렇고말고, 그렇게 내 목을 붙잡지 마. 아프잖아. 그리고 여기서 남쪽으로 돌아 사우스 메인 가로 들어가는 거야." 제가 말했는데, 그때 경찰 사이렌이 울리는 게 들렸고 몽크가 느닷없이 액셀러레이터를 꽉 밟아서 또 목뼈가 부러질 뻔했습니다.

"화내지 마, 몽크 형씨를 쫓는 게 아니야. 시속 30킬로미터 이상은 내지 않았다고 내가 증언할 테니까." 제가 말했지만, 몽크는 밉살스런 말투로 "닥쳐!"라고 소리쳤습니다. 제가 거울을 보니 스미스가 뒷좌석에서 무릎을 꿇고 뒤쪽 창유리 너머로 총을 조준하고 있었습니다.

"쏘지 마!" 제가 말했지만, 그는 "탕!" 쏘았고, 그런 뒤 다시 한 번 더 "탕!" 소리가 들리고, 경찰이 쏜 커다란 총알이 한 발, 차에 맞은 걸 느꼈습니다.

"몽크, 이건 뭔가 잘못된 거야!" 제가 말했습니다.

"잘못됐다고? 부탁인데 누가 이놈 좀 처리해 주겠어?"

스미스는 창 너머로 총을 쏘고 있었습니다.

"내가 처리할 수 있지만, 낭비할 총알이 없어." 스미스가 말했습니다. 그는 오로지 계속 총을 쏘고 총알이 떨어지면 차의 주머니에서 다른 총을 꺼내 쏘았습니다.

제가 말했습니다.

"메이블, 엎드려. 총 맞지 않게."

저는 속도계를 봤습니다.

속도계엔 95란 숫자가 나와 있었고, 속도는 더욱더 올라갔습

36

니다.

차가 너무 빨리 달려서 리치필드로 들어가는 모퉁이를 지나 쳤습니다.

제가 말했습니다.

"몽크, 아까 갈림길에서 오른쪽으로 꺾었어야 했어. 게다가 지금 속도를 늦추지 않으면 앨버트 가 모퉁이 신호등이 빨간색 인데 이대로 지나칠 거야."

그가 소리쳤습니다.

"아무도 이놈을 처리하지 않겠다면 내가 하지!"

스미스는 대답하지 않았습니다.

제가 뒤를 돌아보니 스미스는 좌석 끝에 푹 쓰러진 채 입을 벌리고 있었습니다.

신호는 빨강이었지만 몽크는 줄기차게 속도를 올릴 뿐이었습니다. 그리고 경찰이 쏜 커다란 총알 한 발이, 앞 타이어에 맞아 우리는 "쾅!" 나무와 충돌했습니다.

몇 초 동안 저는 정신을 잃었던 것 같습니다. 왜냐하면 정신이 들고 보니 거리에는 차들이 넘쳐났고 마을의 경찰들이 모두 그곳에 모였던 것 같아서죠.

클리포드 애덤스가 길가에 누워 있던 저를 내려다보며 말했습니다.

"피트, 지나가면서 내 번호판을 던져준 건 정말 좋은 방법이

었어. 그 차 뒤에 번호판이 없는 걸 한 번에 딱 보고 쇼티에게
말했지. '저놈들을 잡자.'라고 말이야."

저는 머리가 어질어질해서 아무 말도 못했습니다.

"피트, 저 차에서 대체 뭘 하고 있었어?"

뭐, 제대로 된 영어도 못하고, 주제넘게 나서는 걸 타일러 줄
필요는 있다 해도 클리프는 제 친구입니다.

"클리포드"

저는 권위를 갖고 말했습니다.

"나는 저 건달들을 미행했던 거야."

클리프가 휘파람을 불었습니다.

"피트, 어떻게 그놈들 정체를 알았지? 와, 너한테 그런 재능
이 있었다니 꿈에도 몰랐어!"

저는 일어서려고 했지만, 한쪽 다리가 느낌이 이상하고 일어
설 수 없었습니다.

"쿠페를 베시 연못가에 두고 왔어."

"알았어. 맥레이 씨에게 전화하지."

"메이블은 어떤 상태야?"

"괜찮아."

"스미스는?"

"어느 녀석이야?"

"총 맞은 건달."

"그자가 스미스야? 그렇군, 그는 좋은 인디언이야('좋은 인디언은 죽은 인디언 뿐'이라는 표현에서 나온 것임)."

그를 이탈리아인이라고 여겼는데, 처음엔 이해가 가지 않았습니다.

"아! 그런데 몽크는 어때?" 제가 말했습니다.

"다른 한 사람 말이야? 찰과상 하나 입지 않았어. 지금부터 경찰서로 연행해서 혼내줄 작정이야."

"알았어." 제가 말했습니다. 왜냐하면 그 무렵엔 몽크를 의심하기 시작했고, 어쨌든 빨간 신호인데도 마구 달린 것만으로도 혼이 나는 게 당연하겠지요.

"그 녀석 친구 아우구스트를 잊지 마." 제가 말했습니다.

"아우구스트는 누구요?"

다른 한 남자가 말을 걸어와서 그쪽을 보니, 그는 금배찌를 내보였습니다.

"아우구스트는 누구요? 나는 워싱턴에서 왔소. 몽크는 마리화나 밀매에 관여하고 있었소." 그가 말했습니다.

저는 너무 피곤했고, 그에게 쓸데없는 말을 하고 싶지 않았습니다.

"이봐, 나는 탐정 피트 모란이야. 주임경감과 상의한 뒤에야 자네 이야기를 들을 수 있어."

그런 뒤 저는 다시 정신을 잃은 것 같았습니다. 왜냐하면 눈을 다시 떴을 때는 침대 위에 있었고, 병원 침대라고 들었기 때문입니다.

주인이 와서 경감님의 전보를 건네주었고, 이윽고 사모님이 와서 "피터, 우리 모두 피터를 자랑스럽게 생각해!" 하고 말했습니다.

지금은 저녁인데, 주인이 방금 '탐정 피트 모란은 애크미 인터내셔널 탐정통신교육학교의 명예라고 기자들에게 전했음'이라는 경감님의 또 다른 전보를 가져왔습니다. 친절하심에 정말 감사드립니다.

지금, 주간 간호사가 가고 야간 간호사가 왔으니 서둘러 이 편지를 끝내려고 합니다. 레슨 2에 쓰여 있듯이 그녀를 관찰하고 싶기 때문이고, 그녀는 화료한 금발입니다.

추리법

발신 : 뉴욕 주 사우스 킹스턴
　　　　애크미 인터내셔널 탐정통신교육학교 주임경감
수신 : 코네티컷 주 서리. R. B. 맥레이 씨 댁내
　　　　탐정 P. 모란

　　…… 직업적인 추리만큼 중요한 문제는 없습니다. 직업은 사
람을 특징짓지요. 40년 동안 줄곧 도랑을 파서 손이 바위처럼
딱딱해진 육체노동자는, 연구에 몰두하고 수학을 가르치는 데
평생을 바쳐온 교수처럼 보이지 않겠지요. 7대양을 항해하고
바다냄새가 밴 뱃사람은, 의사의 처방전에 따라 약을 조제하는
약사와는 완전히 다릅니다. 훈련을 쌓은 탐정이라면 한눈에 전
혀 모르는 사람의 직업을 판단할 수 있습니다. 예를 들면, 이런

방식으로. '이 남자는 분명히 전차 운전기사다. 커다란 손, 불룩 나온 배, 그리고 벨을 계속 밟아서 오른발보다 커진 왼발에 주목. 이 남자는 회계원이다. 이마에 난 모자의 차양 흔적과 오른쪽 귀에 펜을 꼽는 부분이 움폭하고, 오른손 집게손가락 가운데 묻은 붉은 잉크에 주목. 이번 남자는 승마교사다. 안짱다리 때문에 걸음걸이가 독특하고, 마구간 냄새가 나는 걸 알 것이다.'

만일 어떤 살인이 과자기술자의 짓이란 걸 알았다고 가정하고, 당신이 군중 속으로 들어가 과자기술자를 모두 명확하게 알아맞힐 수 있다면, 직업 추리가 어떤 의미를 가지는지 생각해 보시오. 99명은 그대로 통과시키더라도 100명째의 남자에게 수갑을 채우고 "존 도우(소송에서 당사자의 본명을 모를 때 쓰는 가명. 리처드 도우도 동일), 단념해. 갑부 리처드 로우의 수수께끼 살인범으로 체포한다."라고 말할 수 있습니다.

<직업의 특징>이란 제목이 붙은 장章을 마지막까지 읽고, 특히 직업이 신체에 주는 영향에 대한 사례를 유럽과 미국에서 철저하게 조사한, 전 필라델피아대학 법의학교수 윌리엄 E. 프레스브리 박사의 논문 발췌를 통독하시오. 그리고 이 레슨을 남김없이 습득했다고 여기면, 지하철을 타고 맞은편 좌석에 앉은 사람의 직업을 종이에 적고, 또한 관찰을 덧붙여 추리를 확실한 것으로 만드시오. 예를 들어 배관공이라면 시집을 읽지

않을 것이고, 목사는 경마결과를 조사하지 않겠지요. 스팀파이프 배관공 조수의 손톱이 깔끔하게 손질되어 있을 리 없고, 성가대의 가수라면 씹는담배를 입에 물지 않습니다. 눈앞의 남자를 프로 권투선수라고 판단했는데, 그 남자가 남몰래 꽃다발의 향기를 맡고 있다면 뭔가 이상하다는 걸 확실히 알겠지요?

추신 : 이전 편지에도 썼던 걸 반복합니다. 이제 사전을 가졌으니, 단어의 철자를 조사하는 걸 망설여선 안 됩니다. '화료한' 같은 단어는 사전에선 볼 수 없을 것입니다.

J. J. O'B

발신 : 코네티컷 주 서리. R. B. 맥레이 씨 댁내

　　　탐정 P. 모란

수신 : 뉴욕 주 사우스 킹스턴

　　　애크미 인터내셔널 탐정통신교육학교 주임경감

예, 이번 레슨과 윌리엄 E. 프레스브리 박사의 논문 발췌를 공부했는데, 이번 일요일 7월 4일에 맥레이 부부가 100명이 넘는 손님을 초대해서 대대적인 댄스파티를 열기 때문에 요즘 조금 바쁩니다. 색소폰 연주자, 드러머, 피아니스트 3명으로 이루어진 애미니아 콘서트 오케스트라가 연주하고, 춤이 있고, 정원

에는 초록색과 노란색 전등을 매달고, 음식과 음료가 나오고, 제가 여태껏 닦아서 반들반들한 바닥이 있고, 새로 고용된 애 너벨이 말한 것처럼 "즐거움은 촌스럽게('끝없이'를 잘못 말함)" 같은 상황입니다.

<직업의 특징>이란 장章을 읽었지만, 우체국 바깥 모퉁이에 서 2시간 지켜봤음에도 이 마을에는 과자기술자 존 도우는 눈에 띄지 않았습니다. 때문에 갑부 리처드 로우의 수수께끼 살 인범은 이 근처에는 없다고 생각하지만, 만약 그에게 현상금이 걸려 있다면 다시 한 번 더 찾아보겠습니다. 그리고 여기서 뉴 욕까지 160킬로미터 사이엔 지하철이 없어서 쉽게 지하철을 탈 수 없습니다. 그리고 주인이 자기는 알뜰한 사람이고, 식구들이 휘발유를 너무 많이 사용한다고 하셔서, 밤에 쉴 때 쿠페를 쓸 수 없게 되어 탐정 일도 이전만큼 쉽지 않게 됐습니다.

"피터." 주인이 말했습니다.

"앞으로는 관능적(실용적인과 관능적인을 혼동하고 있음)인 운전에만 차를 쓰기로 해. 무슨 뜻인지 알겠어?"

"예, 주인님." 저는 대답했지만 무슨 뜻인지 몰랐습니다.

"식료품을 사기 위해 사모님을 A&P까지 모셔다 드리는 건 관능적인 운전이야. 밀브룩의 치과의사한테까지 모셔다 드리는 것도 괜찮아. 네가 레이크빌까지 서방전(처방전을 잘못 말함) 약을 받으러 가는 경우도 마찬가지다. 하지만 네가 여자친구 누군가

와 페팅 파티(연애 파티)에 가는 건 관능적인 운전이라고 할 수 없으니 당면(당연히) 안 돼. 이제 확실히 알았어?"

"이제 토링턴까지 가면 안 되는 겁니까?"

"관능적이지 않으면 안 돼."

"도저히 그렇다고는 할 수 없습니다, 주인님."

"물론이야. 탐정이 되기 위한 공부는 계속해. 단, 여기 서리에서. 피터, 난 자네를 신뢰하네."

"예, 주인님." 제가 말했고, 결국 그런 뜻입니다.

하녀 로지는 결혼으로 여기를 그만두어서 새로 붉은 머리 애너벨이 왔습니다. 포킵시 직업소개소에서 어제 왔는데, 몇 년이나 함께 지낸 것처럼 건방집니다. 맥레이 부인이 전화로 주문한 야채를 가지러 A&P까지 갈 때, 저는 애너벨을 데려갔고 차를 우체국 근처에 세웠습니다.

손이 바위처럼 딱딱해진 육체노동자는 많이 있었지만, 그들을 도랑 파는 인부라고는 생각할 수 없습니다. 요즘 도랑 파는 인부들은 자기도 전혀 모르는 기계를 움직여서 시급 1.1달러를 받는 숙련공뿐이어서요. 7대양을 항해하고 바다냄새 밴 뱃사람도 없습니다. 이 근처에서 배를 탈 수 있는 곳은 레이크빌 호수뿐인데 소금물이 아닙니다.

연구에 몰두하고 수학을 가르치는 데 평생을 바쳐온 교수도 없었지만, 그들은 하치키스에서 가르치는 데도 바빠서 편지를

레이크빌 우체국에서 받습니다.

이윽고 양철장이 톰 손더스가 우편물을 가지러 왔습니다.

"애너벨, 훈련을 쌓은 탐정이라면 저 남자가 양철장이란 걸 츄리할 수 있어." 제가 말했습니다.

"어떻게 츄리할 수 있어?" 그녀가 물었습니다.

"저 사람의 직업 특징으로 알지. 또 어부 히시 씨가 어부란 것도 츄리할 수 있어. 지금 이쪽으로 오고 있어."

"피트, 누가 너 대단하다고 칭찬한 적 없어?" 애너벨이 말했습니다.

"네가 물으니까 말하는데, 있지." 그때, 석공 부치 크리거를 발견했습니다.

"애너벨, 저 남자는 석공이야."

"어떻게 알았어?"

"손이 크고 신발이 흙투성이고, 특히 코트 깃이 접힌 부분에 모르테르가 묻어 있어."

"저건 모르테르가 아니야. 저건 계란이야. 부인과 싸웠다는 걸 츄리할 수 있어. 그렇지 않으면 저런 심한 몰골로 내보내지 않을걸."

아주 오래전에 부인이 죽은 뒤로 부치는 혼자 살아서, 저는 애너벨의 츄리가 틀렸다고 생각했습니다.

그가 잠깐 인사하러 차로 다가왔을 때 물었습니다.

"부치, 자네는 석공이지?"

"아, 피트. 그 일은 1년 전에 그만두었어. 듣지 못했어? 요즘은 계속 아메리카 브라스 회사에서 놋쇠 파이프를 만들어."

"아니, 그건 몰랐어."

"잠깐만, 부인과는 요즘 잘 지내시죠?" 붉은 머리 애너벨이 끼어들었습니다.

부치는 금방이라도 울음을 터뜨릴 것 같은 슬픈 얼굴을 하고 말했습니다.

"그다지 좋지 않아요. 오늘 아침엔 나에게 계란 접시를 던졌으니까."

짐작하시겠지만, 이것은 저에게 입이 딱 벌어질 만큼 큰 충격이었습니다.

"부치, 부인은 죽지 않았나?"

"전처는 그렇지. 피트, 나는 재혼했어."

"아, 축하해."

"축하는 무슨. 피트, 좋은 걸 가르쳐 주지. 멍청한 금발머리 여자하고는 결혼하지 마."

그렇게 부치는 고개를 세게 저으며 뭔가 투덜투덜 욕설을 퍼부으며 사라졌습니다. 붉은 머리 애너벨은 금발이 아니어서 빙긋이 웃으며 앉아 있었는데, 붉은 머리가 되기 전에는 금발이 아니었을까, 저는 츄리해 보았습니다.

그녀가 저를 콕 찔렀습니다.

"실망하지 마, 피트. 츄리를 계속해 가면 언젠가는 맞힐 거야. 봐, 저 남자는 뭐하는 사람으로 보여?"

그래서 전혀 생면부지의 그 남자를 과자기술자 존 도우였으면 좋겠다고 생각하면서 유심히 봤지만 다른 사람이었습니다.

"애너벨, 훈련을 쌓은 탐정이라면 한눈에 저 사람이 도살장에서 일하고, 바느질도 직접 하고 게다가 바이올린을 켠다고 알 수 있어."

"피트, 한 번 더 천천히 말해 봐." 그녀가 작게 숨을 죽이고 말했습니다.

그래서 그렇게 하니, 그녀가 말했습니다.

"놀랐어, 피트 어떻게 츄리한 거야?"

"훈련을 쌓은 탐정이라면 99명은 그대로 지나치게 하더라도 100명째의 남자에게 수갑을 채우는 일쯤은 문제없지. 직업이 신체에 주는 영향에 대한 사례를 유럽과 미국에서 철저하게 조사한 윌리엄 E. 프레스브리 박사의 논문 발췌에 따르면, 도축업자는 구제역을 전염시키는 동물가죽에 접촉하기 때문에 치열이 가지런하지 않고, 바느질하는 사람은 실을 이빨로 물어 끊으니까 입술이 두껍게 붓고 오른손 집게손가락이 땅딸막하고 굳은 살이 박이고, 바이올린 연주자의 턱밑은 붉게 옴폭 들어가 있어."

"지금 앉은 채로 그걸 전부 봤어?"

"한 번 본 것뿐이야. 맞았어?"

"몰라. 본 적도 없는 사람인걸."

그녀가 열심히 눈짓을 보내자, 남자는 차 쪽으로 느릿느릿 다가왔습니다.

"안녕? 잠깐 묻고 싶은 게 있는데, 도축장에서 일한 적 있어?" 애너벨이 물었습니다.

"응." 그가 대답했습니다.

"직접 바느질 해?"

"응."

"바이올린 켤 줄 알아?"

"응."

"묻고 싶었던 건 그게 다야." 애너벨이 엄지를 세우고 저를 가리켰습니다.

"여기 있는 피트는 맥레이 저택 전속운전기사인데, 훈련을 쌓은 탐정이라 6미터 떨어진 곳에서도 너에 대한 일을 모두 추리했어. 탐정 통신교육을 받고 있거든."

그가 곧장 이쪽으로 가까이 다가오자, 더러운 이빨과 두꺼운 입술과 턱밑에 옴폭 꺼진 부분이 더 확실히 보였습니다.

"그래?" 그가 말했습니다.

"자, 그럼 안녕. 얘기를 나누어서 정말 즐거웠어." 애너벨이 말했습니다.

슬슬 차를 출발시킬 시간이라 여기고 애너벨을 태우자, 그녀는 제 옆으로 친한 듯이 착 달라붙어서 돌아가는 내내 이루 말할 수 없이 재잘재잘 종알대는 것입니다. 그런 다음 크게 한숨을 쉬고 "어쩜 이렇게 멋진 사람이지! 어쩜 이렇게 멋진 사람일까"라고 했는데, 그게 도축업자가 아닌 건 분명합니다.

추신 : 사전에 '화료한'이란 단어가 없으니 경감님이 하신 말씀은 옳지만, 이 단어는 모두가 다 아는데 사전을 쓴 사람이 시대에 뒤떨어졌다고 해서 왜 쓰는 걸 그만둬야 합니까? 제가 궁금한 건 그 사람이 어떤 곳에 살았는가 하는 것과, 화료한 금발머리 여자를 보고, 아마도 이전에는 붉은 머리였겠지만 햇볕을 쬐어 머리카락이 탈색되었다고 츄리한 경우, 대체 어떻게 할 것인가입니다.

발신 : 뉴욕 주 사우스 킹스턴
       애크미 인터내셔널 탐정통신교육학교 주임경감
수신 : 코네티컷 주 서리. R. B. 맥레이 씨 댁내
       탐정 P. 모란

당신의 레슨에는 30점이라는 나쁜 점수밖에 매길 수 없습니

다. 무엇보다 '어부 히시 씨를 어부라고 츄리한다'거나 '양철장이 톰 손더스가 양철장이라고 알았다' 같은 데에, 훈련을 쌓은 탐정은 필요 없습니다. 레슨을 다시 읽고 이젠 서로 모르는 양철장이나 어부를 찾고, 더욱더 관찰을 보태서 추리를 확실한 것으로 할 것.

낯선 남자가 바이올린을 켜는 도축업자란 것은 멍청한 말입니다. 거듭 관찰해 보면 알겠지만, 도축업자가 바이올린을 켜는 일 따윈 없습니다.

'모르테르'의 철자는 '모르타르'입니다.

J. J. O'B

발신 : 코네티컷 주 서리. R. B. 맥레이 씨 댁내
　　　　탐정 P. 모란
수신 : 뉴욕 주 사우스 킹스턴
　　　　애크미 인터내셔널 탐정통신교육학교 주임경감

예, '모르테르'이든 '모르타르'이든 어떤 차이가 있다는 겁니까? 이미 쓴 것처럼 그건 계란이었어요.

그런데 서리에서 또 다른 양철장이를 발견할 수는 없습니다. 이곳은 작은 마을이고, 양철장이가 두 명 있으면 한쪽이 굶어 죽게 될 것이고, 같은 이유로 다른 어부도 자기가 잡은 생선을

먹어야 할 처지가 될 테니까 없습니다. 그리고 레슨 5에서 배관공은 시를 읽지 않는다, 만약 읽는다면 어딘가 뭔가 잘못됐다고 쓰여 있습니다. 그런데 목요일 저녁 배관공 짐 에스터브룩이 자기 집 뒤뜰에 앉아 시집을 무릎에 펼치고 어린 딸 미네르바에게 읽어주는 걸 보고, 저는 돌아가는 길에 교회에 다가가지 않도록 했습니다. 왜냐하면 같은 레슨에서 목사는 경마결과를 조사하지 않는다고 쓰여 있었고, 그런 걸 보고 싶지 않아서입니다. 하지만 그 도축업자를 다시 관찰할 수 있었고, 그다음은 이렇습니다.

우리는 일요일, 즉 모레 밤에 있을 대대적인 댄스파티에 대비하느라 정신이 없었고, 5분마다 뭔가 부족한 것이 발견됐습니다. 예를 들어, 정원의 초록색과 노란색 전등에 사용하는 알전구, 애너벨이 코트를 걸 옷걸이, 얼굴이 비칠 정도로 제가 광택을 낸 바닥에 또 왁스를 칠하고, 애미니아 콘서트 오케스트라가 사용할 보면대—라고는 해도 그들 중 아무도 악보를 볼 줄 모르고, 연주하면서 그럭저럭 모양새만 갖추는 것이라고 사모님께 말했지만—이런 상황이었습니다.

금요일, 즉 오늘 오후 맥레이 부인이 말했습니다.

"피터, 서둘러 레이크빌에 가서 드라이클리닝 맡긴 드레스를 찾아와 줘. 아직 안 됐으면 다 될 때까지 지켜 봐. 일요일 밤에 입을 거니까."

"죄송합니다만 그것은 관능적인 운전입니까?"

제가 물었습니다.

"아니, 아닌 것 같은데 약국에 들러서 나에게 아스피린을 한 다스 사다 주면 아무 문제없어." 사모님이 말했습니다.

"예, 사모님." 저는 대답한 뒤, 제가 비밀 신호를 보내자 뒷문으로 몰래 빠져나온 붉은 머리 애너벨을 쿠페에 태우고 함께 갔습니다.

그런데 드레스는 이미 세탁이 끝나 있었고, 아스피린을 사는 것도 1분밖에 걸리지 않았습니다.

"피트, 왜 서둘러 돌아가야 하지? 돌아가자마자 사모님은 우리한테 일을 더 시킬 거고, 그렇지 않아도 허리가 아픈데 잠시 쉬었다 가. 사모님께는 기다렸다고 말해." 애너벨이 말했습니다.

"그것 정말 실쩨(실제)적인 생각이야, 애너벨. 차를 세워둘 멋진 휴게소가 있는데 꼭 안내하고 싶군."

"대낮에 휴게소라니 흥미 없어. 사람 눈이 너무 많을걸. 또 뭐가 있어?"

"그린 랜턴에서 맥주를 마실까?"

"안 돼. 냄새 때문에 사모님께 들킬 거야."

"다른 건 생각이 안 나는데."

"잠깐 생각해 볼게. 피트, 올 때와 같은 길로 돌아가야 해?"

"아니, 휴게소로 통하는 샛길이 있어."

"하지만 휴게소를 지나치면?"

"그렇구나. 샛길 하나는 오어 힐로 가."

"처음 듣는 곳이야."

"다른 길은 라임 록으로 가는 거고."

"그것도 처음 들어. 맞아, 피트 슬러지 연못으로 가는 길은 없어?"

"머지 연못 말이지? 아, 다른 길이 머지 연못으로 통하고 거기서 갈리니까 연못의 어느 쪽으로도 갈 수 있어."

"재미있겠다. 거기로 가."

우리는 그곳으로 갔는데, 맥레이 부인이 드레스 때문에 초조해하는 걸 알기 때문에 도중에 한두 번밖에 멈추지 않았습니다. 그리고 물속에 부들(부들과의 여러해살이풀)이 나 있는 머지 연못가에 막 다다랐을 때, 기묘한 '탕! 탕!' 하는 소리가 들렸습니다.

"애너벨, 저건 아무래도 총 같아. 누군가 독립기념일을 미리 축하하나 봐." 제가 말했습니다.

"바보 같아. 내 츄리로 저건 붉은 머리 딱따구리야."

"네 머리 색깔이 그러니까 붉은 머리 딱따구리라고 하는 거야?"

"틀려, 저런 소리를 내니까 그러는 거야."

"내기할까?" 제가 묻고, 만약 제가 이기면 그녀가 처음 쉬는 날 밤 휴게소에 안내하는 데 그녀도 승낙했습니다. 머지 연못 북쪽 낭떠러지로 차를 달리는데, "탕! 탕!" 하는 소리가 차츰 커졌습니다.

그곳에는 집이 한 채도 없고, 아무도 살지 않는 쓰러진 판잣집만 두세 개 있었는데, "탕! 탕!" 하는 소리가 너무나 시끄러워서 제가 말했습니다.

"애너벨, 내기는 그만두고 지금부터 15분쯤 타협하지 않겠어? 네가 쉬는 밤에 어디서 차를 조달하면 좋을지 몰라서 그래."

"피트, 나는 깔끔한 성격이니까 지면 약속을 지킬 거야."

"그 말, 잊지 마."

우리가 수풀이 우거진 옆을 지나가니, 공터가 있고, 셔츠 한 장 걸친 도축업자가 오래된 느릅나무에 핀으로 표적을 꽂고, 그 종이 표적에 더없이 빠른 속도로 총알을 명중시키고 있었습니다.

"어머나!" 애너벨이 소리쳤고 도축업자도 우리가 그를 보는 것과 똑같이 우리를 봤습니다.

그는 총을 쥔 채 곧바로 차 쪽으로 어슬렁어슬렁 다가오고, 우리가 누군지 알 때까지는 다리 위의 방울뱀처럼 위험하게 보였습니다.

"안녕. 총을 쏘고 있네?" 애너벨이 물었습니다.

그가 그 총으로 바이올린을 켜고 있는 게 아니란 것쯤, 척 보면 누구라도 알기 때문에 멍청한 질문을 한 것이죠.

"응." 그는 간단히 대답했을 뿐입니다.

"잘 쏴?"

"응."

"내려서 봐도 돼?"

그는 곧 옆으로 얼굴을 쑥 내밀어서, 턱 밑에 붉게 패인 게 아주 확실히 보였습니다.

"응."

그런데 잘 쏜다는 그의 말은 거짓이 아니었습니다. 그는 엄지를 입에 넣었다가 종이 한가운데를 문질러 거무스레하고 둥근 표시를 찍어 새 표적을 만들고, 총에 탄환을 넣고 검은 곳에 일곱, 여덟 발 쏘았는데 흠잡을 데 없는 솜씨였습니다.

"와, 도축장에서 일하던 무렵에 소를 쏘았던 게 틀림없어!" 제가 말했습니다.

웃자고(웃자고) 한 말이었는데, 그는 단지 "응." 했을 뿐입니다.

"있지, 오빠. 오빠 이름은 모르지만 여기 있는 피트가 오빠와 똑같이 쏠 수 있는지 어떤지 보고 싶어. 저번에도 말했듯이 피트는 훈련을 쌓은 탐정이야." 에너벨이 말했습니다.

"응." 그가 말했습니다.

그는 같은 방법으로 새 표적을 만들었는데, 손이 굉장히 더러워서 간단히 가능했고, 그런 다음 총이 자동으로 폭발할 수 있어서 탄약을 하나만 채웠습니다. 저는 나무를 목표로 정했는

58

데, 아직 준비가 덜 된 상태에서 발사가 됐습니다.

"지금 거 어때?" 애너벨이 펄쩍 뛰며 말했습니다.

"응." 그는 대답했는데 그것은 한가운데에 맞았습니다.

저는 너무 놀란 나머지 뭐라 말하면 좋을지 몰라 아무 말도 못했습니다.

"한 번 더 쏘게 하고 싶어."

"응." 그가 말했고, 이번에도 가장 더러운 검은 부분에 명중했기 때문에 저는 여태까지 몰랐지만, 제가 이렇게 쏠 수 있다면 줄곧 차를 운전해 온 세월이 쓸데없는 게 아니었나 싶었습니다.

"오빠, 잠깐만." 애너벨이 말을 걸고, 둘이 따로 옆으로 걸어 갔는데 그들이 말싸움을 하는 걸 알 수 있었습니다. 왜냐하면, 남자가 오른손 손바닥 위로 왼손 주먹을 내리치고 저를 힐끗힐 끗 돌아보고, 애너벨은 그의 팔에 매달려 고개를 흔들고, 때때로 "지금은 안 돼. 모든 걸 엉망으로 만드는 건 그만 둬. 지금 은 안 돼." 하는 말이 들렸기 때문에, 저는 애너벨이 무슨 말을 하는지 알았습니다. 그녀를 태웠을 때 차를 멈추고 재빨리 두 세 번 키스하려다가 멋지게 실패한 적이 있는데, 그때 들은 것 과 완전히 같은 대사였기 때문이죠. 그녀는 포킵시 같은 데서 자란 탓에 제대로 된 영어는 못하지만, 그래도 매우 친해질 수 있는 건 아주 가까운 친구뿐이고, 게다가 처음이나 두 번째일 때는 절대 안 됩니다.

그런데 저 혼자 남게 되고, 그녀도 자기 앞가림쯤은 할 것 같아서, 저는 다시 목표를 겨냥해 방아쇠를 당겼는데 도축업자가 그 이상 탄약을 주는 걸 잊은 탓에 아무 일도 일어나지 않았습니다. 그래도 동봉한 표적 한가운데를 뚫은 구멍 두 개를 보고 경감님도 확인할 수 있겠지만, 실제 저는 사격의 달인이니까 앞서와 마찬가지로 표적에 명중했을 게 분명합니다. 저는 총을 내려놓고 판잣집으로 걸었는데, 오두막 옆 도로에서 보이지 않는 방향에 일리노이 번호판을 붙인 요란한 로드스터를 발견하고, 이 차는 집에서 상당히 멀리 왔다고 추리했습니다.

해가 기울고, 그림자가 움직이는 게 보여서 애너벨이 도축업자와 함께 오두막에 있다고 추리했습니다. 저는 소리를 내지 않고 오두막으로 몰래 다가갔습니다. 애너벨이 '지면 약속을 지킬 거야' 하고 어떤 식으로 말했는지 기억한다고 봅니다. 저는 다른 남자에게 그 약속을 이루게 하고 싶지 않았습니다.

그런데 유리가 하나도 없는 창문으로 엿보니, 방은 하나뿐이고 난로와 의자와 부서진 소파와 탁자가 있었는데, 그 탁자 위에서 제가 본 것은……

틀림없이 경감님은 기겁하시겠지만, 이 편지의 추신까지는 무엇을 보았는지 알리지 않았다가 깜짝 놀라게 해 드리겠어요.

그건 그렇고 그들은 아직 말다툼을 하고 있었지만, 딱히 수

상한 행동을 하는 건 아니어서, 저는 9~15미터 떨어진 곳에서 태연하게 휘파람을 불었습니다. 왜냐하면 기분이 행복해서죠. 그랬더니 도축업자가 나오고 에너벨도 뒤따라 나왔습니다.

"어떻게 된 거야, 피트? 쏘는 게 질렸어?"

"무기라면 얼마든지 있지만 총알이 없으면 쏠 수 없지."

"그건 그러네. 하하하!" 에너벨이 웃고, 남자는 "응." 했습니다.

"오빠를 소개하는 걸 잊었어. 피트, 이쪽은 휴버트 하니웰, 이 사람은 피트 모란이야." 에너벨이 말했습니다.

"잘 부탁해."

"응."

악수할 때 윌리엄 E. 프레스브리 박사가 발췌한 것에서 말한 대로, 남자의 오른손 집게손가락이 땅딸막하고 굳은살이 박인 걸 관찰하고 힘껏 꽉 쥐었습니다. 그런데 그가 더 강하게, 마치 파이프렌치로 죄는 것처럼 세게 잡아서 뼈가 부러지지 않은 게 다행이라 여겼습니다.

"뭐하는 거야, 오빠들? 인디언 레슬링(서로 손을 맞잡고, 손과 같은 쪽 다리를 나란히 내밀고, 상대방의 균형을 무너뜨리는 놀이)?" 에너벨이 웃었습니다.

이때는 휴버트가 제 손을 놓고, 저는 손가락을 세어보고 없어지지 않은 걸 확인했지만, 약간 작은 장갑을 낀 느낌이 들어서, 남자의 말을 앞질러 "응." 했습니다.

애너벨이 또 웃었습니다.

"피트, 휴버트에게 일요일 밤 댄스파티에 대해 얘기했어. 몇 명 온다고 했지?"

"110명 예정이야."

"들었지, 휴버트? 신문에 쓰여 있던 그대로야. 그림쇼 씨 가족도 와?"

그림쇼 씨는 은행장이고 주인과 친한 사이입니다.

"물론이지."

"커틀러 씨 가족은?"

"네 사람 모두. 부인과 두 딸 베티와 제인."

"오킹클로스 가족은?

"그 사람들은 우리 파티엔 반드시 와."

"젊은 남자들은 많이 있어?"

"1년 중 지금 시기는 그렇지도 않아. 이제 막 대학을 나와 일자리를 찾는 중이니까."

"그것 봐, 휴버트. 내가 말한 대로지?"

"사모님은 혼자 오는 남자가 부족하다고 했어. 애너벨, 여기 있는 너의 남자 친구가 예복을 입고 오면, 파티에 쉽게 참가할 수 있을 거야."

"아마 그럴 거야."

일리노이 번호를 단 요란한 로드스터를 가진 도축업자라고 해도, 예복을 가졌을 리 없다는 건 확실했습니다. 어쨌든 애너벨이 코트를 맡은 뒤 식기창고에서 같이 춤을 춰주겠다고 약속했기 때문에, 그냥 농담으로 던진 말이었는데, 그는 저를 '물끄러미 노려보더니 겨우 고개를 아래위로 움직이면서 "응." 했습니다.

"피트, 늦었으니까 서둘러 돌아가야 돼. 사모님이 드레스 때문에 많이 걱정하실 거야." 애너벨이 말해서, 우리는 불과 몇 분 만에 머지 연못에서 집으로 돌아왔습니다.

"조가 거칠긴 해도 큰 인물 같지 않아, 피트?" 애너벨이 말했습니다.

"응, 아주 거칠어. 그 사람 이름은 휴버트 하니웰이라고 하지 않았어?"

에너벨이 묘한 눈길로 저를 봤습니다.

"맞아, 네가 생각나게 해 줬어. 하지만 친한 친구는 줄여서 조라고 불러."

생각한 대로 그는 손이 빠르다고 추리하고, 저는 이 붉은 머리 에너벨한테서 눈을 떼지 않아야겠다고 생각했지만, 질투한다는 걸 애너벨에게 알리고 싶지는 않았습니다.

"휴버트이건 조이건 그와 데이트하는 모습은 보이지 마."

"어머, 피트는 짓궂어."

애너벨이 옆으로 다가와서 말했습니다.

추신 1 : 표적은 돌려주세요. 표적 컬렉션을 시작할 겁니다.

추신 2 : 이 앞의 레슨에서 도축업자가 바이올린을 켠다고 츄리했더니, 경감님은 멍청하다며 30점밖에 주지 않았습니다. 그럼 지금 여기서 그 벌충으로 130점을 매기게 될 겁니다. 왜 냐면 판잣집의 유리 없는 창문을 통해 탁자 위에 보인 것은 바 이올린 케이스—검은 가죽 바이올린 케이스였고, 손을 뻗으면 닿을 만큼 가까이 있었기 때문이죠.

전보
코네티컷 주 서리. 미스터 R. B. 맬레이 댁내
탐정 P. 모란

편지에 쓴 남자는 텍사스에서 교수형에 처해졌지만, 로프가 끊어져 용서받은 조 코스텔로, 또 다른 이름 조 카스텔리 또는 조 콘스탄체 또는 조 카스트루치오일 의혹이 있음. 그는 무장 강 도, 고속도로 강도로 일리노이, 인디애나, 미주리에서 지명수 배 중이고 텍사스에서는 하지 않았음. 표적에 있던 엄지 지문 대부분을 당신이 날려버리지 않았다면 확실한 신원확인이 가

능했을 것임. 그의 정면과 옆면 사진을 우여곡절 끝에 입수해
서 보냈음. 놈의 코가 삐뚤어져 있으면 즉시 전보를 칠 것.

애크미 인터내셔널 탐정통신교육학교
주임경감

수령인 지불 전보
애크미 인터내셔널 탐정통신교육학교 주임경감

예, 제가 부려뜨렸습니다.

탐정 P. 모란

발신 : 코네티컷 주 서리. R. B. 맥레이 씨 댁내
    탐정 P. 모란
수신 : 뉴욕 주 사우스 킹스턴
    애크미 인터내셔널 탐정통신교육학교 주임경감

예, 경감님의 전보는 월요일 아침, 즉 오늘 아침이 되어서 비
로소 도착했는데, 그 까닭은 이야기가 그 부분에 도달하면 가
르쳐 드리겠습니다.

일요일, 즉 어제 새벽은 구름 한 점 없이 하늘이 활짝 개었고 밤에도 마찬가지였습니다.

모두 저마다 "처음 뵙겠습니다." "다시 뵙게 되어 기뻐요." "멋진 밤이에요." 등등 인사를 마친 9시인가? 9시 30분인가? 10시 무렵까지는 모든 것이 순조로웠습니다. 그다음에 사모님이 저를 불렀습니다.

"피터, 도대체 애미니아 콘서트 오케스트라는 어디 있지? 아, 그들이 없다면 어떻게 하면 좋지?"

"부인, 저도 계속 같은 것을 생각하고 있었습니다. 그래서 그들의 차 타이어가 펑크 났다고 츄리했습니다." 제가 대답했습니다.

"응? 그것뿐일까? 그럼 이제 슬슬 오겠네?"

"예, 부인."

"피터, 피터는 정말 의지가 돼."

몇 분 뒤, 주인이 왔는데 굉장히 화가 나 있었습니다.

"피터, 그 괘씸한 오케스트라는 대체 어디를 헤매고 있는 거야? 주방에서 내 술을 홀짝거리기라도 하는 거야?"

"아닙니다, 주인님. 밤은 이제부터 시작이고 고용인들의 목이 마르기엔 아직 이릅니다." 제가 말했습니다.

"오케스트라가 도착하지 않은 이상 춤을 시작할 수 없잖아."

그런 건 가르쳐 주지 않아도 뻔히 알고, 듣고 싶지도 않았습니다. 왜냐면 앞에 쓴 대로 그 붉은 머리 애너벨이 함께 춤을 춰준다고 약속했고, 린디 홉(격렬한 동작의 사교댄스)을 가르쳐 주기로 되어 있었기 때문이죠.

"피터, 이건 중요한 일이야. 어떻게든 해야 해."

"주인님, 라디오를 틀면 됩니다."

주인이 고개를 저었습니다.

"오늘은 일요일이야. 아무리 사교계 데뷔를 앞둔 처녀라도 퀴즈 프로그램으로는 춤추지 않을 거야. 피터, 손님들은 모두 왔는데 오케스트라가 없다니. 애미니아에 전화해서 그 사람들이 언제 출발했는지 알아봐."

그래서 제가 애미니아에 전화하니, 평소에는 차고에서 일하면서 애미니아 콘서트 오케스트라가 연주하러 다닐 때는 드럼을 두드리는 호레이스 러글스가 전화를 받았습니다.

"호레이스, 왜 안 오는 거야?"

"피트, 우린 운이 없어. 색소폰을 부는 클린트 뉴턴 알지?"

물론 클린트를 잘 압니다. 그가 입대할 때까지 한 달에 한 번 옆머리를 손질해 주었기 때문이죠. 그래서 저는 "물론 알지." 하고 대답했습니다.

"그게 말이야, 클린트가 거짓말을 했어."

"무슨 뜻이야? 거짓말을 했다는 건?"

"클린트가 휴가를 나왔다고 했는데 그렇지 않았어. 클린트는 허가 없이 부대를 이탈했고, 한 시간 전에 맥레이 씨 집으로 출발하려는데 헌병대가 그를 잡으러 들이닥쳤을 때까지 우린 진짜 조금도 의심하지 않았어. 만약 클린트를 체포하면 맥레이 씨 저택 파티는 엉망이 된다, 파티가 끝나면 얼마든지 잡아가도 괜찮다며 헌병대에게 사정했지만, 그들은 아예 들은 척도 안 하고 클린트를 붙잡아 지프에 태워 끌고 갔어."

저는 곰곰이 생각했습니다.

"호레이스, 클린트는 세 사람 중 그냥 한 사람이잖아. 왜 클린트를 빼고 둘이 오지 않는 거야?"

"피트, 너도 알지? 피아노를 치는 보안관 빈스 더들리가 아는 화음이라곤 장조 코드 네 개에다 단조 코드 세 개를 합쳐서 일곱 개 밖에 안 돼. 리드해 주는 색소폰 없이는 정말이지 엉망이야."

"너는 어때?"

"나는 드러머야. 아무리 즉흥적으로 손을 움직인다고 해도, 드럼 하나로는 아무도 춤추지 않을 거야."

저는 주인에게 전화를 바꿔주었고, 주인은 지금까지 그렇게 화를 낸 적이 없을 정도로 화를 냈습니다.

"알겠나, 러글스? 자네, 나에게 이러면 안 돼. 모두 자네들의 오케스트라라면 정말 지역적인 분위기를 낼 수 있다고 해서 고용한 거야. 다른 색소폰 연주자를 붙잡아서 당장 와."

뭐, 호레이스가 뭐라고 대답했는지 짐작합니다. 클린트 뉴턴은 이 근처에서 유일한 색소폰 연주자이고, 포킵시나 토링턴에서 대신할 사람을 찾더라도 거기서 데리고 오려면 앞으로 1시간은 걸릴 겁니다. 호레이스도 그렇게 하려고 했지만 소용없었다고 나중에 알려 주었습니다.

주인이 말했습니다.

"색소폰 연주자가 없다면 리드를 맡을 제대로 된 뮤지션 한 명쯤 있겠지. 이 근처에 진짜 뮤지션이 한 명도 없다는 말 같은 건 하지 말게! 그 사람에게 10달러 지불하지! 20달러라도 지불하겠어! 무슨 수를 써서든 당장 끌고 와!"

그때 생각이 번쩍 떠올랐습니다!

"주인님!" 제가 말했습니다.

"조용, 호레이스 러글스와 이야기하잖아."

"주인님, 뮤지션을 데려올 수 있어요."

주인은 "러글스, 잠깐 기다려." 하고 이상한 눈길로 저를 봤습니다.

"피터, 색소폰 부는 방법 통신강좌는 안 받았지 않나?"

"아닙니다. 그게 아니라 바이올리니스트가 있는 곳을 압니다."

"정말이야, 피터?"

"예, 지금 이 마을에 있습니다."

"바이올리니스트가 이 서리에 있다는 말인가? 나는 들은 적이 없는데? 피터, 그 사람은 능숙한가?"

"그렇습니다, 주인님. 그는 아주 오랫동안 바이올린을 켜서 턱밑이 움푹 들어갔어요."

주인이 제 등을 탁 쳤습니다.

"피터, 역시 자넨 기대를 배반하지 않는 남자야! 그 사람에게 20달러 주겠다고 말하게. 그리고 이 10달러는 자네가 받아두게. 여기로 데려오는 데 얼마나 걸리지?"

"만약 집에 있으면……."

"어째서 지금 집에 없다는 거지?"

"가 봐야 압니다, 주인님."

"그 사람 집에 가서 데리고 돌아오려면 어느 정도 걸릴 것 같나?"

"15분, 아니 30분은 걸릴 것 같습니다." 주인에게는 말하지 않았지만, 휴버트 하니웰을 어느 정도 깨끗하게 준비시키려면 15분은 걸릴 것 같다고 츄리했습니다.

주인이 전화에 대고 말했습니다.

"러글스, 자네들을 위해 바이올리니스트를 준비시켰네! 그래, 바이올리니스트야! 차를 타고 지금 즉시 이리로 와, 알겠어?"

주인이 전화를 끊고 다시 한 번 제 등을 두드렸습니다.

"피터, 자네는 생명의 은인이야! 러글스는 피아니스트를 태우면 즉시 여기로 온다는군. 피터, 그 바이올리니스트를 잡으러, 죽을 정도로 달려!"

뭐, 그렇게까지 서두르지 않았다면 2층에 있는 클로크 룸(모자나 코트, 기타 휴대품을 맡겨두는 곳)에 가서 붉은 머리 애너벨에게 10달러를 보이고, 도축업자가 왔다 치더라도 약속대로 그녀와 춤출 예정인 걸 전했겠지요. 하지만 애너벨이 우리를 대면시킨 것은 자기니까 얼마쯤 넘기라고 말하지 않을까 하는 마음이 들었습니다. 어쨌든 휴버트가 정말로 그녀를 좋아한다면, 본인의 20달러 중에서 2, 3달러는 건넬 것이라고 생각했기 때문에, 멈추지 않고 재빨리 차고로 갔습니다.

차도와 중간 뜰, 앞쪽 도로에는 마흔 대가 넘는 차가 주차돼 있었습니다. 그리고 집 정면에 라이트가 켜져 있고, 엔진이 켜져 있는 차가 멈춰 있는 걸 발견했습니다. 그렇게까지 서둘지 않았다면 엔진을 껐을 테지요. 휘발유 낭비고 게다가 차 안에는 아무도 없는 걸 알았을 테니까요. 하지만 주인이 '피터, 죽을 정도로 달려'라고 했기 때문에 그렇게 한 것입니다.

타이어를 삐걱거리면서 메인 가를 굉장한 속도로 달리고, 웨스트 메인 가 모퉁이도 마찬가지 속도로 돌았습니다. 예전에 카지노가 있었지만 불타버린 곳의 모퉁이를 돌아서, 시속 95킬로미터로 날듯이 달려 묘지에 접한 기다란 고갯길을 같은 속도였나? 그 이상의 기세로 달려 나갔습니다.

머지 연못 도로에 도착하자 속도를 늦추어야 했습니다. 울퉁불퉁한데다 빨리 가려고 하면 스프링이나 차축이 꺾일 것이고, 맞은편에서 다른 차가 오는데 만약 그 사람도 빨리 차를 몬다면 차마 눈뜨고 볼 수 없는 일이 벌어질 테니까요.

도축업자의 오두막에 도착했습니다.

아주 깜깜했습니다.

경적을 울렸습니다.

아무 일도 일어나지 않았습니다.

"휴버트! 휴버트!" 제가 큰 소리로 불렀습니다.

그래도 나오지 않아서 글러브박스에 들어 있던 손전등을 꺼내어 자물쇠가 잠기지 않은 오두막으로 들어갔습니다.

"휴버트!" 소리쳤지만, 그가 없다는 걸 알았습니다. 지난번과 같은 난로, 같은 의자, 같은 부서진 소파, 같은 탁자—오늘은 아무것도 얹혀 있지 않았습니다—그것뿐이었습니다.

저는 유리가 없는 창문을 기어올라 밖으로 나와서 일리노이 번호판을 단 로드스터를 발견한 곳으로 갔습니다.

없어졌습니다.

휴버트가 아마 영화라도 보러 나간 것이라 츄리하고, 또 그 10달러와는 안녕이구나 하고 츄리했습니다.

깜깜한 좁은 길에서 고생고생 겨우 차의 방향을 바꾸어, 거의 시속 80킬로미터 이하의 속도로 돌아왔는데, 너무 실망해서

울부짖고 싶은 심정이었습니다.

집의 차도로 들어서자 나올 때 본 것과 같은 차가 있었습니다. 아직 라이트가 켜져 있고 엔진도 켜진 채로 있어서 방해되지 않는 곳으로 옮기고 엔진을 끄려고 차에서 내렸는데, 그것은 일리노이 번호판이 붙은 로드스터였습니다.

아시겠지만 기분은 조금도 좋아지지 않았습니다. 왜냐하면 그 붉은 머리 애너벨이 몰래 휴버트 하니웰을 부른 것이라 츄리하고, 아마 주인은 "피터, 자네가 좋은 생각을 해냈지만, 애너벨이 빨랐어. 그 10달러 중 애너벨에게 5달러 건네게." 하고 말할 것 같아서죠.

하지만 일이니까 로드스터의 엔진을 끄고 차에서 나오려는 그때…….

그래요, 뒷좌석에 바이올린 케이스가 있는 걸 발견하고는 모든 게 번뜩 떠올랐습니다. '아마 휴버트 하니웰은 그다지 좋은 사람이 아니라서, 돈을 받을 때까지는 연주를 하지 않을 생각인가 보군!'

좋아, 그렇게 나온다면 이쪽도 같은 방법으로 가면 된다고 생각하고, 저는 남처럼 무기운 바이올린 케이스를 들고 집 안으로 살금살금 들어갔습니다.

그런데 제 츄리가 옳았단 걸 알았습니다. 휴버트가 제 쪽으로 등을 돌리고 있고, 손님들은 모두 벽을 따라 일렬로 늘어서 있었습니다. 애너벨이 저택의 가장 좋은 베개커버처럼 보이는 자루를 들고, 이 손님에게서 저 손님으로 잇달아 걸으며 이렇게 말했습니다.

"얌전히 내 주세요, 신사숙녀 여러분. 어차피 있는 돈을 지불할 거면 즐겁게 말이죠. 공동출자는 아낌없이. 고맙습니다, 나리. 정말 고마워요, 부인."

그럼쇼 부인은 반지 서너 개와 손목시계를, 커틀러 부인은 목에 걸고 있던 다이아몬드 목걸이를 넣고, 커틀러 씨는 일부러 지갑에서 얼마를 꺼내는 수고도 아까워서 지갑을 그대로 통째로 던져 넣었습니다. 그래서 이 사람들이 춤추고 싶어 견딜 수 없는 걸 핑계로, 휴버트 하니웰은 주인이 약속한 액수보다 훨씬 많이 가로채려는 걸 알았습니다. 하지만 주인이 언제나 말하듯 모두가 공평해야 하고, 애미니아 콘서트 오케스트라가 25달러로 연주하려고 하는데, 휴버트 하니웰이 리드를 한다는 것만으로 그렇게 받는 것은 잘못입니다.

저는 휴버트에게 바이올린을 넘겨주려고 바이올린 케이스의 물림쇠를 누르고 큰 소리로 말했습니다.

"여기 바이올린이 있어, 휴버트. 그리고 그렇게 욕심 부리지 마."

그러자 모든 일이 한꺼번에 벌어졌습니다.

애너벨이 새된 소리를 지르며 베개커버를 떨어뜨리고, 휴버트가 휙 방향을 바꾸었는데, 제가 있던 곳이 어두워서 처음엔 휴버트의 눈에 제가 보이지 않았습니다. 그때 바이올린 케이스가 손 안에서 열렸고, 저는 바닥에 바이올린이 떨어지지 않게 순식간에 붙잡았는데, 그것은 바이올린이 아니었습니다. 이상한 지레 형태의 총이었고, 한가운데 부위가 특수한 자루처럼 기묘하게 볼록했으며, 라이플 같은 총대와 피스톨 같은 손잡이가 달려 있었습니다.

휴버트는 오토매틱을 가졌고 두 발 쏘았습니다. 저의 3미터쯤 왼쪽에 있던 현관의 커다란 거울은 새 유리를 끼워 넣지 않는 한 원래대로는 되지 않겠죠.

"휴버트, 쏘지 마. 나야, 피트야." 제가 소리쳤지만, 그는 제 목소리가 난 곳으로 방향을 바꾸어 쏘았습니다. 그가 진심이란 걸 알았기 때문에, 명사수인 저는 들고 있던 총의 방아쇠에 손가락을 걸고 더할 나위 없이 훌륭하게 그의 오른쪽 어깨를 꿰뚫었습니다.

휴버트가 오토매틱을 놓치고, 여자들은 비명을 지르고 정신을 잃는 등 야단법석이 벌어졌습니다. 저는 이 무렵까지는 휴버트가 절약가는 아니라고 의심했습니다. 왜냐하면, 수차할 때 엔진을 끄지 않아 휘발유가 대량으로 낭비되도록 내버려 두었기 때문이지요.

"휴버트, 훈련을 쌓은 탐정이라면 99명은 그대로 통과시키더라도 100명째 남자에겐 수갑을 채운다. 휴버트, 도축장에서 일한 적 있어?"

"응." 그는 어깨가 아파 왼손으로 누르면서 말했습니다.

"어디서?"

"시카고의 도축장에서."

"바느질을 한 적은?"

"응."

"어디서?"

"졸리엣 교도소에서 바느질 일감을 맡아했다."

"너의 본명은?"

그가 대답하려고 했는데, 붉은 머리 애너벨이 남자의 목을 끌어안고 말했습니다.

"더 이상 대답하지 마, 자기." 그리고 저를 돌아봤습니다.

"피트, 이 사람 이름은 존 도우야."

그 말을 들은 순간 얼마나 놀랐냐고 하면, 이쑤시개로 찔려도 폭 쓰러질 정도였습니다. 그날 밤은 여러 가지 일을 헤쳐 나왔기 때문에, 나중에 모두가 저에게 돈을 모아 주었을 때 그림쇼 씨가 말했던 것처럼, "피터의 뛰어난 사격 솜씨와 냉정함과 위험을 돌아보지 않는 용기가 우리 모두를 구했어."인 셈이었죠.

"누구라고?" 제가 물었습니다.

"존 도우야."

"과자기술자이었던 적이 있어?" 제가 물었습니다.

"응." 그가 대답했습니다.

"어디서?"

"미주리 주 컬럼비아에서 교도소에 들어갔을 때."

"존 도우, 죄 값을 치를 때야. 대부호 리처드 로우의 수수께끼 살인범으로 체포한다. 함께 서로 가지." 제가 말했습니다.

그가 달아나려 했을 때, 애미니아 콘서트 오케스트라가 도착하고, 피아노 연주자 빈스 더들리 보안관이 그를 차에 태웠습니다. 그러나 저는 그의 오토매틱으로 코에 한 방 먹였고, 그런 이유로 놈의 코가 부러진 것이죠.

전보

뉴욕 주 뉴욕, AP통신, UP통신, INS통신 귀중

코네티컷 주 서리의 대부호 R. B. 맥레이 씨 저택에서 대담무쌍한 강도사건을 미연에 방지하고, 조 코스텔로 또 다른 이름 조 카스텔리 또는 조 콘스탄체 또는 조 카스트루치오를 체포한 피터 모란은 뉴욕 주 사우스 킹스턴의 애크미 인터내셔널 탐정통신교육학교의 학생입니다. 학교 안내 팸플릿과 광고지는 희망에 따라 무료 증정. 수강료 특별 할인. 학습 중에도 수

입을 얻을 수 있습니다. 이 매력적이고도 인재가 요구되는 일을 배우려면 지금이 기회입니다.

애크미 인터내셔널 탐정통신교육학교
주임경감

발신 : 코네티컷 주 서리. R. B. 맥레이 씨 댁내
　　　탐정 P. 모란
수신 : 뉴욕 주 사우스 킹스턴
　　　애크미 인터내셔널 탐정통신교육학교 주임경감

　정말이지 경감님의 전보 덕택에 진짜 소동이 일어났습니다. 오늘은 금요일이고 기자들이 끊임없이 찾아오는데, 주인이 "피터, 이제 홍보는 지나칠 정도야." 하셔서, 저는 기자들에게 "이제 인터뷰는 하지 않겠습니다."라고 선고했습니다. 하지만 그들이 찍은 저, 저와 주인, 저와 커틀러 부부, 저와 그림쇼 부부, 저와 빈스 더들리 보안관과 나머지 애미니아 콘서트 오케스트라, 그리고 저와 조 코스텔로의 플래시 촬영사진을 싣는 것까지는 막을 방법이 없습니다.
　하지만 경감님에게 <뉴욕 미라> <뉴욕 뉴스> <뉴욕 헤럴드> <뉴욕 PM> 등의 기사들을 가르쳐 드리지요. 이런 신문은 누구

나가 다 읽지 않을지도 모르니까요. 특히 학교가 있는 사우스 킹스턴에 지역 신문이 있다고 한다면 말이죠.

빈스 더들리 보안관과 주인과 그 밖에 두세 명이 증거를 모아 마무리하자, 저는 그들을 위해 츄리해 주고, 그들은 단지 우두커니 서서 듣고는 거듭 고개를 끄덕이며, 스스로 츄리했으면 좋았을 걸 했습니다.

그 붉은 머리 애너벨은 남자친구 조 코스텔로와 포킵시에 숨어 있을 때 입수한 신문에서 맥레이 부부가 개최하는 댄스파티에 대한 기사를 읽었습니다. 조의 턱밑이 붉고 움푹한 것은 텍사스에서 교수대에 매달렸을 때 로프가 끊어졌기 때문입니다. 그래서 그들은 서리로 왔고, 붉은 머리 애너벨은 저택의 상황을 엿볼 수 있는 일자리를 얻고는 조에게 식은 죽 먹기라고 알렸습니다. 강도짓은 밤 10시 30분이 좋겠다고 그들은 생각하고, 조는 기관총을 가져갈 예정이었는데, 애너벨이 조와 만나, 기관총이 필요 없을 거라고 말했습니다. 그녀는 제가 차로 나가는 걸 보고, 영락없이 파티에서 달아났다고 츄리하고 몇 시간은 돌아오지 않을 것이라고 짐작했습니다. 그래서 조는 차에 기관총을 두고 갔는데, 지금은 후회한다고 말했습니다. 그는 많은 경험을 쌓았기 때문에 오토매틱으로도 충분하다고 생각했던 것이고, 확실히 그대로였겠지요—만약 제가 예상 외의 시간에 돌아오지 않고, <뉴욕 선>의 말을 빌리면, 상황을 한순간에 깨달은 제가 뛰어난 결단력으로 행동하지 않았더라면.

<뉴욕 PM>에 실린 것처럼 코스텔로의 공범이 이미 모았던 약탈품의 가치는 10만 달러를 넘었고, 그 내용물은 현금, 시계, 반지, 보석이었습니다. <뉴욕 미러>가 보도한 대로 방해받지 않도록 도주계획을 세웠고, 그런 이유로 주식 중개인 R. B. 맥레이 씨의 호화저택(1면 사진 참조)으로 통하는 전화선을 끊었는데, 이런 사실이 발각된 것은 빈센트 더들리 보안관이 당시 자기의 관할구역 밖에 있던 코네티컷 주 경찰을 부르려는데 전화가 연결되지 않는다는 걸 알았을 때입니다. 전보국은 레이크빌에 있고, 서리 앞으로 온 전보를 받았을 때, 그들은 이곳으로 보내려고 했지만, 일요일 밤 조가 전화선을 끊은 뒤라 보낼 수 없어서 월요일까지 도착하지 않았습니다. 경감님이 일반 편지로 보냈다면 돈을 절약할 수 있었어요.

조는 부치 크리거가 멍청한 금발머리 여자에 대해 저한테 충고했던 게 옳았다고 했습니다. 7대양을 항해하고 바다냄새 밴 선원과는 전혀 딴판이고, 의사의 서방전으로 약을 조제하는 약사에게 이상한 염료를 배우기 전에는 애너벨도 금발머리였습니다. 그리고 조가 말하길, 애너벨이 잘못된 방향으로 자기를 인도했다, 그렇지 않았다면 지난주 금요일 사고를 가장해 저를 쏘았을 것이고, 그랬다면 이 이야기는 해피엔드로 끝났을 것이라고 했습니다. 애너벨은 피를 보고 싶지 않아서 조를 설득했

던 것입니다. 그래도 조는 좋은 녀석이라 저에게 오른쪽 어깨를 맞아서 다행이다, 전에도 그곳을 맞은 적이 있어 크게 신경 쓰지 않는다, 또 코에 대해서도 마찬가지로 너무 자주 부러져서 몇 번째인지 기억도 못할 정도라고 했습니다. 조의 말에 따르면 인생에는 좋을 때도 있고 나쁠 때도 있으니 단념이 필요하고, 게다가 또 코네티컷의 교도소에 들어간 적이 없으니 어떤 곳일까, 또 바이올린을 갖고 갈 수 있는지 알고 싶어 했습니다. 바이올린을 받치는 데 딱 알맞게 패인 곳이 턱밑에 있는 까닭에 그는 바이올린을 켜고 싶어 했고, 지금부터 가는 장소에는 연습시간이 듬뿍 있으리라 생각합니다. 하지만 얌전하게 복역해서 몇 년 형기가 줄지 어떨지 모르는 동안에는 장래 계획은 세울 수 없겠지요. 그리고 그 붉은 머리 애너벨과 두 번 다시 못 만나도 그것은 상관없답니다.

어젯밤, 화려한 밤색머리 아가씨가 우체국 바깥 도로에서 저를 불러 세웠습니다.

"실례해요. 처음 보는 분께 말을 거는 건 처음이지만, 혹시 모란 씨 아니에요? 사진을 보고 알았어요. 모란 씨, 그거 아세요? 당신은 저의 영웅이에요."

"아니오, 몰랐습니다." 제가 대답했습니다.

"저의 특별한 영웅이에요. <레이크빌 저널>에서 당신 기사를 읽었거든요."

"오늘 밤은 비번이고 약속도 없습니다. 당신이 가고 싶은 곳으로 데려갈 수 있어요." 제가 말했습니다.

"어머, 정말요? 별로 서둘러 가야 할 일도 없어요."

제가 기어를 넣자, 그녀가 휙 다가왔습니다.

"가슴이 두근거려요, 모란 씨. 진짜 영웅이 저를 데려다 준다니!"

"당신이 이것을 관능적인 운전이라고 말할지는 모르지만."

"어머, 모란 씨!" 그 여자는 깜짝 놀라더니 더욱 바짝 다가왔습니다.

"영웅이라면, 무엇을 해도 허락할 거예요"

방화범

발신 : 뉴욕 주 사우스 킹스턴

　　　애크미 인터내셔널 탐정통신교육학교 주임경감

수신 : 코네티컷 주 서리. R. B. 맥레이 씨 댁내

　　　탐정 P. 모란

　　중요 과목인 은행 강도 첫 강의, 즉 초급 레슨은 이것이 마지막입니다. 이전 레슨을 정성 들여 꼼꼼히 공부했다면, 모든 범죄는 세 가지 단계 즉 계획, 실행, 도주로 나뉜다는 사실을 기억하지요? 이 레슨을 되풀이 읽고 은행 강도가 가장 주의를 필요로 하는 건 이 세 가지 중 어느 것일까 생각하시오. 은행 강도를 계획할 때 한 그룹이 계획을 세우고, 다른 그룹이 실행을 책임지고, 세 번째 그룹이 도주를 거드는 게 왜인지 압니까?

이 세 가지와 거의 같은 정도로 중요한 범죄를 달리 들 수 있습니까?

왜 신참 탐정은 은행 강도를 열정적으로 연구해야만 하는가? 바른 답을 찾을 수 있는 힌트를 주지요. 탐정이 사건을 해결하면 돌아온 금액에 대한 수수료를 보수로 받는 일이 흔히 있습니다. 자, 연필을 꺼내서 계산해 봅시다. 부인의 핸드백과 함께 날치기 당한 10달러의 1퍼센트와 은행에서 도둑맞은 10만 달러의 1퍼센트는 어느 쪽이 많습니까? 1퍼센트를 산출하려면 100을 곱해서, 오른쪽에서 두 자릿수씩 콤마로 구분하는 걸 두 번 반복합니다. 이와 같은 실제적인 문제로 눈을 돌리면, 우리가 학생들에게 준비한, 높은 급료에다 매력적인 직업에 얼마나 신속히 전진할 수 있는지 아시겠지요?

J. J. O'B

추신 : 레슨의 제출을 지난번보다 더 빨리, 다음 대금과 같이 보내 주십시오. 다음 레슨은 매우 재미있고 자극적인 '호텔 탐정'입니다. 당신은 이미 '강도 초급'을 마쳤으므로, 다음 '강도 중급'을 준비하고, '강도 상급'에 도전하게 됐습니다. 이것은 레슨을 통해 60점 이상 얻고, 특별 자격을 얻은 학생에 대해 수료 후 제공되는 과정입니다.

전보

뉴욕 주 사우스 킹스턴

애크미 인터내셔널 탐정통신교육학교 주임경감

은행 강도는 건너뛰고, 방화 초급, 방화 중급, 방화 상급을
받고 싶음.

탐정 P. 모란

수령인 지불 주간 할인 전보

코네티컷 주 서리. 미스터 R. B. 맥레이 댁내

피터 모란 앞

전보 수령. 교육과정 조정은 많은 학습과 경험을 쌓은 뒤에 해
야 함. 렛슨 14에서 비로소 방화 렛슨이 나오지만, 그것은
아직 방화 초급임. 방화 중급과 상급은 모두 수료 후의 과정이
고 당신에게는 아직 이르지만, 추가요금을 선지불한다면 제공
가능. 답변을 기다림.

애크미 인터내셔널 탐정통신교육학교

주임경감

발신 : 코네티컷 주 서리. R. B. 맥레이 씨 댁내

　　　　탐정 P. 모란

수신 : 뉴욕 주 사우스 킹스턴

　　　　애크미 인터내셔널 탐정통신교육학교 주임경감

　예, 경감님이 왜 '전보 수령'이란 쓸데없는 네 글자를 썼는지 모르겠습니다. 왜냐면 받지 않았다면 답장할 필요가 없을 것이고, 답장이 오면 경감님이 받았다고 즉각 츄리합니다. 그 네 글자로 추가요금이 들어서 9센트 지불했어요. 또 왜 마지막에 쓸데없는 '.'을 넣어야 했는지도 모르겠군요. 왜냐면 '.'라고 넣지 않아도 전보 교환원은 문장이 끊어진 곳, 즉 메시지의 마지막에 멈추게 됩니다. 더 이상 할 말이 남아 있지 않으니까요.

　그런데 제가 왜 '은행 강도 초급'이며, '중급' '상급'을 하고 싶지 않은가, 그리고 왜 방화에 대해 배우고 싶은가, 말해야 되겠지요? 이 방화(Arson)란 말은 처음에 스웨터를 입은 여자가 말했을 때, 비소Arsonic(비소Arsenic)를 줄인 것이라고 생각했습니다. 그렇게는 입 밖에 내지 않았지만. 전보 같은 데 돈을 낭비하지 말고, 애초부터 이런 편지를 썼으면 돈을 절약했을 텐데요.

　주인 부부는 사모님의 어머니가 있는 곳에 일주일에서 열흘 정도 예정으로 갔습니다. 그런 건 휴가라고는 할 수 없다고 여

기지만, 세상에는 다양한 사람이 있으니까요. 주인이 그래서 좋다면 저는 별로 상관없습니다.

주인이 없을 때는 대개 노스 메인 가의 고기 시장과 서리 내셔널 은행 사이에 있는 하비 링크가 빌린 가게에서 빈둥거립니다. 그곳은 일찍이 이발사 프레드 하인켈이 아내한테서 도망나오기 전에는 이발소였는데, 하비는 자기 수염을 깎는 데도 목을 베는 꼴이라고 스스로 말할 정도라서, 배관공사 가게를 열까, 집이나 헛간의 페인트칠 장사를 할까 정할 때까지 빨갛고 하얀 기둥을 떼어내 두기로 했습니다. 안쪽 방에는 당구대가 있는데, 왜냐하면 그곳은 예전에 당구장이었기 때문이죠.

하비가 말하길 저에게 필요한 것은 연습이고 그렇게 하면 당구로 그에게 져서 가진 돈을 털릴 일은 없다고 합니다. 하비가 저와는 하고 싶지 않다, 제 돈을 홀랑 벗겨 먹는 건 이제 질렸다, 하지만 복수할 기회를 줘야 한다고 합니다. 그 때문에 저는 밤이면 밤마다, 그리고 그에게 할 일이 없을 때는 주간에도 그곳에 틀어박혀서 돈을 다 쓰기 전에 하비를 패배시켜줄 작정입니다. 그렇지만 어제는 차고에서 타이어를 두 개 교체했습니다. 왜냐하면 주인이 마지막에 "피터, 이 순서대로 타이어를 교환해. 이것이 타이어를 오래 쓰는 절약 방법이야."라는 말을 남겼고, 해야 할 일을 산처럼 써 두어서 어쨌든 주간 당구는 칠 수 없었습니다. 그때 밖에 차가 멈추는 소리가 들리고 바닥에 그림자가 보였습니다. 바지를 입고 다리가 두 개, 머리가 하나인 사람이 그 그림자를 드리우고 있다고 즉시 츄리하고 얼굴을 들어 관찰하니, 그것은 여자였고 게다가 아주 요염한데다가 멋진 스웨터를 입었으니 더한층 멋졌습니다.

"거기 불빛 앞에서 냉큼 비키지 못해? 내가 일하는 게 안 보여, 이 멍청이."라고 말하다가 상대가 여자인 걸 알았습니다. 게다가 구릿빛 머리칼과 오렌지색 립스틱을 바른 입술, 발가락이 나온 구두를 신은 귀여운 발과 더욱이 그 엄지발톱이 입술과 같은 오렌지색인 걸 알았을 때는 그 말의 대부분을 마친 상태라 "미안합니다." 하고 서너 번 거듭 사과했습니다.

그녀는 싱긋 웃고 말했습니다.

"어머, 죄송해요! 정말, 정말 미안해요! 아, 당신이 그렇게 바쁠 거라고는 생각지 못했어요! 아아, 당신을 한 번 보고 싶어서 몇 킬로미터나 차를 달려 왔는데, 돌아갔다 다른 날 다시 오겠어요"

상대가 남자라면 그렇게 하라고 했겠지만, 경감님은 의외라고 생각할지도 모르지만, 특히 이성에 관해서는 저는 냉담할 수 없습니다. 제가 말했습니다.

"그럴 필요 없어요, 아가씨. 무슨 용건이지요?"

"아, 당신이 모란 씨인가요?"

"그렇습니다."

여자는 더더욱 활짝 웃고 말했습니다.

"오—, 제가 정말 위대한 탐정 피터 모란 씨와 이야기를 나누고 있는 건가요?"

"맞습니다, 아가씨." 뭐 거짓말을 할 이유도 없지요.

"아, 마비될 것 같아! 오, 온몸이 떨려! 아, 당신의 눈이 나를 똑바로 쏘아 보고 있어! 어쩜, 그 눈이 여기서 나에게 박혀 그대로 두 개의 송곳처럼 꽂히는 걸 느껴요! 어머, 금방이라도 마비될 것 같아, 정말이에요!"

위대한 탐정은 대중에게 관대하고 겸허해야 된다고, 어디선가 읽은 적이 있어서 저는 다만 이렇게 말했습니다.

"진정하세요, 아가씨. 저는 대개 사람들에게 그런 효과를 일으키죠."

그 여자가 다가와 제 눈을 똑바로 들여다보았습니다.

"알겠어요, 모란 씨! 아, 말씀하시는 것 전부 믿어요! 오, 당신은 나 자신보다 나를 더 잘 아는 것 같아요."

"아니, 이번은 그다지 츄리할 수 없군요. 당신은 남부사람이고 취미가 정원 손질을 좋아한다는 것, 남편은 육군대위이고 결혼한 지 얼마 안 됐지만 당신을 사랑한다는 정도로군요. 츄리할 수 있는 것은."

여자가 펄쩍 뛰었습니다.

"츄리라고요? '추리'란 뜻? 아니 뭐 당신이 '츄리'라고 말한다면 '츄리'예요. 하지만 하니 차일, 너무 놀랐어요! 오, 정말 굉장해! 아, 대체 어떻게 거기까지 츄리했죠?"

그래요, 조금 설명해줘도 나쁘지 않겠다고 여겼습니다.

"레슨 2에 쓰여 있는 대로 관찰자로 훈련하고 있으니까요."

"계속해요! 더 듣고 싶어요!"

"당신이 남부사람이란 건, 메이슨 앤 딕시선(북부와 남부의 경계 메이슨 딕슨선의 잘못)보다 남쪽에서 온 남부사람들은 '하니 차일'이라든가 '당신(you-all)'이라는 말을 하기 때문입니다."

"맞아요! 당신이 말하는 대로예요! 계속해요!"

"밖에 세워둔 고물 쉐비에 조지아 번호판이 달려 있고, 조지아는 남부니까 역시 당신은 남부사람이지요."

"오, 모란 씨, 초인적이에요!"

"당신이 입고 있는 바지 무릎에 흙이 묻어 있어요. 부드러운 정원 흙이고, 이 차고 바닥의 흙과는 달라요."

"물론 그래요! 저, 우리 집 정원을 진정으로 사랑하는걸요! 하지만 남편이 육군에 있다는 건?"

"스웨터에 은빛 막대가 두 개 든 핀을 달고 있지요?"

그것은 금방 알았습니다. 왜냐하면, 제가 스웨터를 뚫어지게 본다고 그녀가 말했을 때, 사실 거기를 보고 있었기 때문입니다. 그것을 정말로 꿰뚫어 볼 수 있으면 좋겠다고 생각했는데, 아무리 제 눈이 좋다고 해도 그렇게까지는 아닙니다.

"당신에게는 애인이 두 명 있고, 두 사람 모두 중위라고 말하는 사람도 있을지 모르겠지만, 저는 더 많은 것을 압니다. 그는 대위이고 당신이 결혼했다는 건 결혼반지를 끼고 있어서 알았습니다."

"맞아요! 오, 정말 그대로예요! 그런데 어떻게, 오, 어떻게 그가 저를 사랑한다는 걸 알았지요? 빨리 가르쳐 줘요, 하니 차일!"

"그것은, 당신은 머리를 세팅하고 있는데 요즘은 그런 모양이 값싸지도 않고, 지금은 월초라 나라에서 당신에게 들어오는 돈 외에 남편이 수표를 끊었을 것이라 츄리하고, 사랑하지 않는다면 그런 일은 할 수 없다고 여겼지요. 하지만 당신 같은 여자와 결혼한 남자라면 누구라도 사랑하지 않고는 못 배길 테니, 이것은 쉬운 문제죠. 더 어려운 일도 들어줘야겠지요."

"모란 씨, 당신은 천리안 능력이 있어요. 남편이 저를 사랑해서 정말 잘 됐어요. 그렇지 않았다면 지금 이 순간에 쓰러져 죽었을 거예요. 맹세하는데 정말이에요!" 그렇게 말할 때의 그녀는 입 끝을 씰룩이며 금방이라도 울음을 터뜨릴 듯 아주 귀여웠는데, 잠시 뒤 싱긋 웃었습니다.

"어떻게 제가 결혼한 지 얼마 안 됐다고 알았어요? 머리에 쌀이라도 붙어 있었나요, 하니 차일?"

그녀가 '하니 차일'이라고 불러 주는 건 기분이 좋았습니다.

그때까지 그런 식으로 불러준 사람은 아무도 없었습니다. 그래도 저는 단지 이렇게 말했을 뿐입니다.

"쌀은 붙어 있지 않아요, 마담. 먹는 데는 좋지만, 최근엔 낡은 구두와 마찬가지로 더 이상 던지는 사람이 없어요. 하지만 결혼한 지 얼마 안 됐다고 말한 건, 당신이 아주 젊기 때문이고 그런 건 한 번 보기만 해도 금방 알 수 있고, 고생한 일도 없는 것 같군요. 확실히 말해서. 삼가지 않고 거침없이 말했지만 마음 쓰지 마십시오. 날 때부터 이런 남자라."

그 여자는 기분이 상한 것 같지는 않았는데, 그것은 제가 여자 다루는 법을 터득하고 있기 때문이죠. 여자가 그 조그만 손을 제 앞에 놓자, 심장이 두세 번 쓸데없이 뛰는 걸 느꼈습니다.

"오, 모란 씨, 상상 이상으로 멋진 분이에요! 아, 당신을 만나러 와서 정말 좋아요! 모란 씨, 비밀 얘기를 해도 될까요?"

주위를 둘러보았는데 아무도 보이지 않았습니다. 그런 다음 저는 어느 잡지에서 읽은 것을 떠올렸습니다. 그것은 사모님이 주 교도소 수감자들에게 보내기 위해 왕창 건네주었던 잡지 중 한 권이었는데, 수감자들은 스스로 살인을 하지 않을 때는 다른 사람이 살인한 이야기를 읽고 싶어 합니다. 그래서 제가 말했습니다.

"부디 계속하세요, 아가씨. 귀를 쫑긋 세워 듣겠습니다."

뭐 그녀의 말 그대로는 전하지 않겠습니다. 한 마디마다 '아'란 소리를 끼워 넣고, 대부분의 이야기는 "아, 모란 씨, 당신의 눈을 보니 정말 무서워졌어요. 당신은 초인적이고 신비적이고 어쩌고저쩌고……"라는 종류의 아주 지극히 개인적인 일이었기 때문입니다. 어쨌든 그녀의 이름은 다이애나 더비, 오래된 버졸 저택이 불타지 않도록 일요일까지 매일 밤 8시부터 아침 6시까지 집을 지키는 일에 저를 고용하고, 선금으로 10달러를 주었습니다.

이제, 앞의 레슨 건은 어떻습니까?

수령인 지불 전보

코네티컷 주 서리. 미스터 R. B. 맥레이 댁내

피터 모란 앞

수령인 지불 속달로 방화 초급, 중급, 상급을 송부. 9달러임.

애크미 인터내셔널 탐정통신교육학교

주임경감

발신 : 코네티컷 주 서리. R. B. 맥레이 씨 댁내

탐정 P. 모란

수신 : 뉴욕 주 사우스 킹스턴
애크미 인터내셔널 탐정통신교육학교 주임경감

열 단어로 말할 수 있는데도 굳이 열한 단어로 말하셨군요.
그리고 전보국이 가르쳐 준 단어 중 두 가지는 지겹도록 쓰인
'수령인 지불'이었어요. 게다가 레슨이 도착한다는 따위 전보는
칠 필요가 없습니다. 왜냐, 속달 담당 찰리 대니얼스가 전보가
도착한 직후에 대금교환으로 레슨을 배달하러 왔기 때문이죠.
그래서 저는 몹시 화가 나서 당장 반송하려고 했지만, 찰리의
말에 따르면, 지불을 마치기 전에 포장을 뜯을 수도 있다고 해
서, 그렇다면 그가 스스로 개봉할지도 모른다고 생각해 그만두
었습니다. 찰리 같은 사람이 방화에 대해 읽고 좁은 마을 안을
떠벌리고 다니기라도 하면 큰일이니까요.

그런 이유로, 경감님은 9달러를 손에 넣고 저는 레슨을 받았
습니다. 그래서 처음에 공부한 '방화 상급'에 나오는 남자가, 자
기가 집을 나간 6개월 뒤에 햇빛이 통과해 대팻밥을 태우도록
볼록렌즈를 설치하고 집에 불을 지른 이야기에는 놀랍게도 허
술한 부분이 없다고 감탄했고, 보험회사가 어떤 방법으로 그
남자의 짓이라고 밝혀냈는가에 대해서는 깜짝 놀랐습니다. 그
러나 보험회사 사람들은 모두 머리가 좋아서 '방화 상급'을 연
구했겠지요. 안 그러면 영업을 그만둬야 했을 테니까요.

다이애나는 보험회사에 근무하는데, 그렇기에 ˙저처럼 의지가 되는 경험 풍부한 탐정을 구하는 것입니다. 그녀의 회사는 마을의 남쪽 변두리에 있는 버졸 저택을 걱정합니다. 왜냐면 그곳에는 거액의 보험금이 걸려 있는데, 누군가 불을 지르려고 한다는 정보를 입수했기 때문입니다. 그래서 그것을 저지할 머리 좋은 남자를 찾다가, 물론 저를 떠올린 것이죠.

다이애나가 한 말입니다.

"아, 모란 씨, 우리들은 방화를 두려워해요."

"저도 그렇습니다." 제가 말했지만, 앞에 쓴 대로 그녀가 처음에 방화라고 했을 때는 그 뜻을 몰랐는데, 저도 그것을 정직하게 말할 정도로 바보는 아닙니다.

"우리끼리 말이지만, 버졸 저택이 어떤 곳인지 아세요?"

"무엇이든 알고말고요."

"아, 당신을 선택한 게 정답이라고 생각했어요! 가르쳐 줘요, 하니 차일!"

그래서 저는 그 저택이 어떻게 해서 버졸 형제—부자인 애브너와 가난한 사일러스—의 소유가 됐는지 이야기했습니다. ˙그들은 부친이 두 사람을 사이좋게 지내게 하려고 집과 대지를 형제에게 남기고 죽었을 때부터 서로 미워했습니다. 애브너는 대지를 절대로 팔지 않습니다. 그런 일을 하면 사일러스가 돈의 절반을 가질 수 있기 때문이죠. 또 애브너가 승낙하지 않는 이상 사일러스가 대지를 팔 수 없으니, 애브너가 한사코 들어주지 않습니다. 그리고 사일러스는 유지할 돈이 없으니 거기에서 살 수 없고, 애브너도 자신이 그곳에 살면 즉시 사일러스가 이사해 올 테니 살지 않습니다. 이런 이유로 15년 가까이 아무도 사는 사람이 없는 채 그곳은 몹시 황폐해졌습니다.

"맞아요. 형제 중 가난한 쪽이 그 집을 불태워서 돈을 가로채려고 해요. 그건 방화예요. 당신이 막아주었으면 해요, 모란 씨." 다이애나가 말했습니다.

약간 이상하다고 생각했습니다.

"사일러스 버졸이 보험금을 노리고 자기들의 집을 불태우고 싶다고 여겼다면, 왜 15년이나 기다렸을까요? 거기다 사일러스는 좋은 할아버지이고, 애미니아 유니언 로드의 오두막에 살지만, 방이 여덟 개와 욕실이 있는 어엿한 저택은커녕 닭장조차 불태우지 않습니다. 게다가 이만큼 기다렸으면 왜 그가 앞으로 15년 더 기다릴지도 모른다고는 생각지 않습니까? 아마 그는 누구처럼 머리 회전이 좋지는 않겠지요. 누구라곤 이 자리에서 말할 수 없지만요. 그러니까 결심할 때까지 아직 당분간 시간이 걸리겠죠"

"아, 모란 씨, 피터라고 불러도 될까요? 갑작스럽긴 해도. 하지만 당신이 갑자기 좋아졌어요. 지금까지 말하진 않았지만 말이에요, 피터. 그래도 이것만은 말할 수 있어요, 하니 차일. 보험은 이번 일요일에 기한이 만료되고, 그렇게 되면 우리 회사로서는 갱신하지 않을 거예요. 하지만 편지가 와서, 극비사항이라 여기서 그대로 말할 순 없지만, 누군가 일요일이 되기 전에 그 집을 불태우려 한다는 거예요. 그래서 거기서 5일 동안 밤에 머물면서 주위에 눈을 번뜩이며 감시하다가 이상한 것을 발견하면 저에게 알리고, 밤 8시부터 아침 6시까지 그곳을 떠나지 말고, 회사의 이익을 위해 계속 망을 봐주는 일을 얼마에 해 주시겠어요?" 다이애나가 말했습니다.

"더비 부인, 다이애나라고 불러도 될까. 봐요, 다이애나. 당연한 말이지만 듬뿍 지불하면 어떻게든 되겠죠." 제가 대답했습니다.

"오, 기뻐요! 정말 기뻐요! 오, 틀림없이 만족시켜 드릴 거예요!"

"그런데 어떻게 오가면 좋지? 지금 주물럭거리는 이 차는 주인 것이고, 저를 신용하기 때문에 쓸 수 없는데다 출발 전에 거리계 숫자를 적어 두고 갔는데."

"자전거를 타면 돼요, 피터. 차고 벽에 세워진 걸 봤고, 버졸 저택까지는 기껏 3~5킬로미터예요."

이 말을 듣고 저는 쪼끔 실망했습니다. 왜냐면 6년 된 쉐비는 그렇게 매력적이라고는 할 수 없지만, 자전거보다는 낫기 때문이죠. 그녀는 제 생각을 간파했습니다.

"제 차를 빌려드리고 싶지만, 하니 차일. 이번 주는 줄곧 서리인에 머물면서 여러 가지로 차를 써야 해요. 보험회사를 위해 보험조사를 하기도 하고, 그밖에도 머리 세팅하며 손톱 손질하며……."

"알겠소. 자전거는 특별요금이오. 그 기간에 밤중엔 계속 깨어 있어야 하나? 왜냐하면 그것도 특별요금이라서."

"아니오, 계속 깨어 있을 필요는 없어요. 당신이 잠이 얕은 사람이고 가볍게 자는 정도라면."

"좋소, 그야말로 나의 일이오. 가볍게 춤추는 것처럼 가볍게 자는 남자니까. 그러면 얼마쯤 휴식시간을 얻을 수 있을까요?"

"휴식이라고요?"

"주인과 사모님이 마을에 없을 때는, 매일 밤 노스 메인 가의 하비 링크의 새 가게에 가서 안쪽 방에 있는 당구대에서 하비와 당구를 하기로 되어 있소. 만약 내가 들르지 않으면 하비는 이상하게 생각할 거요."

"이번 주는 단념할 수밖에 없겠어요, 하니 차일. 오, 피터. 저를 위해 해 주시겠죠?"

그렇게 말하고 그녀는 저를 똑바로 보았는데, 우리 얼굴이 서로 15센티미터도 떨어지지 않아, 만약 제가 키스하려고 했다면 그녀는 재빠르게 몸을 피해야 했을 겁니다. 그래도 버졸에서 5일 밤 묵는 데 얼마 요구할까? 보험회사는 최고 얼마까지 지불할까? 주말까지 그녀를 신용해도 좋을 것인가? 지금 즉시 얼마쯤 융통해 줄지 어떨지 생각했기 때문에, 저는 위대한 탐정에 어울리게 강철 같이 엄격한 태도로 대했습니다.

"다이애나, 내가 계속 일을 할지 어떻게 아시오? 하비 링크와 몇 게임 하러 자전거로 외출할지도……."

이건 단순한 허세였습니다. 물론 그럴 마음은 없습니다. 마을 남쪽 변두리 버졸 저택에서 노스 메인 가에 있는 하비의 가게까지 6킬로미터 거리이고, 제가 자전거를 탔을 때는 스트로크(당구에서 공을 쳐내기 전의 예비 동작)가 흔들려서 금방 안다고 하비가 말했으니까요. 하지만 그녀는 끝까지 말하게 두지 않았습니다.

"하니 차일, 내가 보험회사 대표로 당신이 일요일까지 극비 임무를 맡았다고 링크 씨에게 말하고, 버졸 저택에는 이따금 들러서 당신이 제대로 일하는지 보겠어요."

이번엔 제가 "아!" 할 차례였습니다.

"그 밀고 편지에 쓰여 있던 대로 사일러스 버졸이 한밤중에 집을 불태우러 오면, 몸집이 작은 나는 망을 봐도 힘으로는 맞설 수 없을 테니 아무 도움이 안 될지도 모르지만, 피터, 당신이라면 멈출 수 있어요. 그리고 당신이 견실하게 돈을 번다는 걸 확인하고 보고를 듣기 위해 근무 중 저는 예고 없이 방문하는 거죠. 자, 얼마면 되겠어요?"

예, 우리는 거래를 했고, 그 내용은 비밀이라서 보험회사가 얼마 지불했는지 여기에 쓸 수는 없습니다. 어쨌든 보험회사와 저와 다이애나만 아는 일입니다. 하지만 그녀는 차고에서 바지 오른쪽 뒷주머니에서 10달러를 꺼내 살짝 주었습니다. 바지 앞에는 주머니가 전혀 없었는데, 왜냐면 그런 디자인이었기 때문입니다. 그리고 일요일 아침에, 그때까지 버졸 저택이 불타지 않았으면 20달러짜리 네 장과 10달러짜리를 한 장 더 주겠다고 했는데, 이것은 지금까지 번 것 중에서 가장 편한 일이라고 저는 생각했습니다.

그리고 그저께, 즉 화요일은 버졸 저택에서 망을 본 첫날밤이었습니다. 문은 잠겨 있었고, 문과 창문으로 들어가려고 시도해 봤지만 불가능했습니다. 그러나 담요, 베개, 손전등을 가져왔기 때문에 다이애나가 왔을 때는 옆의 베란다에서 잠이 푹 들었고, 어둠 속에서 그녀가 제게 걸려 넘어질 때까지 잠을 깨지 못했습니다.

"멈춰! 누구야? 이쪽으로 와, 그리고 암호를 대." 제가 말했습니다.

"쏘지 마, 피터. 나예요. 아, 가엾게도 왜 집 밖에서 자요? 안에서 자는 편이 편하고, 게다가 비가 올 것 같아요" 다이애나가 말했습니다.

제가 대답했습니다.

"아니, 자물쇠가 채워져 있어. 첫 조사는 그거였지만. 만약

102

무리하게 들어가면 애브너 버졸이 나를 유치장에 처넣을 게 틀림없어."

다이애나가 "오!"라고 했는데, 정말 바로 그 '오!'였습니다.

"창문 유리가 한 장이라도 깨져 있으면 집 안에서 잘 수 있겠는데, 직접 깨뜨리면 레슨 5에 있는 대로 가택침입이야."

그녀가 가만히 골똘히 생각하고, 제 손을 잡았습니다.

"피터, 내가 유리창을 깨겠어요."

"아니, 내 임무는 망을 보는 것이고 게다가 법을 지키는 시민이오."

저는 베개를 다시 고치고, 아마 꿈을 꾸었던 것 같아서 여기서 맹세하고 싶진 않지만, 꼭 맹세해야 된다고 한다면, 잠을 자려고 담요를 턱밑까지 끌어올리고 몸을 누인 뒤, 다이애나가 잘 자라는 키스를 해 주었다고 맹세하겠지요.

그래도 어떤 꿈을 꾸었는지는 말해두지요. 일요일, 그림처럼 깨끗한 다이애나가 그 멋진 스웨터를 입고, 오렌지색 립스틱을 바르고, 구두가 트인 부분에서 오렌지색 발톱을 엿보이면서 샛길을 걸어왔습니다. 그 조그만 손을 활짝 뻗어 저를 환영하고 20달러짜리 네 장과 10달러짜리 한 장을 한 손에 쥐고, 아니 한 손에 20달러 두 장, 다른 한쪽에는 20달러 두 장과 10달러 한 장을 들고 있었습니다.

전보

코네티컷 주 서리. 미스터 R. B. 맥레이 댁내

피터 모란 앞

미심쩍은 이야기. 방화를 두려워하는 보험회사와 즉각 계약을
파기할 것. 회사 이름과 주소를 알리시오.

애크미 인터내셔널 탐정통신교육학교

주임경감

발신 : 코네티컷 주 서리. 미스터 R. B. 맥레이 댁내

탐정 P. 모란

수신 : 뉴욕 주 사우스 킹스턴

애크미 인터내셔널 탐정통신교육학교 주임경감

어제, 즉 금요일에 온 경감님의 전보에는 답장을 못했습니다.
저는 경감님이 생각하는 만큼 바보가 아니니까요. 그런 식으로
생각한다면 잘못되었어요. 일을 시작하기 전에 다이애나가 선
금으로 10달러를 지불했다고 썼을 때, 경감님은 레슨 가격을
하나당 1달러에서 3달러로 인상했습니다. 3 곱하기 3은 9이고,
찰리 대니얼스에게 수령인 지불 속달 요금을 지불한 뒤 10달러

에서 남은 금액은, 하비 링크와 당구를 해서 제 당구치는 솜씨가 잘 안 됐을 때 손에 남는 금액과 같았고, 게다가 제가 친 전보와 경감님이 보낸 두 통의 수령인 지불 전보요금은 계산에 넣지 않았어요. 제가 그 전부를 지불해야 했습니다. 거기다 만약 보험회사의 이름을 가르쳐 드렸다면, 경감님은 그들에게 전보를 쳐서 저를 따돌리고 이번 건을 빼앗았겠지요. 그러므로 저의 대답은 존엄한 침묵으로, 그것은 제가 보험회사 이름을 모른다는 것과는 별개 문제입니다.

지금은 토요일 아침이고 내일이면 일도 끝나니, 그러면 돈이 굴러 들어옵니다. 그래도 레슨은 재미있게 읽고 있으며, 그중에서도 통신용 비둘기를 훈련시킨 남자의 이야기는 잊을 수 없습니다. 그 남자가 플로리다에 갈 때 비둘기도 함께 데려가서 준비를 충분히 하고 난 뒤 놓아주니, 비둘기는 매사추세츠 주 노스 월브래험까지 아주 먼 길을 되돌아가서 비둘기장으로 들어갔습니다. 거기에 건전지와 화학약품을 설치한 전선이 있고, 그렇게 해서 집이 불타 무너졌을 때 집주인은 2,700킬로미터나 떨어진 곳에 있었지만, 그래도 보험회사가 그의 소행이라고 간파한 것은 비둘기장이 화재를 모면했기 때문이었는데, 보험회사 직원들이 그곳을 보고 "어이, 이 철사를 봐." 했던 것입니다. 그 남자는 필시 고생한 보람이 없었다고 생각했겠지요. 왜냐하면 노스 월브래험에 있었어도 집에 성냥을 던지는 정도는 할 수 있었을 것이고, 어느 쪽이든 교도소에 들어가게 됐을 테니까요. 뭐 플로리다에서 휴가를 보낸 것이 그나마 위로가 됐겠네요.

그리고 아주 불타기 쉬운 영화필름을 1.6킬로미터 구입한 머리 좋은 젊은이 이야기도 마음에 들었어요. 그 자신이 일하는 창고를 태우려고, 창고에서부터 어떤 가게에서 술을 마시고 있었다는 알리바이를 만들려 했던 술집까지 계속 필름을 풀며 갔습니다. 필름 끝에 성냥을 켜고, 불꽃이 몬태나 주 조플린 거리의 창고를 향해 내달렸을 때, 그는 운명의 신에게 버림받았습니다. 왜냐하면 필름을 발견한 경찰이 베티 그레이블의 다리 사진이라고 알고, 버려둘 수 없어서 뚝 잘라냈습니다. 그리고 불꽃이 가까이 다가오자, 경찰은 "이건 뒤에 뭔가가 있어."라고 말하고, 필름의 재를 따라서 술집 문에 도착하고, 그것으로 머리 좋은 젊은이의 운이 끝났습니다. 또 봄이 오면 녹도록 얼음 덩어리를 준비해서 폭탄이 그때까지 터지지 않도록 해두었지만, 물 때문에 화약이 젖는 걸 잊었던 남자의 이야기도 좋았습니다. 그리고 전화기 벨에 성냥을 많이 설치하고 집을 꼭꼭 닫은 뒤, 멀리 떨어진 시카고에서 받는 사람이 없는 전화를 걸면 집이 불타고 3만 달러 번다는 계획이었는데, 교환원이 번호를 잘못 연결하는 바람에 뜻밖의 결과로 끝난 남자 이야기도 좋군요.

어젯밤 버졸 저택 주위를 돌아봤습니다. 베티 그레이블의 다리 사진이나, 여러 가지를 발견할 수도 있으니까요. 그때 다이 애나의 차가 실린더가 두세 개 없어진 것처럼 털털 소리를 내면서 다가오는 게 들렸습니다. 저는 길가 숲에 숨어 그녀가 나오는 걸 기다렸다가 붙잡아서 그대로 눌렀습니다.

"나야, 하니 차일." 그녀가 낮은 목소리로 말했습니다.

"다이애나!" 저는 놀란 척했습니다.

"맞아요, 피터. 당신이 제대로 일하는지 조사하러 왔어요." 그녀가 대답했습니다.

"그래? 너무 어두워서 잘 보이지 않지만 제대로 하고말고"

제가 손전등으로 그녀를 비추니, 오렌지색으로 입술과 발톱을 칠하고, 은 막대 핀을 꽂은 스웨터를 입었는데, 더할 나위 없이 사랑스러웠습니다.

"아직 포치(건물 입구에 지붕을 갖추어 차를 대도록 한 곳)에서 자요, 피터?" 그녀가 물었습니다.

"함께 가면 내가 어디서 자는지 알 거요." 제가 대답했습니다.

그 헛간은 집에서 기껏 3미터나 3.6미터쯤 떨어진 곳에 있고 문에는 자물쇠가 채워져 있었지만, 대부분의 창문이 깨져 있어 누구든 들어갈 수 있는 걸 지난밤 알았습니다. 저는 그녀의 손을 잡고 창문으로 들어가 건초더미 위로 내리는 걸 도와주었습니다. 마른 풀은 따뜻해서 기분이 좋았고, 손전등의 건전지를 아끼려고 양초를 켰을 때는 특히 그랬습니다. 요즘은 전지가 부족해서 살 수 없고, 다 떨어지면 깜깜한 암흑이니까요. 그래서 그녀와 마른 풀에 앉은 뒤, 저는 레슨 35를 보여주며—혹시 잊으셨다면 '방화 상급'입니다—매사추세츠 주 노스 월브래험의 남자와 몬태나 주 조플린의 남자, 거기다 '방화 상급'에 나오는 다른 남자들의 이야기를 해주었습니다. 왜냐하면 '방화 중급'과 '방화 초급'까지는 아직 진도가 나가지 않은데다 별로 재미없을 것 같아서죠. 그렇게 하니 그녀의 눈이 정말 튀어나올 듯했습니다.

"아, 그렇게 나쁜 사람들이 있다니!"

"그래, 다이애나. 머지않아 당신도 인생의 진실이란 걸 알게 될 거야."

우연인지 모르지만, 그녀의 손이 제 손 위에 놓이고 제가 약간 그녀 쪽으로 향하자 그녀는 피하지 않았습니다. 갑자기 그녀가 제 목에 팔을 두르고, 저는 그녀의 허리를 안았습니다. 그리고 안 것은, 오렌지색 립스틱은 다른 것과 비교해 나쁘지 않았고, 그녀의 조그맣고 귀여운 코가 계속 방해가 되어서 제가 웃으니 그녀도 따라 웃었습니다. 저는 '세상에서 가장 예쁜 여자에게 키스할 때 그녀는 어떻게 보이는가?'라는 제목의 그림 이야기를 해주었는데, 그 그림에는 두 개가 아니라 커다란 눈이 하나뿐입니다. 그녀는 눈이 두 개지만, 그 그림을 꼭 닮아서 우리는 더더욱 웃었습니다.

"다이애나, 당신 정말 따뜻하네."

"오, 피터, 내가 열체(열대) 조지아 주 모빌 태생인 걸 잊었어? 그리고 조심해요, 하니 차일. 양초가 짚 위로 넘어지면 너무 뜨거울 거야."

"OK."

저는 양초를 다시 고정시켰는데, 제가 찾는 게 있는지 이미 확인한 뒤였습니다. 왜냐하면 그녀가 저를 꽉 끌어안고 키스하며, 많은 다른 여자들이 그랬던 것처럼 제 머리카락을 더듬는 동안, 저는 그녀의 바지 뒷주머니 두 개—주머니는 그것뿐이었습니다—에 손을 넣었습니다. 왜냐면 약속대로 20달러짜리 네 장과 10달러짜리 한 장을 가져왔나 보고 싶어서였는데, 뒷주머니에는 손수건과 차 열쇠, 꺼내 열어본 건 아니지만 츄리해서 안 오렌지색 립스틱이 든 콤팩트밖에 없고, 콤팩트는 너무나 작아서 10달러짜리 한 장과 20달러짜리 넉 장은커녕 10달러짜리 한 장조차 들어가지 않을 겁니다.

그러다가 그녀가 키스를 멈추고 제 귀에다 두 손을 대고 머리를 잡았습니다. 제가 재빨리 키스하려고 하니 그녀가 몸을 홱 피했고, 또다시 키스하려니 다시 살짝 피했습니다. 한 번 더 제가 입술을 내밀었는데, 이번엔 몹시 재빠른 속도로 해서 놓치지 않았습니다. 영화를 연상시키는 긴 키스였는데, 영화에선 그렇게까지 길게 키스하지는 않죠.

"어릴 적 할로윈에, 물에 뜬 사과를 무는 경쟁을 했던 때 같아." 그녀가 한숨을 쉬고 말했습니다.

"그렇군." 그때 생각한 건 그녀의 뒷주머니와 그녀가 약속했는데도 그곳에는 없었던 돈이었고, 그 때문에 제 마음은 강철처럼 무거웠습니다.

"다이애나, 이제 슬슬 내가 얼마나 일꾼이고, 얼마나 일을 완벽하게 해냈는지 알겠지? 하비 가게에서 두세 게임 할 수 있게 돈을 줘도 되지 않을까?"

저는 그녀를 채근해서 이야기를 목표하는 쪽으로 가져가기 위해 그렇게 말했습니다. 왜냐하면 벌써 새벽 2시이고, 서리 사람들은 누구나 그런 시간까지 깨어 있지 않으니까요.

"어머, 안 돼요."

"왜?"

"하니 차일, 여기 있어 달라고 돈을 지불했어요."

"어떻게 제대로 지불했다고 생각하지?"

"오, 피터, 약속했잖아."

"그럼, 돈을 보여 줘."

그녀는 묘한 눈길로 저를 봤는데, 촛불에서였지만 그건 알 수 있었습니다.

"오, 그래서 내 주머니를 더듬었군. 내가 모를 거라고 생각했어? 금방 안 건 아니지만."

그녀가 일어서서 웃었어요. 지금까지 한 일 때문에 입술에는 오렌지색 립스틱이 거의 남지 않았어도 웃는 그녀는 여전히 예뻤습니다.

　"오, 피터, 난 아직 젊어서 잘 모르지만, 여태껏 살아온 남부 모빌에 있는 늙은 흑인 유모가 늘 말했어. 마른 풀 더미에서 유혹당할 때는 현금을 아무렇게나 주머니에 넣어두는 건 위험하다고. 그래서 안전한 장소에 돈을 챙겨두었으니 일요일 아침에는 확실히 당신 게 될 거야."

　"안전한 장소?"

　"그래, 차 안에 숨겼어."

　"다이애나, 그야말로 현금을 숨겨선 안 될 장소야. 내 돈이라면 더욱더 그래. 만약 없어지면······."

　"걱정 마, 하니 차일. 아직 많이 있으니까. 하지만 이것만은 말할 수 있는데 하니 차일, 사랑을 나누는 단계가 되니, 당신의 방법은 지금까지 만난 남자들과는 완전 다르네."

　뭐, 여자들은 모두 제게 그렇게 말하니까, 처음 듣는 말도 아니었습니다. 그리고 그녀가 두세 번 잘 자라는 키스를 해주어서, 저는 더욱 기뻐야 했을 텐데도 왠지 마음이 싱숭생숭했습니다.

　"잘 자요, 하니 차일. 차까지 바래다주지 않아도 괜찮아. 하지만 내일은 같은 시간에 와서, 만약 잘하고 있다면 다시 건초더미 위에 올라갈지도 몰라." 그녀가 말했고, 저는 손전등을 켜서 아직 깨진 유리가 남아 있는 창문을 빠져나가는 길을 비춰주었습니다.

달은 이미 높이 떴고, 저는 도로까지 걸어가는 그녀를 보면서 어딘가 이상하다고 느꼈지만, 그녀가 마을로 출발할 때까지 그게 뭔지 몰랐습니다. 그런 다음 1톤 벽돌이 머리 위로 떨어진 것처럼 어떤 생각이 났습니다. 처음 만났을 때, 자택에서의 정원 손질로 신선하고 부드러운 흙이 그녀의 무릎에 묻어 있었습니다. 그리고 오늘 밤도 같은 곳에 신선하고 부드러운 흙이 묻어 있었는데, 그녀가 자기가 말한 대로 계속 서리에 있었고, 남의 집 정원에서 일한 게 아니라면 왜 흙이 묻었을까요? 이상한 점이 또 있습니다. 그녀는 제가 건초더미 위에서 자는 걸 몰랐을 텐데, 어째서 그곳으로 유혹한다고 알았을까요? 그러다가 제가 촛불을 끄고 자려고 돌아보니, 뭔가 눈부시게 은빛으로 반짝이는 게 촛불에 비쳤는데, 그것은 그녀가 스웨터에 달고 있던 은 막대 핀이었고, 건초더미에서 저를 꽉 껴안았을 때 떨어졌다고 츄리했습니다.

핀을 보면서 들어올 돈을 생각하는 동안 어떤 아이디어가 떠올랐는데, 이다음 편지에 그것에 대해 알려드릴 수 있겠죠.

수령인 지불 야간 전보

코네티컷 주 서리. R. B. 맥레이 씨 댁내

피터 모란 앞

모빌은 조지아에 없음. 남부에선 사과가 자라지 않기 때문에
남부 아이들은 할로윈에 사과를 물지 않음. 무릎에 묻은 흙은
다이애나가 묻힌 보석을 주간에 파내고, 부지의 야간 경비로
당신을 고용한 것으로 보임. 지면을 샅샅이 조사하고, 새로 다
시 팠다가 뒤엎은 자리를 찾는 게 좋음. 도움이 필요하면 급히
연락 바람.

애크미 인터내셔널 탐정통신교육학교
주임경감

발신 : 코네티컷 주 서리. R. B. 맥레이 씨 댁내

　　　탐정 P. 모란

수신 : 뉴욕 주 사우스 킹스턴

　　　애크미 인터내셔널 탐정통신교육학교 주임경감

예, 서리로 전보를 보내는 레이크빌의 교환원이 "이 야간전
보는 수령인 지불이에요."라고 했습니다.

저는 "이미 수령인 지불 전보는 요즘 지겨울 정도로 지불했

어요. 지불을 결정하기 전에 먼저 내용을 듣고 싶군요."라고 말했습니다.

교환원이 말했습니다.

"아니오, 그건 회사규칙에 위반돼서 곤란해요. 그래도 이것은 주임경감한테서 왔고, 피터, 당신이 알아두는 편이 좋은 이야기부터 시작돼요. 게다가 마침 50글자뿐이에요."

"그래요? 그럼 빨리 읽어 줘요."

교환원이 다 읽은 뒤에, "제가 알아두는 편이 좋다는 게 뭐죠?" 하고 물으니, 그녀가 "피터, 지리를 알 필요가 있어요." 하고 전화를 끊었습니다.

이건 제 약점을 이용한 비열한 속임수입니다. 왜냐면 모빌이 플로리다에 있다는 것쯤은 저도 알고(실제로는 앨라바마 주), 그곳에서 사과를 물었다고 다이애나가 말했을 때, 거짓말을 했다 하더라도 다른 아이들의 놀이, 특히 우체국놀이(우편이 왔다며 이성을 별실로 불러 키스하는 놀이)를 했을 게 틀림없을 테니, 무슨 차이가 있다는 겁니까? 그래도 그녀가 건초더미에서 제게 푹 빠진 뒤 '당신'이라고 부르는 걸 잊은 뒤부터 저는 직감으로 눈치를 챘고, 경감님 전보의 나머지 부분에 대해서는 말하지 않는 게 좋을 것 같아 아무 말도 하지 않았지만, 묻힌 보석이란 말은 상당히 좋은 직감이었단 것만 말해 두지요. 묻혀 있지도 않았지만 말입니다.

오늘은 이미 월요일이고 사건도 해결했으니 그 아이디어에 대해 이야기하지요. 하지만 실행할 기회는 없었습니다.

저는 여자를 신용하지 않습니다. 특히 빚이 있을 때는요. 그래서 토요일 밤 건초더미에 앉아 '방화 상급'을 오래도록 공부하고, 처음에는 신품이었던 양초가 몇 센티미터까지 줄어든 무렵 마음은 방화에서 떠났습니다. 다이애나가 오길 기다렸다 돈을 줄 때까지 보내지 않을 작정으로, 새벽 2시 가까이 되자 길가로 나와서 자전거를 수풀에 숨기고 저도 숨었습니다. 헛간의 촛불이 보이는데, 다이애나도 그것을 볼 것이라 생각했지요. 그녀가 약속대로 건초더미로 가려고 차에서 내리면 즉시, 어딘가 타이어의 캡을 벗기고 그 은빛 핀으로 공기를 빼서 마을까지 돌아가지 못하게 하면, 제가 타이어를 교환해 주기 전에 그녀는 돈을 지불할 것이고, 어쩌면 타이어를 교체한 일로 25센트 더 줄지도 모릅니다.

마을의 시계가 2시를 쳤는데도 그녀가 나타나지 않아 저는 걱정이 됐습니다. 그리고 30분을 알리는 종이 울렸는데 그때가 2시 30분이었습니다. 달빛이 반짝이고 건초더미에 남겨두고 온 양초의 불빛을 빼면, 혼자 기다리는 건 정말 허전했습니다.

그때 털털 소리를 내면서 다이애나의 고물차가 언덕을 올라오는 게 들렸고, 저번보다 나은 소리가 나서 새로 점화플러그를 산 게 분명하다고 츄리하면서, 저는 수풀에 숨어 기다렸습니다.

다이애나는 6미터쯤 떨어진 곳에 차를 세웠습니다.

문을 열고 얼굴을 내밀었습니다.

양초는 확실히 보였을 겁니다. 왜냐하면 똑바로 그곳을 봤기 때문에, 건초더미로 가기 전에 잠깐 시간을 내서 코와 입술과 뺨의 화장을 고칠 거라고 츄리했습니다. 그러나 여자를 신용해서는 안 됩니다. 왜냐하면 느닷없이 그녀가 다시 기어를 넣고 차를 몰았고, 후진하지 않아도 꺾을 수 있을 정도로 길이 넓은 곳으로 나오자, 방향을 바꾸는 게 달빛 아래서 보였기 때문입니다. 저는 그 일을 곰곰이 생각했습니다. 아마도 차의 방향을 바꾸면 멈출 거라고 생각했지만, 그녀는 그렇게 하지 않았어요. 다시 제 눈앞을 지나갈 때, 속도를 떨어뜨리지도 않았습니다. 차의 창이 열려 있었고, 그녀의 발작하듯 커지는 웃음소리가 들리자, 저는 자전거에 뛰어올라 타고 뒤쫓았습니다.

아무리 시속 50~65킬로미터밖에 낼 수 없는 고물차라도 자전거로 따라잡기엔 무리라 애가 탔습니다. 그녀가 라이트 켜는 걸 잊는 바람에 차를 놓치지 않게 따라가는 것도 쉽지 않았습니다. 그래도 길이 마을까지 쭉 곧게 뻗어 있어 때때로 전방에 그녀의 차를 확인할 수 있었습니다.

그녀가 서리인을 지나쳐 그대로 계속 달리는 걸 보고도 조금도 놀라지 않았습니다. 저는 그녀가 돌아봐도 보이지 않게 도

116

로 한쪽에 붙어서 뒤따랐고, 그녀는 고물차가 달릴 수 있는 최대한 빠른 속도로 마을을 빠져나갔습니다.

1.6킬로미터쯤 앞에서 그녀는 노스 메인 가로 들어가고, 저는 혼잣말을 했습니다.

"피터, 네 돈이 도망치고 있어. 영원히 안녕이다."

그러나 갈림길 모퉁이까지 따라갔고, 두 번 다시 다이애나를 볼 수 없을 거라 생각하면서 몹시 급하게 모퉁이를 도니, 하비 링크의 가게 바로 앞에 그녀의 차가 멈춰 있었습니다. 서리 내 셔널 은행의 커다란 조명이 조지아의 번호판을 확실히 비추었기 때문에 잘못 봤을 리 없습니다.

저는 힘껏 브레이크를 걸었는데, 하마터면 넘어질 뻔했습니다. 다이애나가 아직 차 안에 있는지 뭘 하는지 몰랐기 때문이지만, 마침 아슬아슬하게 건물 뒤로 몸을 숨길 수 있었습니다. 하비의 가게 문이 열리고 그녀가 나타나더니 차에 뭔가를 싣고는 다시 가게 안으로 돌아갔습니다. 결국 저건 저를 위해 준비하겠다고 약속한 돈이고, 그만큼 열심히 일했으니까, 그녀는 저를 속일 마음이 없었고 약속을 지키려고 했던 거지요. 그리고 차로 살며시 다가가 안에 있던 것을 손전등으로 비춰보고, 제가 옳았단 걸 알았습니다. 왜냐하면 높이가 30센티미터쯤으로 보이는 5달러 지폐 무더기가 10달러 지폐 무더기 두 개와 20달러 지폐 무더기 하나 옆에 있었기 때문이죠.

약속은 약속이니까 제가 집은 것은 10달러짜리 한 장과 20달러짜리 넉 장이었는데, 그만큼이나 많은 현금무더기를 봤을 때는 더 비싸게 불렀어야 했다고, 그녀가 그렇게 거액을 가졌다면 더더욱 그랬어야 했다고 생각했지요. 그렇지만 탐정이라도 저는 정직한 사람이고, 은 핀이 손안에 있었고, 그것은 그녀의 물건이라 돌려주고 싶어서 둘 만한 데를 찾았습니다. 바닥에 놓으면 없어지겠지요. 좌석에 놓으면 분명 그녀는 어두우니 그냥 그 위에 앉을 테고, 길고 날카로운 핀에 상처를 입을 겁니다. 제가 차의 이그니션 로크(시동점화 잠금장치)를 보니 키가 꽂혀 있지 않아서, 그녀가 싫어도 알 만한 그곳에 은빛 선이 똑똑히 보이도록 핀을 단단히 끼워 넣고 그늘진 곳으로 재빠르게 숨자, 다시 그녀가 하비와 같이 나왔고, 이번엔 두 사람 모두 꾸러미를 옮겼습니다. 제가 '안녕, 하비.' 그런 다음 '안녕, 다이애나. 왜 너희가 친구사이라고 말하지 않은 거야?' 하고 말을 걸까 하다가, 다만 그녀가 그렇게 많은 돈을 가졌다면 좀 더 많이 주었어도 천벌은 받지 않을 거라고, 제가 화가 난 상태라 말을 걸지 않았습니다.

그들이 안으로 들어가자 저는 자전거를 타고 모퉁이를 돌았습니다. 보수에 합당한 만큼의 일은 했습니다. 왜냐하면 앞으로 두세 시간이면 오전 6시이니까요.

저는 집으로 달렸습니다.

주위는 쥐 죽은 듯 조용했고, 생각할 게 여러 가지 있어서 천천히 갔습니다. 게다가 달이 구름에 가려져 길이 잘 보이지 않았습니다.

저는 피곤했습니다. 그렇지 않았다면 먼저 버졸 저택에 들러서 방화 교재를 가져왔겠지만, 충분히 자고 나서 일요일 오후나 월요일 아침에 가고 싶었습니다. 그때 화재를 알리는 사이렌이 울려 퍼지고, 온 마을에 전등이 하나 둘 켜졌습니다. 살펴보니 남쪽에서 시뻘겋게 빛나는 것이 점점 더 환해졌습니다.

그 무렵 메인 가를 벗어난 저는 자전거에서 내려서 봤습니다. 처음 차가 두세 대 남쪽을 향해 지나가고, 그다음 소음기를 전부 연 소방차가 맹렬하게 달려가고, 그 뒤를 많은 차가 뒤따랐습니다. 왜냐하면 뉴잉글랜드 마을에서 불이 나면 모두 다 달려가는데, 그게 밤일 경우 제대로 옷을 갈아입을 시간마저 아까워합니다. 모두 비옷이나 가운, 뭔가 근처에 있는 것을 집어 걸치고, 겨울이라면 따뜻한 불가로 사람들이 모여듭니다. 어린이나 남자들을 태운 자전거도 많이 남쪽을 목표로 했고, 제가 퍼레이드에 합류했을 때는 가장 뒤쪽이 아니었나 싶습니다.

그렇습니다. 그곳은 버졸 저택이었고, 지금까지 서리에서 발생한 화재 중 으뜸이었습니다.

최초에 불이 난 곳이 헛간이어서 소방대원들이 그쪽으로 호스를 대어 짚의 일부를 태우지 않고 끝났지만, 그러는 사이 불은 안채로 번져서 집을 홀랑 태웠습니다.

소방서장 행크 플루이트가 제게 말했습니다.

"피트, 이걸 어떻게 생각해?"

"무슨 뜻이지? 행크, 내가 무엇을 어떻게 생각하느냐고?"

"그야 네가 탐정이니까 말이지. 왜 아무도 살지 않는 낡은 집에서 불이 난 거야? 15년이나 닫혀 있던 헛간이 왜 불탄 거지? 누군가 거기서 불을 붙인 거야. 피트, 대개 헛간에서 자던 부랑자이거나 누군가일 거야. 재가 식으면 그 사람의 시체를 찾게 되겠지. 너는 어떻게 생각해?"

대답하다 말고 저는 갑자기 입을 다물었습니다. 왜냐면 학교에 다니던 무렵, 떠들었을 때 선생님이 '침묵은 금'이라고 백 번 쓰게 하셨거든요. 그러고 보니 이 말을 한 사람은 정말 멋진 말을 했군요.

제가 말했습니다.

"행크, 나는 우수한 탐정이고, 어림짐작 같은 건 하지 않아. 내 입으로는 더 이상 말할 수 없어."

그리고 <레이크빌 페이퍼>에서 오려낸 걸 같이 보냅니다.

은행 강도, 서리에서 실패로 끝나다

일요일 이른 아침, 한밤중부터 몇 시간 사이에 서리 내려

널 은행에서 현금을 훔치려 했던 대담무쌍한 음모는 케이난 병영 주州 경찰관 알론조 프랫의 기민한 대응으로 미수에 그쳤다. 오래된 버졸 저택의 화재에 출동하려던 프랫 경관은 조지아 번호판을 단 차를 출발시키려던 2인조가, 그가 다가가자 차에서 뛰쳐나와 도망치는 걸 목격. 그들은 어둠 속으로 사라졌지만 경관은 의심을 품었다. 경관은 차를 조사하고, 돈다발이 무더기로 쌓여 있는 걸 발견했다. "그런 거금을 본 것은 태어나서 처음이었다."라고 프랫 경관은 말했다.

차가 은행 앞에 멈춰 있어서 프랫이 경적을 울렸고, 그 소리에 나온 주민이 불러온 은행장 H. O. 바스콤과 지배인 해리 테프트가 긴급조사를 했다. 그곳에서 발견된 것은 인접한 가게의 뒤쪽에서 은행 금고실로 통하는 터널이었고, 총액 41,783.47달러나 되는 현금이 반출되었다고 판단. 프랫과 마을의 순경인 하버드와 휘스크가 리볼버를 갖추어 경비를 서는 동안, 바스콤 씨와 테프트 씨는 돈을 은행으로 되돌리면서 세어보니, 총액이 41,693.47달러였고, 범인들이 겨우 90달러를 훔쳐 달아난 걸 알았다.

본지 기자는 가게와 은행 금고실을 연결하는 터널로 들어가는 허가를 받았다. 터널은 놀랄 만큼 교묘하게 만들어졌는데, 부드러운 흙을 파내고 전진하면서 터널이 무너지지 않도록 실로 솜씨 좋게 기둥으로 받쳤고, 완성하는 데

오랜 시간이 걸린 것 같았다.

프랫 경찰관의 말에 따르면, 가게는 최근 하비 링크라는 이름의 남자가 빌린 지 얼마 되지 않았고, 토요일 이후 그를 본 사람이 없다. 프랫은 이렇게 말했다. "그 터널을 판 것은 하비 링크다. 언제 작업했는지는 알 수 없다. 하비는 그 가게에서 아무 장사도 하지 않았지만, 안쪽 방에 당구대가 있고, 매일 밤낮으로 친구들이 그와 당구를 치기 위해 들렀을 것이다. 1주일쯤 전 깊은 밤에 그의 가게 앞을 지나갔는데, 그는 그 시간까지 당구를 쳤다."

프랫은 자기가 다가갔을 때 차에서 뛰쳐나온 사람 중 한 사람은 하비 링크로 알려진 남자였다고 단언했다. 링크의 공범에 대해선 스웨터를 입은 여자였다고 진술했다. 링크와 그 여자는 서리 역에 오전 4시 53분에 도착하는 우유 운반 기차를 타고 도주한 것으로 보인다. 경찰은 이미 그 자동차가 모 육군대위의 소유물이고, 그의 부인이 열흘 전 매사추세츠 주 우스터에서 도둑맞은 차라고 밝혀냈다.

본지 기자는 링크의 가게 앞에 있는 도랑에서 육군대위 계급장을 미니어처로 만든 핀의 부서진 조각을 발견했다. 뒤쪽에 새겨진 '잭이 아일린에게 1945년 6월'이란 각인을 보고 강도들의 신원을 알 수 있는 실마리가 될까 기대했지만, 곧 핀도 차와 같이 도둑맞은 것으로 판명됐다. 주목할 만한 우연에 따르면, 핀의 뾰족한 쪽, 즉 끝 부분이 차의 이그니션 로크에서 발견되었다고 한다. "그것 때문에 강도가 차를 출발시키지 못했다."라고 프랫 경관이 말했다. "핀이 너무 깊이 꽂혀 있어서, 우리는 펜치로는 꺼낼 수 없어 다른 도구를 사용해 봤더니 더 깊이 들어갔다. 주유소에서 온 정비사들이 로크를 떼어낼 때까지 꺼낼 수 없었다."

은행장 H. O. 바스콤 씨는 본지에 다음과 같은 성명을 냈다. "어떠한 경우도, 연방예금 보험공사에 따라 예금이 보증되는 서리 내셔널 은행에 90달러라는 금액은 대단한 것이 못됩니다. 우리 은행은 강도를 위협해 내쫓고 거의 체포할 뻔했던 프랫 경관에게 감사하며, 코네티컷 주 법이 허락한다면 아낌없이 사례하고 싶습니다. 동시에, 우리 은행은 친구와 이웃 여러분과의 거래를 계속하길 기원하며, 특별히 현대적인 금고실로 지켜지는 예금보험안 부분에 대해 알려드리겠습니다."

은행이 서리나 이웃 마을의 공사계약자들에게 새로운 보강 콘크리트 바닥을 금고실에 설치하는 공사에 대한 밀봉 입찰(사업자가 동시에 입찰가를 제시해 최고가가 낙찰을 받는 경매방식)을 호소하는 광고에 대해서는 다른 페이지를 참조하시오.

서리의 주민들은 일요일 자정이 지나고 마을의 남쪽 끝에 있는 오래된 버졸 저택이 거의 같은 시각에 전소한 일

그런데 저는 2와 2를 더해서 누구에게도 지지 않을 만큼 훌륭한 답을 낼 수 있습니다. 그 터널을 파는 데 4, 5일 밤은 걸렸을 것이고, 저는 전에도 쓴 대로 가끔 가게에 들렀기 때문에, 하비는 저를 멀리 떼어두고 싶었던 겁니다. 왜냐면 제가 안쪽 방에서 커다란 구멍을 보면 츄리를 시작하니까 저처럼 두뇌가 명석한 탐정에게 그렇게 시키고 싶지 않았던 거지요. 하비는 저를 멀리 두는 데 돈을 지불할 가치가 있다고 판단하고, 그래서 다이애나가 버졸 저택에서 숙박하게끔 저를 고용하고, 제게서 눈을 떼지 않았어요. 왜냐하면 그들은 가게에 들른 저에게 하비가 구멍 파는 모습을 들키고 싶지 않아서이지요. 그래도 그들이 생각한 것보다 제가 머리가 좋았던 것이죠. 그중에서도 다이애나 바지에 그녀도 구멍 파기를 도왔다는 걸 나타내는 부드럽고 신선한 흙이 묻은 걸 발견했을 때는요. 만약 사례가 나온다면 지금 당장 요구하겠지만, 사례는 나오지 않으니, 사례금을 받는 데 어울린다는 알론조 프랫과 싸울 마음은 없습니다.

추신 : 보험회사의 남자가 지금 저를 찾아와서 말했습니다.

"당신이 지역 사립탐정이라고 하던데, 버졸 저택의 화재를 조사해 주었으면 하오. 그 집은 우리 회사 보험에 들었는데, 그

화재는 사고가 아니었소"

"왜 그렇죠?" 제가 물었습니다.

"이것은 헛간의 재에서 찾은 종잇조각이오. 대부분 불탔지만 남은 부분은 읽을 수 있을 거요."

불을 붙인다……더 간단한 방법……방화범이 불을 붙인 훨씬 뒤에……양초를 인화물로 감싸고……나무 부스러기, 나무 조각, 종이류, 화약,……양초를 켠다. 양초가 미리 정해진 곳까지 탄 뒤 비로소 화재가 일어나……길이, 두께, 주위의 소재에 따라……그때까지 1, 2시간 혹은 좀더 걸린다.

이 방법이 일반적인 이유 중 하나는……증거가 되는……다 타고……아무것도 남지 않고…….

네, 저는 이것을 읽은 적이 없습니다. 아마 '방화 중급'이나 '방화 초급'이겠지만, 아시는 대로 저는 '방화 상급'부터 시작해서 그런 쉬운 것은 배울 필요가 없었지요. 그리고 지금은 그것들의 레슨에 지불한 9달러를 허사로 만들었습니다. 찰리 대니얼스에게 지불한 수령인 지불 속달 요금은 별도로 치더라도 말이죠.

남자가 말했습니다.

"호스의 물이 이 종이를 적셨소. 그래서 가장자리는 탔지만 가운데가 남았소."

"그것참……." 제가 말했는데, 이렇게 말하는 게 가장 좋을 때가 있어요.

"모란 씨, 은행은 그 산더미 같은 거금을 구한 경관에게 보상을 안 할 수도 있겠지만, 보험회사는 그렇지 않소. 그렇고말고! 버졸 저택에 불을 지른 무리가 우리에게 거액의 보험을 들었던 건 아니오. 저런 낡은 집엔 2, 3천 달러의 보험금이 고작이니까. 그래도 그들을 잡는 데 도움을 주면 그에 상응하는 사례를 하겠소."

저는 곰곰이 생각해 봤습니다.

"그들? 그들이라고요?"

"물론!"

"한 사람이 아니란 말이오?"

"맞소. 그리고 두 사람 다 잡고 싶소. 불을 지른 사람이 한 명. 그자는 피라미라 중요하지 않소. 하지만 지시를 한 사람이 있고, 그 자가 두목이오. 그 자를 잡을 수 있다면 일당을 잡는 거요. 아시겠소?"

"알겠소."

"그 종이를 소중히 하시오."

"그러지요."

"이건 명함이오. 뭔가 발견하면 전보를 치시오."

"알았소"

그는 차로 떠나기 전에 저와 악수했습니다.

"이것은 의뢰비요."라고 그가 말하고, 손바닥을 보니 돈이 있었는데 얼마였는지 가르쳐 드릴 생각은 없습니다. 왜냐하면, 이건 제가 번 돈이고, 1센트에 이르기까지 제 것이니까요.

그런 다음 저는 종이를 정리하고, 그것도 아주 조심스럽게 정리했으니 아마 어디로 치웠나 생각나지 않겠지요. 저는 기억력이 좋지만 때로는 건망증도 똑같이 좋습니다.

경감님도 그러길 바랍니다.

호텔 탐정

발신 : 뉴욕 주 사우스 킹스턴

　　　애크미 인터내셔널 탐정통신교육학교 주임경감

수신 : 코네티컷 주 서리. R. B. 맥레이 씨 댁내

　　　탐정 P. 모란

　분명히 찬성하겠지만, 호텔 탐정(일반에게는 통칭 '하우스
딕'으로 알려져 있습니다) 일은 흥미 있고 자극적입니다. 이제
당신은 이런 일에 대한 질문에 대답할 수 있겠지요? 레슨 안에
답이 모두 있습니다. 답을 작성하고 레슨으로 돌아가 바른 답
을 썼는지 확인합시다.

　1. 왜 호텔은 탐정(또는 '하우스 딕')을 고용하는가?

2. 호텔 탐정에게 어느 것이 더 중요한가—범죄 발생 뒤에 범인을 잡는 것인가? 또는 범죄가 싹틀 때 그 싹을 잘라버리는 것인가? (힌트: 호텔은 스캔들을 바라는가?)

3. 왜 호텔 탐정은 뭐든지 보고, 뭐든지 알면서 입을 다물고, 눈에 띄지 않게 조심스러우며 다른 손님 중 한 사람처럼 보여야 하는가?

4. 손님으로부터 방에서 도난 사고가 발생했다는 말을 들으면 어떻게 해야 할까?

5. 벨보이로부터 방금 도착한 손님이 '가벼운 물건'을 가졌다고 보고받으면, 그것은 무엇을 뜻하고 어떻게 대처해야 하나?

6. '제비족'과 그 수법을 쓰시오. '빈방털이'와 그 수법은? 여자 사기꾼과 그 수법은?

7. 결혼하지 않은 남녀가 부부로 숙박부에 이름을 적으면 어떻게 해야 하는가?

8. 주지사를 초대한 디너가 개최될 때, 로비에 악명 높은 무정부주의자가 있는 걸 알았다면 어떻게 행동해야 할까?

9. 호텔 탐정은 왜 종업원이나 룸메이드, 웨이터, 웨이트리스, 벨보이, 엘리베이터 조작원 등과 밀접히 접촉할

필요가 있을까? (힌트: 그들은 때로는 탐정이 빠뜨린 걸 본다.)

　10. 낯선 사람 그것도 여자와 이야기하고, 밤에는 복도를 서성거리며, 도둑질 도구나 음료에 넣을 마취제, 클로로포름이 든 싸구려 가방을 가진 손님을 의심해야 하나?

　이상의 질문에 대한 답은 먼저 스스로 확인할 때까지 보내지 말 것.

J. J. O'B

발신 : 코네티컷 주 서리. R. B. 맥레이 씨 댁내
　　　탐정 P. 모란
수신 : 뉴욕 주 사우스 킹스턴
　　　애크미 인터내셔널 탐정통신교육학교 주임경감

　예, 호텔 탐정의 임무를 쓰다니, 이번에 경감님은 확실히 요점을 짚었군요. 그 이유를 가르쳐 드리지요. 서리에는 '서리인'이라는 호텔이 있는데 아주 큰 숙박시설입니다. 3층 건물이고, 서리에서 유일하게 엘리베이터가 있고, 일본에서 전투를 치르다 오른팔을 잃은 세스 윌리스가 엘리베이터를 운행합니다. 세

스는 호텔에서 일하는 도트 카슨과 약혼했지만 결혼할 생각이 없습니다.

"오른팔을 잃은 남자가 무슨 도움이 되는지 알고 싶군."

이것이 세스가 결혼을 하지 않는 이유입니다. 하지만, 도트는 세스가 두 팔과 두 다리 모두 잃었다 해도 결혼하겠다고 합니다. 세스는 그녀가 머리가 이상하니 바보짓을 하지 않도록 신경 써야 한다고 하고, 도트는 신경 써주는 것 따위 딱 질색이라고 합니다. 어쨌든 두 사람은 결혼허가서 대금을 지불한 형편입니다.

그런데 호텔은 올 여름, 모든 방에 손님이 묵게 되었습니다. 왜냐하면, 손님들은 모두 어떤 곳이라도 숙박할 수 있으면 만족하고, 게다가 얼마를 지불하든 조금도 개의치 않기 때문이죠.

호텔 경영자 애시미드 씨가 사람을 보내 저를 불러서 말했습니다.

"모란, 거기에 서게. 차분히 보고 싶으니까."

"알겠습니다." 제가 대답했습니다.

애시미드 씨는 뚫어지게 저를 응시했는데, 능직 제복에 검은 천 각반(걸음을 걸을 때 가뜬하게 하려고 발목에서 무릎 아래까지 감는 띠)을 차고, 운전기사 모자를 든 제가 어지간히 눈을 즐겁게 했던 거겠지요. 모자를 손에 들고 있던 건 우리가 애시미드 씨의 방에 있었고, 그곳이 실내였기 때문입니다.

"모란, 자네에 대해 꽤 많은 이야기를 들었어."

"예."

"자네 일로 말다툼까지 했네. 친구들은 자네를 겉모습대로 바보라고 했지만, 난 그럴 리 없다고 했지. 자네 생각은 어떤가? 만약 있다면 말해 봐. 어떻게, 반대인가 산성(찬성)인가?"

"아닙니다, 사장님."

"좋은 대답이야, 모란. 긍정도 부정도 하지 않는군. 자네의 단순하기 짝이 없는 웅변을 들으니, 내가 무슨 말을 하려는지 조금은 눈치챈 것도 같은데……."

"아닙니다."

"…… 하지만 결론을 서둘러서는 안 돼. 친구들은 자네가 멍청하지만 운이 좋다고 했어. 나는 뭔가 더 그럴 듯한 이유가 없는 이상, 행운은 같은 곳에 몇 번씩 찾아올 리 없다고 했지. 토링턴에서 마리화나 밀매조직을 깨부순 건 단순한 행운이었는지도 모르지만, 맥레이 저택의 댄스파티에서 강도가 손님들을 꼼짝 못하게 만든 상황에 총을 갖고 들어간 것은 요행이 아니야. 그 강도에게 총을 쏘아서 모두의 보석과 돈을 지킨 것도 요행은 아니지."

"그게 저……, 예."

"동의하나, 모란? 그런데 나는 행운의 남자가 좋으니까 이판사판 도박해 보기로 했네. 자네는 휴일 밤에, 참고로 일하는 밤보다 훨씬 많겠지만, 호텔 뒷문 근처를 어슬렁거리며 여자 종업원들과 친하게 지내지."

뭐, 이건 한 방 먹었습니다. 작년과 재작년 여름에 일하던 웨이트리스들은 몸집이 크고 거칠어서 접시를 산처럼 쌓은 상자를 가뿐하게 옮기는 데다 대부분이 서른다섯 살 정도의 나이로 하루 일을 마치고 잠깐 여자와 놀고 싶은 마음이 들 때, 그런 기분을 돋우는 타입이 아니었습니다. 아시겠지요? 하지만 요즘 그런 건장한 여자들은 차나 트럭부품을 조립해서 한 달에 200달러나 벌고 있습니다. 더욱 임금을 올리기 위해 파업을 해야 한다고도 하죠. 그런데 지금 호텔에서 일하는 여자들은 몸집이 작고 사랑스럽고, 손을 부드럽게 유지하고 싶어서 제가 키스하려고 해도 얼굴을 세게 때리지 않습니다. 나이는 스물? 열아홉? 열여덟쯤 되고, 저처럼 모양새 좋은 남자가 지나가면서 살짝 인사하면, 여자들은 "어머, 모란 씨."라든가 "어머, 어떡해."라거나 "있죠, 잠깐 거티, 그가 한 말 들었어? 용감하죠?" 하며 야단법석입니다. 그녀들과는 모두 매우 사이좋지만, 세스 윌리스와 약혼한 도트 카슨만은 다릅니다. 그것은 제가 세스 같은 진짜 영웅을 따돌릴 생각이 애초에 없고, 나도 결혼할 타입의 남자는 아니기 때문입니다. 그리고 제가 쉬는 밤이 많다고 애시미드 씨가 한 말은 옳습니다. 왜냐하면 제 주인 맥레이 씨가 절약가를 자처해서, 요즘은 관능적인 운전에만 차를 사용하기 때문에 오후 7시가 되면 대개 일이 끝납니다. 그러면 자전거를 타고 레슨 2에 있는 것처럼 관찰하며 돌아다니는데, 여러 가지 관찰할 수 있는 곳은 '서리인'의 뒷문이 좋습니다.

"그런데, 모란."

"예."

애시미드 씨가 빙그레 웃었습니다.

"모란, 나는 종업원들과 데이트하는 걸 나무라는 게 아니야. 만약 자네가 그렇게 생각했다면 말이야. 그 반대네. 여자들은 자네가 가끔 데리고 나가지 않으면 느닷없이 그만두고 나가지. 서리에는 변변한 산업이 없으니 남자친구가 될 만한 남자들이 항상 부족해. 물론 세스 윌리스는 다르지. 세스는 도트 이외에는 눈길도 주지 않으니까. 자네가 여자들을 즐겁게 해 주면 교체가 줄어들지. 자네가 비록 여자들에게 음료 값을 지불시킨다고 해도 나는 전혀 간섭하지 않네. 아니, 그런 걸 말하고 싶은 게 아니야."

애시미드 씨가 일어서서 제 주위를 걸으며 머리를 벅벅 긁었습니다.

"모란, 이건 터무니없는 얘기일지 모르지만, 탐정은 남자친구보다 더욱 부족하네. '서리인'에서 호텔 탐정을 할 마음이 없나? 아니, 맥레이 씨 댁 일을 그만둘 필요는 없어. 내가 하는 말은 단순하고 일시적인 일이니까. 하지만 자네는 밤엔 대부분

쉴 것이고, 항상 호텔을 출입하고 있으니 누구도 나를 위해 일한다고는 의심하지 않을 거야, 어때?"

그 말을 들었을 때는 이쑤시개로 찔려도 털썩 쓰러질 정도로 깜짝 놀랐습니다. 왜냐하면 그런 말을 듣게 될 줄은 꿈에도 몰랐고, 한편 저는 범죄의 싹을 잘라낼 호텔 탐정으로서, 특히 레슨 6을 읽고 질문에 실째로 완벽하게 대답한 뒤에는 제가 안성맞춤이란 걸 알았기 때문이죠. 그래도 저는 그 자리에서 결단을 내리는 남자니까 이렇게 말했습니다.

"생각해 보겠습니다, 애시미드 사장님. 특히 얼마를 받을 수 있는지, 또 정해진 주급을 받을 수 있는지, 그것은 얼마쯤 되는지 여쭌 뒤에 내일이나 모레 답을 드리겠습니다. 그래도 괜찮겠습니까?"

"급하지 않네, 모란. 처음에 고용하려고 했다가 일손부족으로 단념한 하트포드의 어엿한 탐정과 같은 급료를 줄 순 없지만, 나쁘지 않은 금액이야. 매주 서리 차고와 주유소 맞은편에 있는 학교 뒤에서 지불하지. 여름방학 동안 학교 건물은 닫혀 있고, 내 사무실에 있는 모습을 더 이상 보여서는 거북하니까. 하지만 이런 졸음이 올 것 같은 진부한 뉴잉글랜드 마을에서 일어날 사건이라면, 강도와 은행 강도, 지금까지 나온 여러 가지 범죄 정도인데 왜 호텔 탐정이 필요한가 말해야겠지?" 그의 목소리가 긴장했습니다.

"모란, 우리의 올 여름 최고의 손님은 닐 허드슨 부부야. 어떻게 생각해?"

오, 이건 정말 놀랐습니다. 나이는 일흔다섯에서 일흔일곱쯤, 이 근방에서 최고로 부유한 인물 닐 허드슨 씨는 뉴잉글랜드에서 가장 부자라고 합니다. 오어 힐에 있는 철광과 워터베리에 있는 볼트와 너트 회사, 은행과 보험회사도 소유한 데다, 서리 교외 몇 킬로미터 떨어진 곳에 '서리인'이 통째로 쏙 들어가고도 남을 만큼 커다란 저택을 갖고 있습니다. 그리고 아들 한 명은 육군 소장이고, 다른 아들은 상원의원, 다른 한 명은 교수, 그리고 딸이 여러 명, 자손이 많습니다. 모두의 이야기로는 손자가 몇 명 있는지 더는 신경도 쓰지 않고, 각각 평등하게 백만 달러씩 나누어 준다는 겁니다.

"어떻게 생각해, 모란?"

"왜 그분은 자기 집에서 지내지 않지요?"

"그래, 누구라도 그렇게 묻겠지. 뭐, 하나는 생각대로 일을 할 만한 일손을 모을 수 없다는 것과 소득세가 소득액을 초과해서 세금을 지불하려고 뭔가를 팔면 세금을 더 지불해야 되니까 이번 여름은 집을 개방할 수 없는 거야. 그래서 그는 운전기사, 부인은 하녀를 데리고 호텔의 최상층 방과 개인용 면회실을 예약했어. 비록 집에선 지낼 수 없어도 서리에서 보내고 싶은 거지. 벌써 55년 넘게 서리에서 여름을 보냈으니까 말이야. 알겠

호텔 탐정 **139**

나, 모란?"

"예."

"그런데 파리는 꿀이 가장 진한 곳에 모인다고 하지. 허드슨 부부는 몇천 달러나 들어 있는 돈주머니를 갖고 다니며 돈을 떨어뜨리며 걷는 건 아니지만, 부부를 노리는 수상한 녀석들이 있을지도 모르니, 두 사람의 안전에 만전을 기하고 싶네."

"예."

"본심을 말하면, 상상이 지나친 건지도 몰라. 몸값을 노리고 부부를 유괴할 놈이 있다고 진심으로 생각하는 건 아니야. 총을 들이대며 억지로 수표를 쓰게 할 사람이 있다고도 생각하지 않아. 하지만 듬뿍 지불할 테니, 미리 경계하고 싶네."

"사장님, 죄송합니다만 부부의 보석은 어떻습니까?"

사장이 웃었습니다.

"그 부부는 치장하지 않는 사람들이고 '서리인'도 꾸미지 않는 곳이야."

"허드슨 부인이 무척 값진 다이아몬드를 몇 개 갖고 있다고, 주인어른에게 들은 적이 있습니다."

"마을의 보안금고에 맡기고 올 거야. 모란, 도난당할 걱정을 하는 게 아니야. 다만 불쾌하지 않게 하고 싶은 거야. 두 사람은 노인이고, 여기서 여름을 즐겁게 보냈으면 해. 그리고 자네가 지금 하는 것처럼 종업원들과 친해지고, 저녁에 들러서 세

140

상 이야기를 듣다 보면 나보다 더 빨리 정보를 얻을 수 있을 거라는 생각이 들었네. 뭔가 나쁜 음모가 있다면, 자네는 나보다 먼저 알아차리겠지? 그렇게 되면 학교 뒤에서 만나고 싶다고, 전화나 편지로 연락하게. 우리가 같이 얘기하는 모습을 두 번 다시 보여선 안 되니까. 모란, 이 일을 맡을 텐가?"

"애시미드 사장님, 얼마 주실지 말해 주시면, 증거를 음미한 뒤에 최초의 편지로 답을 드리겠습니다."

사장이 웃었습니다.

"대단해, 모란! 자네가 말하기 전부터 벌써 급료를 올려야 된다고 각오했네."

"좋은 생각이십니다."

다음 날 아침에 사장이 얼마를 지급하겠다고 쓰여 있는 편지가 도착했습니다. 그것이 예상을 넘는 금액이라, 하루 뜸을 들였다가 엽서에 'O. K. P. M.', 즉 일을 맡겠다고 썼습니다. 그런 이유로 지금부터 호텔 탐정에 대한 일을 아주 열심히 공부할 생각입니다. 저녁에 '서리인'의 뒷문을 어정거리며 밤색 머리카락 에스텔이나 같은 밤색인 밀리, 역시 밤색인 수지, 그리고 금발인 척 해도 뿌리가 거무스레한 콜린과 수다 떠는 걸 일이라고 할 수는 없겠지요. 진짜 금발인 도트 카슨과는 세스 윌리스와 약혼했기 때문에 이야기할 마음이 없습니다. 세스 이외의 누구도 도트에게 손을 대지 않겠지요. 그러나 세스는, 자기는 독신으로 살 운명이고 그렇게 죽을 거라고 말합니다만.

　발신 : 뉴욕 주 사우스 킹스턴
　　　　애크미 인터내셔널 탐정통신교육학교 주임경감
　수신 : 코네티컷 주 서리. R. B. 맥레이 씨 댁내
　　　　탐정 P. 모란

　충고하는데 만약 귀찮은 일에 휘말렸을 경우, 본인이 책임을 지세요. 당신은 어엿한 탐정으로 고용되었지만, 결코 그렇지 않습니다. 당신은 단지 본교 학생일 뿐입니다. 레슨 과제와 함께 수표나 우편환—안전한 송금방법은 그것뿐입니다—을 즉시 보내지 않으면, 졸업을 보증 못합니다.

　당신은 누군가를 체포할 수 없습니다. 양해를 구하지 않고 상대를 말없이 미행할 수도 없습니다. 전화도청도 안 됩니다. 의심스러운 물건의 검사도 불가능합니다. 범죄가 발생했거나 또는 발생할 것 같으면 저에게 전보를 쳐야 합니다. 당신이 옳았다면 보수의 일부를 받을 수 있도록 조처해 드리지요. 만약 보수가 있을 경우 말입니다. 아무쪼록 호텔 탐정은 사람들을 성가신 일에 끌어들이기 쉬운 점을 잊지 마시오. 게다가 그 사람이 부주의하고, 또 호텔 탐정이 아닌데도 부정하게 그렇게

이름을 밝혔다면, 그는 더욱 험한 지경에 휘말리겠지요.

J. J. O'B

발신 : 코네티컷 주 서리. R. B. 맥레이 씨 댁내

탐정 P. 모란

수신 : 뉴욕 주 사우스 킹스턴

애크미 인터내셔널 탐정통신교육학교 주임경감

예, 은퇴한 감독이자 교회 목사 스로크모턴의 방에서 일요일에 담요가 없어진 것은, 그가 훔친 게 아니라고 애시미드 씨에게 보고했을 때, 경감님의 편지를 보였습니다. 훔친 건 벨보이 팀장 체스터이고, 한 장에 50센트로 강매하러 왔을 때 그런 사실을 발견했는데, 저는 애시미드 씨에게 같은 값으로 되팔고 1센트도 챙기지 않았습니다. 저는 애시미드 씨가 말한 대로 학교 뒤에서 만나고 싶다는 편지를 보내고, 그가 다가오자 처음에 담요를 건네고 다음에 경감님의 편지를 건넸습니다.

애시미드 씨가 크게 웃었습니다.

"하하하, 프로의 질투로군! 하지만 화를 내면 안 돼, 모란. 자네는 비어 있는 시간에 나를 위해 일하는 거니까. 신분을 속이는 것도 아니고, 특히 한 번 보기만 해도 자네가 어엿한 탐정이 아니라 절반 또는 그 이하란 걸 누구라도 알 테니까. 게다

가 그 담요를 누가 훔쳤는지 알게 돼서 기쁘네. 지금까지 많이 도둑맞았고, 도매가격으로 사도 상당한 비용이 들었으니까. 그런데 모란, 선물용 은도금 포크와 나이프를 슬쩍한 게 누군지 알았나? 이전엔 신품 한 다스에 2달러였는데 요즘은 다시 광을 낸 게 3달러 75센트나 해. 얼마를 지불하든 손에 넣으면 그야말로 감지덕지하지."

"예, 사장님."

"체스터인가?"

"예, 하지만 지금까지 포크 여덟 개와 나이프 세 개밖에 사지 못했습니다. 하나에 5센트입니다."

"좋아, 한 다스가 될 때까지 기다릴 필요 없지. 모란, 즉시 사겠어. 자네는 모르겠지만 전 세계 어떤 호텔비품 공급회사도 자네의 가격에는 맞설 수 없을 거야."

"예, 사장님."

"체스터를 해고하고 싶지만, 벨보이가 부족하고 게다가 다른 벨보이도 주방의 난로며 청소주임의 틀니를 훔칠지도 모르지. 주임경감에게 보내는 편지에 이렇게 써도 좋아. 나는 자네를 고용한 것을 기뻐하네. 왜냐면 임금 이상으로 돈을 절약해 줄 것 같다고 말이야."

"고맙습니다, 애시미드 사장님. 복숭아 통조림도 사시겠습니까?"

예, 애시미드 씨는 통조림도 샀습니다. 한 캔에 5센트, 체스터에게 제가 지불한 것과 같은 금액입니다. 애시미드 씨로서는 상당한 이득입니다.

"그런데 모란, 허드슨 부부를 어떻게 생각하나?"

그래서 제가 말했습니다. 그 부부를 여러 번 봤지만, 미리 정보가 없었다면 도저히 부자라고는 생각지 못했을 겁니다. 왜냐하면 허드슨 씨는 루프타이를 매고, 값싼 궐련을 피우는 몸집이 작은 노인이었는데, 그 궐련이 백 개비에 5달러일지도 모르지만, 도저히 그렇게는 보이지 않았습니다. 허드슨 부인도 조그만 몸집에, 누구에게나 상냥한 미소로 대하며, 모든 종업원에게 "부탁해요." 하고, 다른 사람들과 마찬가지로 일반 식당에서 평범한 식사를 합니다. 청소주임 스튜어트가 말한 바에 따르면, '서리인' 최고의 방에 묵는 허드슨 부부는 아무 문제도 일으킨 적이 없고, 허드슨 부부가 지불하는 금액에 훨씬 못 미치는 몇 명은 전혀 그렇지 않다고 합니다. 날씨가 좋은 오후에 허드슨 부부는 자주 소박한 드라이브를 가는데, 그들의 운전기사 헨리 미드가 말하길, 부부는 차를 멈추고 그저 나무들이며 시골 풍경과 푸른 언덕을 흐뭇하게 구경한 다음 '서리인'으로 돌아온다고 합니다. 밤엔 때때로 포치를 걷고, 누가 "안녕하세요." 하고 인사하면, 부부도 "안녕하세요." 하고 대답하면서, 허드슨 씨는 살짝 모자를 추켜올리는데, 전혀 1천만 달러 어쩌면 2천만

인지 3천만 달러를 갖고 있는 것 같지 않습니다. 한번은 호텔 앞을 차를 타고 지나가던 외지 사람이 허드슨 씨를 보고, "여! 빌, 솔즈베리엔 어떻게 가면 되나?" 하고 고함쳤을 때, 허드슨 씨는 더없이 상냥하게 대답했습니다. 그걸 보던 사람들이 만약 그런 식으로 거친 소리를 들었다면 경멸당한 것처럼 뚱하게 그 자리를 뜨겠지요.

그래서 제가 말했습니다.

"애시미드 사장님, 허드슨 부부는 정말 문제없습니다. 만약 그들이 클럽이나 부인 클럽, 오더 오브 레드 멘(인디언의 생활향상을 목적으로 한 자선우애단체), 킹즈 도터스 등에 입회하고 싶어 한다 해도, 이의를 제기할 사람은 없을 겁니다."

"부부에게 그렇게 말해 두지. 틀림없이 기뻐할 거야."

애시미드 씨가 차로 돌아가고, 저는 함께 있는 모습을 들키지 않도록 잠시 건물 뒤에서 기다렸습니다.

하지만 허드슨 부부가 온 첫날밤, 허드슨 부인이 친밀하게 저를 보고 빙그레 웃고, "전에 만난 적이 있지?" 하며 말을 걸어왔던 일은 말하지 않았습니다.

"예, 허드슨 부인. 맥레이 씨 댁에서 일합니다."

"오, 역시 그랬어. 피터 모란인가?"

"예, 허드슨 부인."

그때 부인이 한 말은 그것뿐이었지만, 며칠 뒤 밤에 구석에 숨으려는 저를 부인이 발견하고 미소 지으며 인사하고, 세 번째는 곧장 제게로 와서 말했습니다.

"피터, 내가 2와 2를 더해 봤어. 하지만 고자질하지는 않겠어."

"허드슨 부인, 무슨 뜻이지요?"

"잘 알면서, 피터. 피터가 어떤 식으로 맥레이 댁의 댄스파티에서 강도를 붙잡았는지, 어떻게 재치를 발휘했는지 읽었고, 여기서 사람들을 관찰하고 노트에 연필로 적는 걸 봤어. 탐정 일은 재미있지? 나도 50년만 젊었다면 피터에게 기술을 배울 텐데. 피터, '서리인'에서 범인을 찾는 거야? 그렇지 않으면 그냥 훈련이야?"

"허드슨 부인, 정말 오해십니다. 왜냐면 저는 단지 운전기사이고, 부인이 생각하시는 그런 사람이 아닙니다." 제가 둘러댔지만, 부인은 마치 저의 어머니 같아서, 저는 그 눈을 똑바로 보고는 거짓말할 수 없어서 미소 지으며 이렇게 말했습니다.

"허드슨 부인, 비밀이에요. 아무에게도 말하지 마세요."

"말 안 한다고 했잖아, 피터. 하지만 언젠가 밤에 몽땅 가르쳐 줘야 해." 그리고 느닷없이 부인이 "조용!" 하고 재빨리 걸어갔는데, 저는 그 이유를 알았습니다. 허드슨 부부가 있으니 '서리인'에 머무는 사람들이 많았고, 이번 겨울이 되면 그 무리들은 "사랑스러운 허드슨 부인과 저는 친구예요." "닐 허드슨이 나한테 말했는데, 그 닐 허드슨이야."라고 말할 겁니다.

그리고 애버스너트 부인은 허드슨 부인과 얼굴을 마주 대하고 "사랑스런 분." 하며 편지의 첫머리처럼 부르고, 은행가 윌러드 스펜서는 "아니, 이런, 허드슨 씨. 아, 정말 멋진 밤이군요." 하며, 더워서 비라도 내릴 듯한 우중충한 밤에도 그렇게 말합니다. 그리고 타비사 나이트라는 코와 귀가 큰 쉰쯤 되는 여자가 있습니다. 그 여자는 여러 신문사에 사교계 정보를 보내고 때때로 팔기도 하는데, 언제나 허드슨 부인을 쫓아다니며 좀더 정보를 캐내려 합니다. 허드슨 부인이 "조용!" 하고 말했던 건 나이트 양이 몰래 다가와 있어서 엿듣게 하고 싶지 않아서죠.

저는 세스 윌리스가 비번일 때 이 일을 말했습니다. 왜냐하면 세스를 신용하기 때문이고, 세스는 그것을 도트 카슨에게, 역시 그녀를 신용하기 때문에 이야기했습니다. 그리고 도트가 이렇게 말했습니다.

"허드슨 부인은 면도칼처럼 명석해! 허드슨 씨가 부자가 된 건, 오로지 부인의 내조가 있었기 때문이야. 남자에게 필요한 것은 좋은 아내야. 비록 팔이 하나 없더라도, 세스가 바보가 아니라면 벌써 옛날에 나와 결혼했을 텐데."

세스가 희미하게 웃고 말했습니다.

"피트, 팔이 하나인 남자가 무슨 도움이 돼?"

그러나 제가 멋진 대답을 떠올리기 전에 도트가 끼어들었습니다.

"나에겐 충분히 도움이 돼. 그것보다 피트, 슬슬 뒷문으로 가야 해. 당신이 없어서 여자들이 초조해하고 있어. 나는 세스를 배웅하러 가지만, 만약 그를 두 번 다시 못 보면, 내가 곤봉으로 패서 동굴로 끌고 들어갔다고 생각해. 왜냐하면 나도 바짝바짝 애가 타는걸."

그래서 저는 잘 쉬라고 말하고 그들과 헤어져 뒷문으로 어슬렁어슬렁 갔습니다. 그곳에서는 플로리가 저를 기다리고, 수지도 기다리고, 콜린은 기다리지 않나 싶었는데, 저를 본 순간 아주 열렬히 "피터." 하고 속삭였습니다. 그러니까 만약 제가 도트 카슨이 목표로 하는 좋은 아내를 가졌다면, 운전기사로는 좋겠지만 호텔 탐정으로서는 더 이상 좋지 않겠지요. 왜냐면 저는 이 일을 위해 태어난 남자이니까요.

발신 : 뉴욕 주 사우스 킹스턴
　　　　애크미 인터내셔널 탐정통신교육학교 주임경감
수신 : 코네티컷 주 서리. R. B. 맥레이 씨 댁내
　　　　탐정 P. 모란

당신은 탐정기술의 기본 중의 기본, 즉 '눈에 띄지 않을 것!'

을 범했습니다.

허드슨 부인은 금방 당신의 정체를 간파했고, 탐정인 것을 부정하지 않은 것으로, 당신은 그것을 긍정했습니다.

당신은 세스 윌리스에게 당신이 무엇을 하는지 떠벌렸습니다.

세스 윌리스는 그것을 애인에게 말했습니다.

한 사람이 비밀을 가진 때는 이런 상태입니다. 1.

두 사람이 알게 되면, 1과 1로 11입니다.

세 사람이 아는 상황이 되면, 1과 1과 1로 111이 되는 것입니다.

차라리 '호텔 탐정'이라고 앞에 커다랗게 쓴 제복이라도 만드는 게 어떻습니까?

J. J. O'B

발신 : 코네티컷 주 서리. 미스터 R. B. 맥레이 댁내

　　　탐정 P. 모란

수신 : 뉴욕 주 사우스 킹스턴

　　　애크미 인터내셔널 탐정통신교육학교 주임경감

예, 경감님이 써 보낸 제복을 만들라는 건을 애시미드 씨께 이야기했습니다.

"그 주임경감은 도대체 무엇을 운영하는 거야. 탐정학교인가? 아니면 정신병원인가?"

"가끔 저도 모르겠어요, 애시미드 사장님." 제가 대답하고, 벨 보이 팀장 체스터가 슬쩍하고 제가 사들인 보온병 두 개와 포크와 나이프도 몇 개 더, 커피 2.3킬로그램과 살구통조림을 팔자, 애시미드 씨는 그것들을 되찾아서 아주 기뻐했습니다.

"이번엔 담요가 없군, 모란?" 애시미드 씨가 물었습니다.

"예, 없습니다. 체스터는 한동안 담요 훔치는 걸 그만두었습니다. 왜냐하면 청소주임이 불시에 세어볼지도 모르고, 그렇게 되면 없어진 게 들통 난다고 했습니다."

애시미드 씨가 웃었습니다.

"그래? 그가 무턱대고 욕심 부리지 않아서 기쁘군. 게다가 체스터가 그 살구에 붙인 가격은 정말 이득이야."

그리고 제게 급료를 지급하겠다며 차로 갔습니다.

밤이 되어 저는 허드슨 부인에게 물었습니다.

"허드슨 부인, 전에 2와 2를 더할 수 있다고 말씀하셨지요? 1과 1을 더하는 것도 가능합니까?"

"오, 피터. 2야."

"그렇게 생각했습니다만, 제가 받은 편지에는 1과 1로 11, 1과 1과 1로 111이라고 쓰여 있습니다. 상당히 이상한 계산이지요?"

"피터, 전부 얘기해 주는 게 좋겠어." 부인이 웃으며 말했습니다.

그래서 전부 얘기한 뒤 제가 말했습니다.

"허드슨 부인, 호텔 탐정은 범죄자를 싹이 자라기 전에 제거해야 하니까, 제비족한테서 눈을 떼지 못합니다. 그런 무리들은 서리엔 없지만요. 그리고 방에 침입해서 눈에 보이는 대로 모조리 훔치려고, 밤중에 복도를 서성거리며 열쇠 잠그는 걸 잊은 사람이 없나 보고 다니는 빈방털이도 지킵니다. 여기에는 그런 사람도 없습니다만. 호텔 탐정은 좀도둑도 지킵니다. 왜냐하면 범죄자가 죄를 범한 뒤에 쫓기보다 범죄가 발생하기 전에 막고 싶기 때문에, 저는 많이 막아왔다고 봅니다. 벨보이 팀장 체스터한테서 훔친 물품을 사들여 애시미드 씨에게 되팔고, 사장님은 도매로 사는 것보다 싸다며 기뻐했습니다. 하지만 괜찮으시다면 비밀을 가르쳐 드리지요, 허드슨 부인. 아무에게도 말하지 않겠다고 약속해 주신다면, 저는 미혼 커플로 범위를 좁혀 쫓고 있습니다."

"오, 피터, 그것은 어떻게 된 거지?" 그녀가 숨을 삼키고 말했습니다.

"허드슨 부인, 부부라며 호텔에 머물러도 그게 새빨간 거짓말인 경우를 아십니까? 예, 허드슨 부인. 그 사람들은 숙박부에 스미스 부부라고 적었지만, 사실은 부부가 아닙니다. 남자가 스미스이고, 여자가 ○○부인일 경우도 있고, 남자가 스미스가 아니라 여자가 스미스인 경우도 있기 때문에, 참으로 괘씸한 일입니다. 코네티컷에서는 중죄에 해당되고, 교도소로 보내 10년, 경우에 따라선 20년이나 중노동을 시킬 수 있습니다. 여기는 뉴잉글랜드이고 부도덕한 일이 있어선 안 되지요."

"어머나, 그런. 피터!"

"그거야말로 제가 힘을 쏟는 일입니다, 허드슨 부인. 그래도 비밀로 해 주세요. '서리안'에 머무는 모든 사람을 조사하고 있습니다."

"피터, 손님들에게 결혼증명서를 보여 달라고는 할 수 없어!"

"예, 허드슨 부인. 호텔 탐정은 그렇게까지 무례하고 경솔해서는 안 됩니다. 달리 확인할 방법이 있습니다."

"어떤 방법?"

"비밀방법이지요."

"어떤 비밀방법이지?"

"그야 많이 있습니다."

"가르쳐 줘, 피터. 부탁이야!"

"안 됩니다."

"왜 안 되지?"

"도저히 안 됩니다."

"피터, 알고 싶어 죽겠어!"

"허드슨 부인, 부인처럼 세련된 여성의 귀에는 들려드리고 싶지 않아서……."

"피터, 나는 일흔한 살이야. 어린 소녀가 아니야. 온갖 풍파를 다 겪었어."

"아닙니다, 허드슨 부인. 가르쳐 드릴 수 없습니다. 게다가 이건 저와 주임경감, 전문가끼리의 비밀이니까요."

"주임경감은 누구야?"

"그는 이번 건으로 저와 함께 조사하지만, 겉으로는 나타나지 않습니다. 그것이 그가 즐겨 쓰는 방법이어서요. 우리는 이 호텔에 머무는 한 사람 한 사람을 조사하고, 만약 아무 일도 없으면 그야말로 금상첨화지요. 하지만 무슨 일이 있으면, 예, 부부라고 거짓말하는 미혼 커플은 운이 다할 것이고, 우리가 조사를 마친 뒤에는 아주 깊이 후회하겠지요……. 그리고 호텔 탐정이 하나 더 신경을 써야 하는 건 룸메이드와 웨이트리스인데, 왜냐하면 그녀들과 친하게 지내야 하기 때문에, 실제로 매일 밤 그린 랜턴이나 브룩사이드 태번에서 제가 그 일을 하는 걸 보시면……."

부인이 중간에 끼어들었습니다.

"피터, 미혼 커플 이야기를 더 들려줘. 그 사람들은 확실히 감옥에 가는 거야? 모두? 많은 커플을 체포했어? 판결은 어떻게 나왔지? 전부 가르쳐……."

"조심하세요, 허드슨 부인!" 제가 말했습니다. 왜냐하면 타비사 나이트가 몰래 다가오는 게 보여서, 제가 뭔가 조사하는 게 알려지는 건 곤란하니까요. 비록 타비사 나이트가 너무나 못생기고 그녀와 사귀어야 한다면, 미혼이든 기혼이든 커플 같은 건 없어진다고 하더라도.

저는 타비사 나이트가 싫습니다.

허드슨 부인이 주위를 둘러보고 "그래, 피터." 하고, 곁눈질도 않고 곧장 앞으로 걸어갔고, 타비사 나이트가 제가 숨어 있던 장소에 왔을 무렵엔 저도 허드슨 부인처럼 떠났기 때문에 그곳엔 없었지만, 저는, 호텔 탐정에 어울리게 뒤돌아보며 갔습니다.

다음 날 세스 윌리스를 만났을 때, 제가 물었습니다.

"세스, 타비사 나이트의 어디가 나쁜 거야?"

"정보를 탐지해 내는 코를 갖고 있어." 그가 대답했습니다.

"아, 커다란 코."

"그녀는 환영받지 못하는 곳에 언제나 그 코를 들이대. 정당한 정보는 대도시의 신문사에 보내고, 상대는 가끔 그것을 사들였지. 그리고 반듯한 신문사라면 3미터짜리 몽둥이로도 건드리지 않을 저속한 종류의 정보는 다른 신문사에 보내고, 그러면 그들은 다른 신문사 이상으로 지불해."

"세스, 어떻게 그런 일까지 알아?"

"그녀는 매일 아침 우편이 오기 전에 침대에서 아침식사를 해. 우편이 오고 분류가 끝나면, 나는 그녀 앞으로 온 편지를 방으로 가져가서 문 밑으로 밀어 넣지. 그게 그녀가 원하는 방법이고, 나는 매주 50센트를 받아. 이번 주는 잊은 것 같지만. 그래서 누가 그녀에게 편지를 보냈는지 보고, 수표가 든 가늘고 긴 봉투가 있으면 엘리베이터의 불빛에 비춰서 금액을 보는 거지. 어제는 뉴욕의 격식 있는 신문 <뉴욕 헤럴드 트리뷴>에서 2달러 수표를 받았어. 하지만 쓰레기 같은 3류 신문사한테서는 14달러 85센트나 되는 수표를 받았고 그들은 냄새나는 것이라면 뭐든지 사들이고, 냄새가 많이 나면 특별요금을 지불해."

"세스, 넌 탐정이 되는 게 좋겠어."

"탐정이 되고 싶어. 왼손으로도 아주 잘 쏠 수 있고, 엘리베이터 운행보다는 더 잘 벌 테니."

"만약 탐정이라면 세스, 도트와 결혼할 수 있어."

"구구절절하게 말해봤자 무슨 소용이겠어? 피트, 팔이 두 개였을 때는 왕창 벌었어. 하지만 여름이 끝나면 나는 어떻게 될까? 그게 알고 싶어."

예, 세스에게 저의 통신강좌 과정을 빌려줄까도 생각했지만, 그게 학교 측의 규칙에 어긋난다는 건 압니다. 비밀 내용이니까요. 그때 누군가 엘리베이터 벨을 눌러서, 세스가 대답하러 곧장 달려갔습니다.

허드슨 부인은 그날 밤, 또다시 저를 궁지로 몰아넣었습니다.

"피터, 더 듣고 싶어."

"예, 룸메이드나 웨이트리스들과 친하게 지내야 되는 건
……."

"아니, 그런 걸 듣고 싶은 게 아니야. 피터, 미혼 커플 이야
기를 더 들려줘."

부인이 거짓말을 폭로하는 비밀 방법에 대해 알고 싶어 하는
건 알지만, 가르쳐 줄 비밀 방법 따위 애초부터 없었습니다. 그
래서 제가 말했습니다.

"허드슨 부인, 대단히 죄송합니다만 더 이상 정보를 밝힐 수
없습니다. 이곳에 없는 주임경감한테서 받기로 되어 있고, 그는
지금 이 순간에도 본부에서 기록을 조사하고 있습니다."

"어머나!" 부인이 말했습니다.

"그는 아주 신중해서 결코 잘못을 범하지 않습니다. 만약 잘
못된 경우에는 사람들이 호텔을 고소할 수 있기 때문입니다.
그래도 그는 미혼 커플이 프런트에서 기입한 이름의 사본을 갖
고 있고, 그런 이름을 이 잡듯이 샅샅이 조사하고 있다고 했습
니다."

부인은 "어머나!" 하고, 또 "어쩜!" 하며 몇 번이나 말했습니
다.

"피터, 그런 일은 신중히 하는 게 좋겠어."

"예, 허드슨 부인."

그래서 경감님은 비밀 방법을 몇 가지 가르쳐 주셔야 하겠습니다. 왜냐하면 레슨을 되풀이 읽어도 그런 방법은 아무것도 나와 있지 않고, 다음에 허드슨 부인을 만나면 제가 답을 모르는 질문을 많이 할 것이고, 애크미 인터내셔널 탐정통신교육학교의 평판을 떨어뜨리는 것은 저로선 불편하기 때문입니다. 특히 2, 3개월 전에 경감님이 각 신문사에 '피터 모란은 명예로운 학생입니다' 하고 보낸 뒤니까요.

전보

코네티컷 주 서리. R. B. 씨 맥레이 댁내

피터 모란 앞

오늘 아침 열린 교직원 특별회의에서 당신을 퇴학처분 했음.
본교 학생이라고 이름을 밝힐 경우 손해배상 소송을 하겠음.

애크미 인터내셔널 탐정통신교육학교
주임경감

발신 : 코네티컷 주 서리. R. B. 맥레이 씨 댁내
　　　 탐정 P. 모란

수신 : 뉴욕 주 사우스 킹스턴

애크미 인터내셔널 탐정통신교육학교 주임경감

예, 경감님의 전보에 당황했습니다.

"피트, 전보회사에서 전화가 왔어." 벨보이 팀장 체스터의 말을 듣고 전화를 받으니, 교환원이 "피터, 나쁜 뉴스 같은데, 수령인 지불이었다면 더 심하게 됐을 테니까, 걱정하지 않겠지?" 하고 말했습니다. 하지만 저는 걱정됩니다.

"피터, 나는 영어 숙달방법 통신강좌를 받는데, 왜 그런 퇴학이 없는 강좌를 하지 않았어요?" 하고 교환원이 물어서 이렇게 말했습니다.

"아마 나는 영어 숙달방법은 모르지만, 어쨌든 이것만은 말할 수 있어요. 입 다물고 어딘가로 가 버리라고"

그래도 이 편지를 읽은 뒤, 아마 경감님은 한 번 더 교직원 특별회의를 열고, 했던 일을 취소하겠지요. 그렇게 할 수밖에 없다고 생각하며, 제게 다시 한 번 기회를 주실 겁니다. 왜냐하면 저는 태어날 때부터 호텔 탐정이니까요.

어젯밤 체스터가 "이번엔 식료품이야." 하며 꾸러미를 몇 개 주고, 저는 25센트를 건넸지만, 허드슨 부인이 오는 것을 보고 체스터는 물러갔습니다.

부인이 말했습니다.

"피터, 같이 가."

"호텔 안으로 말입니까? 허드슨 부인, 이 운전기사 제복 차림
으로요?"

"틀림없이 호텔 안이야. 내 방으로."

네, 저는 꾸러미를 안고 있었지만, 부인과 같이 엘리베이터를
타고 개인면회실로 들어갔습니다. 부인이 문을 닫았고, 거기에
는 허드슨 씨와 그 옆에 스로크모턴 목사가 있었습니다.

허드슨 부인이 말했습니다.

"피터, 우리 둘 다 피터를 친구로 생각해. 그래서 우리의 비
밀을 알려주지만, 요전에 아무리 해도 가르쳐 주지 않았던 비
밀과 마찬가지로 지켜주길 원해."

"예, 허드슨 부인." 제가 말했습니다.

"피터, 50년 전에 나와 만났을 무렵에 닐은 그저 젊은 노동자
였어. 막 스코틀랜드에서 이주해 온 뒤였고, 죽기 살기로 일했
지. 그는 모르는 일이 많았고 나도 그랬어. 우리는 친해졌고,
어느 날 남편이 '보니, 허드슨 부인이 되어 줘.' 했는데, 나는
'네, 닐.' 하고 대답했어. 그리고…… 그리고…… 유감스럽게도
그게 전부였어. 왜냐하면 닐은 사업을 일으킬 돈을 모으고 있
었고, 스코틀랜드인이라 보통 교회에서 하는 보통 결혼식에 돈
을 쓰고 싶지 않았어. 피터, 이해하겠어?"

"잘 알았습니다." 하지만 알고 싶지는 않았지요.

"나는 계속 널을 남편으로 생각했어. 남편도 나를 아내로 여겼고. 50년 동안 줄곧 그런 상태였지—그리고 아이가 생기고, 훌륭한 자식들, 손자들, 증손자들도—그리고 자식들은 의심조차 안 하고…… 우리도 알려주려고 하지 않았지. 그래도 잘못을 고치는 데 너무 늦은 것은 없다고 요전날 밤 자네 말이 등을 떠밀어 주었어, 피터."

저는 닐 허드슨 씨를 봤습니다. 2천만 달러, 어쩌면 3천만 달러를 갖고 있을지도 모르는 인물, 일찍이 스코틀랜드에서 이주해 왔을 뿐인 젊은 노동자였던 사람을. 그는 아무 말도 하지 않았습니다. 단지 지그시 허드슨 부인을 보며 고개를 조금 끄덕였고, 그 모습은 마치 그녀가 뭔가 원한다면 그것이 무엇이든 상관없다, 왜냐하면 자기가 반드시 그녀에게 줄 테니까, 하고 말하는 것 같았습니다.

"피터, 우리의 증인이 되어 주었으면 해." 허드슨 부인이 말하자, 스로크모턴 목사는 눈을 감았습니다. 왜냐하면 서약문을 외우고 있기 때문이겠지요. 그가 바로 식에 착수했습니다.

"친애하는 여러분……"

그런데 저는 완전히 가슴이 벅차서 언제 식이 끝났는지 기억하지 못하지만, 그 뒤 허드슨 부인이 다가와 그냥 호텔 탐정에 불과한 제게 키스하고, 허드슨 씨는 악수를 할 때 접은 지폐를 제 손에 쥐여주었는데, 그것은 처음 본 백 달러짜리였습니다.

"축하드립니다." 제가 말했습니다.

"고마워요."

"맡겨 주십시오. 아무에게도 말하지 않겠습니다." 저는 보증했습니다.

저는 오른쪽으로 돌아 자리를 뜨려고 했습니다. 체스터한테서 매입한 꾸러미를 주워들고 문을 열었습니다. 복도를 끼고 그렇게 멀지 않은 곳에 있는 엘리베이터가 멈추고, 타비사 나이트가 짐짓 대단한 체하면서 제 쪽으로 똑바로 다가오는데, 그 모습은 마치 뭔가 냄새를 맡은 것 같았습니다. 그렇지 않다는 걸 저는 알지만, 제가 문을 서둘러 닫으려고 뒤돌아보자, 꾸러미 하나가 팔에서 떨어지면서 찢어져 내용물이 사방으로 튀고, 그 주위가 온통 쌀투성이가 됐습니다. 타비사 나이트가 히죽 웃는 게 보이고, 가엾은 허드슨 부인이 속삭이는 작은 목소리가 들렸습니다.

"어머, 큰일이야!"

레슨에 '호텔 탐정은 상황을 지배해야 한다.'고 쓰여 있는데, 바로 저야말로 호텔 탐정 P. 모란입니다.

"거기 있어요, 나이트 양. 기다리고 있었어요." 제가 말하고 "세스, 엘리베이터는 놔두고 이쪽으로 와." 하고 말했습니다. 그런 다음 계단을 한 번에 네 개씩 뛰어 내려가 도트 카슨을 붙들었는데, 호텔 탐정은 종업원들과 친하게 지내야 필요할 때는 그들을 어디서 찾을 수 있는지 알기 때문에, 간단히 그녀를 잡을 수 있었습니다. 그리고 방으로 돌아왔는데, 나중에 도트는 제가 그녀를 식품 자루처럼 안고 그 계단을 올라갔다고 했습니다. 아마 그랬겠지만, 그 일은 하나도 기억나지 않습니다.

"들어와요, 나이트 양. 괜찮은 신문 특종이 있습니다. 이쪽은 세스 윌리스, 한쪽 팔을 잃었어도 훈장을 받은 진짜 영웅인데, 도트 카슨과 결혼할 용기가 없었습니다. '한쪽 팔밖에 없는 남자가 어떻게 생계를 꾸려나갈 수 있나?'라는 게 그 이유였습니다. 그러자 닐 허드슨 씨가 아주 간단한 일이라고 말씀하셨지요. 왜냐하면 그가 보디가드를 찾는데―허드슨 씨, 그렇지요?―세스가 팔이 하나라도 그 팔 하나로 능숙하게 총을 쏠 수 있으면 아무 상관 없다고 하셨습니다. 허드슨 씨, 그렇지요?"

"그렇고말고" 하고 허드슨 씨가 말했습니다.

"닐 허드슨 씨 같은 분의 보디가드라면 급료도 듬뿍 받고……."

"맞아."

"부인을 부양할 수 있을……."

"맞아."

"…… 그리고 허드슨 씨는 그를 결혼시키고 싶어합니다. 왜냐하면 결혼한 남자는 안정되고 신뢰할 수 있기 때문이지요……."

"…… 그리고 일반적으로 의지가 되니까요." 하고, 눈치 빠른 허드슨 부인이 말했습니다.

"그렇지요." 이 또한 날카로운 스로크모턴 목사.

"그런데 보통, 신랑은 신부의 반대쪽에 서지만, 윌리스는 국가를 위해 용감히 싸우다 오른팔을 잃었으니 예외로 하지요."

목사는 제게 미소 지으며 아주 살짝 윙크했습니다. 그런 뒤 아까 했던 것처럼 눈을 감았습니다.

"친애하는 여러분……."

즉 그런 셈이지요. 그런데 애시미드 씨에게 꾸러미를 팔 때 쌀이 한 상자 비었는데, 실제로 허드슨 부부와 스로크모턴 목사와 타비사 나이트가 주워서 세스와 도트에게 던진 뒤에는 쓸 만한 것이 못 되어서 그 쌀 몫은 제가 부담해야 했습니다. 그래도 맥레이 씨가 세스와 도트가 신혼여행을 간 며칠 동안 제가 엘리베이터를 운행해도 좋다고 했습니다. 타비사 나이트는 장황한 기사를 각 신문사에 보내고, 애시미드 씨는 세스와 도트의 이런 로맨틱한 결혼에 '서리인'이 한몫을 해서 공짜로 홍보가 됐다며 웃음이 끊이지 않았고, 숙박 손님들은 저마다 "허드슨 씨 부부가 이런 자선가이셨다니 훌륭합니다." 하고 말했습니다.

지금은 저도 엘리베이터를 움직이는 비결을 터득하는 중이라, 90센티미터 이상 벗어나는 일은 없습니다. 허드슨 씨는 엘리베이터 안에서 저와 단둘이 되었을 때, 이렇게 말했습니다.

"모란, 자네는 탐정학교 졸업생인가?"

"아닙니다."

"졸업하지 않았나?"

"예, 허드슨 씨. 저는 어엿한 구실을 못 합니다. 절반도 못 하는 걸요."

"그래? 나는 이 정도로 신속하고 임기응변에 능한 학생을 키운 학교에 얼마쯤 사례하고 싶은데. 만약 모란 장학금을 설립해서 자네가 추천하는 사람이라면 누구든지 무상으로 배울 수 있게 되면, 자네는 기뻐할까? 최초의 모란 장학생으로 자네는 세스 윌리스의 이름을 거론하겠지? 보디가드는 탐정과 통하는 데가 있고, 그도 배울 점이 많을 거네."

"허드슨 씨, 며칠 생각해봐도 되겠습니까?" 제가 말했습니다.

"물론이지, 모란! 물론이야! 하지만 결정하면 알려 주게."

저는 아직 결정하지 못하고 있습니다.

교직원 특별회의를 열면 어떻겠습니까?

협박장

발신 : 뉴욕 주 사우스 킹스턴

　　　애크미 인터내셔널 탐정통신교육학교 주임경감

수신 : 코네티컷 주 서리. R. B. 맥레이 씨 댁내

　　　탐정 P. 모란

…… 필적은 손이 아니라 뇌로 형태를 만들기 때문에, 속이는
것은 곤란하거나 불가능합니다. 글을 쓰려면 만년필과 연필과
붓을 사용하고, 또 잉크와 흑연 또는 피가 사용되는 경우도 있
겠지만, 지시를 내리는 것은 항상 같은 머리입니다. 머리는 개
개의 특징을 떨쳐버릴 수 없고, 그런 특징이야말로 그 머리를
다른 모두의 머리와 다르게 합니다. 익명의 편지를 쓰는 사람,
협박범, '비방편지'를 쓰는 정신이상자는 평소 쓰는 글자의 기

울기를 반대로 하거나, 글자를 크게 하거나(왜냐면 평소엔 작기 때문에) 또는 작게 하거나(왜냐면 평소엔 크기 때문에) 합니다. 일반적으로 필적을 판별하는 특징을 없애려고 활자체로 쓰는 경우도 있지만, 어떻게 하더라도 그 사람의 특성이 남게 되고, 그 필적은 전 세계의 다른 누구도 아닌 그 자신의 것으로 인정됩니다.

당신은 분명 어떤 것에 생각이 미쳤겠지요? 쓰는 사람은 자신과 지적능력이 다른 사람을 가장할 것이라는 점입니다. 교육을 충분히 받은 사람이라면, 철자를 틀리거나 서툰 영어라는 수단에 의지하겠지요. 초등학교밖에 나오지 않은 사람이라면, 자기에게 부족한 교양을 흉내 내어 과장된 말이나 복잡한 문장을 쓰고 싶어 하지만, 문법과 수사법의 지식이 부족하기 때문에 반드시 마각馬脚을 드러냅니다. 그러나 훈련을 쌓은 탐정이라면 겉치레는 쉽게 간파할 수 있습니다. 폭넓은 교양을 가진 인물이라면 그럴싸한 못 배운 영어는 쓸 수 없고, 소년원을 나온 사람은 자기의 이해를 훨씬 초과하는 문체는 영원히 흉내 낼 수 없습니다. 물은 그에 맞는 높이에 머무릅니다. 늦든 빠르든 생각도 같기 때문에……

익명의 편지가 쓰여 있는 용지를 조사해 봅시다. 값싼 종이인가 아니면 값비싼 종이인가? 빛에 비추어보고 무늬를 확인하십시오. 제조업자를 밝혀내고, 우체통에 넣어진 편지의 종이를 시중의 어느 가게에서 파는지 찾아냅니다. 글씨를 조사하세요. 끝이 뾰족한 펜으로 썼는지, 둥글게 생긴 펜인지, 단단한 연필인지 아니면 무른 연필인지? 타자기로도 속일 수는 없습니다. 그 반대입니다. 완벽히 똑같은 문자를 치는 기계는 하나뿐이기 때문에……

좀더 빈번하게 외국어 문장 구조를 연구해 봅시다. 쓰는 사람의 국적은 어디인가 생각해 볼 일입니다. 소인을 조사해서 투함된 우체통이 있는 장소를 알아냅시다. 보내는 사람의 집 근처는 아닐 것입니다. 지문을 찾으십시오. 이것은 중요합니다. 비뚤어진 정신의 소유자를 다루는 방법을 기억해 두도록. 잊어서는 안 됩니다……

J. J. O'B

발신 : 코네티컷 주 서리. R. B. 맥레이 씨 댁내
　　　탐정 P. 모란
수신 : 뉴욕 주 사우스 킹스턴
　　　애크미 인터내셔널 탐정통신교육학교 주임경감

예, 60.01점. 즉 실째로 완벽한 성적으로 합격한 제가 어디서 레슨 7로 되돌아갔는지 경감님도 아시겠지요? 서리에 있는 서리 내셔널 은행 지배인 해리 테프트 씨가 전문직 고용계약을

맺기 위해, 제 사무실인 차고로 왔기 때문입니다. 유진 도브스는 은행 부지배인인데, 몇 달 전에 감리교 교회의 파티에서 진과 만났을 때, 제가 "진, 내게 일을 좀 돌려주지 않겠어? 만약 벌이가 되면 너에게도 한몫 주겠어." 하니까, 진이 "그래, 피트 약속은 못 하지만." 하고 대답했습니다. 저는 "부탁해, 진." 하고 말해두었기 때문에, 왜 테프트 씨가 저에게 왔는지 금방 츄리할 수 있었고, 그의 말에 한쪽 귀를 기울이는 동안 다른 한쪽 귀로는 진에게 얼마 지불해야 하나, 그것보다 적은 금액으로도 이해해줄 것인가 생각했습니다.

테프트 씨는 오후 5시 35분에 왔습니다. 작은 체격에 목소리가 크고, 희끗희끗하게 센 머리, 각얼음 같은 눈이었는데, 이렇게 쓴 것은 제가 관찰한다는 것을 나타내기 위해서지만, 어쨌든 그는 허공에 봉투를 팔랑거리며 차고 바닥을 쿵쿵 밟으며 말했습니다.

"모란, 나는 이 마땅찮은 것을 이것에 어울리는 쓰레기통에 처넣고 싶어. 왜냐하면 지금까지 이런 꼴을 당한 적이 없어. 그러니까 오늘 아침 10시까지는 말이야. 그래서 이 부아가 치미는 것을 버리고 싶었는데, 린이—린은 리네트를 줄인 이름이고 내 아내인데—'해리, 마지막까지 읽어봐요.' 하고 말했네. 그리고 매일 나를 만나러 오는 조합 교회의 스트래턴 목사, 그가 왜 만나러 오는가 하면, 불타서 무너지기 전에는 카지노가 있던 웨스트 메인 가 모퉁이에 집회소를 세울 계획이 있고, 그 기부금의 회계담당을 내가 하고 있기 때문이지. 그런 그도 같은 말을 하고, 진(진이란 유진 도브스를 줄인 거야)은 고막이 찢어졌고 구두 속에는 버팀목을 넣은 병역면제자라 은행의 부지배인을 하고 있는데, 그가 "사립탐정 피트 모란을 고용해서 도움을 청하는 건 어떻습니까? 뭐, 그렇게 명석한 사람이라고는 듣지 못했지만" 하고 말해서, 화가 나 이것을 가져왔네. 내 결론은 당연히 이것에 어울리는 장소의 쓰레기통에 던져버리고 싶네. 이 말은 앞에서도 말했는지 모르지만 너무나도 화가 치밀어 뭘 말했는지 기억도 못 하겠어. 더 이상 화를 내면 간이 여느 때처럼 악화할지도 모르겠고, 담석도 생길지도 모르지만 이 부아 나는 사건에 대해 이야기했을 때, 이 말을 했는지 어땠는지도 기억 못 하는 형편이네."

체중이 125킬로그램은 넘을 테프트 부인은 손수 만든 캔디 상자를 한쪽 옆구리에, 마시멜로 상자를 다른 쪽 옆구리에 끼고 말했습니다.

"해리, 잘 했어요." 하며 마시멜로를 하나 먹었습니다.

"잘 했다니, 정말?"

"그래요"

"그렇습니다." 저도 말했습니다.

"그래? 그렇다면."

"테프트 씨, 앉으십시오." 제가 말했습니다.

저는 차고 한쪽 구석에 저택에선 이제 쓸모없어진 오래된 의자를 늘어놓았습니다. 그리고 편안할 것 같은 커다란 소파도 있었는데, 다만 스프링이 튀어나와서 역시 저택 사람들에게는 필요 없게 된 것입니다. 그것을 제가 차고 위에 있는 제 방으로 들이지 않은 건, 줄자로 재어보고 알았지만, 폭이 지나치게 넓어서 들어가지 못했습니다.

"고마워요, 피터." 테프트 부인이 말하고 소파의 한쪽 팔걸이를 고르고—왜냐하면 다른 한쪽에는 기계기름이 흠뻑 묻어 있어서—그 팔걸이 위에 앉아, 자택의 주방에서 직접 만든 캔디 상자를 열었습니다.

"해리, 나라면 앉겠어요." 부인이 말했습니다.

"서 있는 게 좋아."

"나라면 앉겠어요. 해리, 간을 생각해요."

그래서 테프트 씨가 앉고, 저는 보통의 탐정과 시체와 셰틀랜드 야드(스코틀랜드 야드(런던경시청)를 잘못 말함)의 경감들이 나오는 보통 추리소설에서 말하는 것처럼, "부디 계속하십시오."라고 말했습니다.

"해리, 시작하기 전에 여기보다 훨씬 큰 마을인 뉴욕 주 윌셔라는 곳, 그곳의 퍼스트 내셔널 은행 지배인이라는, 더 바랄 나위 없는 제의가 있었던 걸 피터에게 말하세요."

테프트 씨는 몹시 찌푸린 얼굴이 됐습니다.

"사실이야, 모란. 하지만 그런 일은 아무래도 좋아. 모란, 오늘 아침 우편으로 이 화나는 물건이 도착했네."

"잠깐! 저는 월요일로 추리합니다." 제가 말했습니다.

"굉장해, 피터. <레이크빌 저널>에 쓰여 있던 대로네. 오늘은 월요일이고 지금은 월요일 오후 5시 45분, 서머 타임의 한밤중, 화요일이 될 때까지 오늘은 계속 월요일이고, 그리고 잠시 후에 화요일로 바뀌는걸." 테프트 부인이 캔디를 하나 먹고 말했습니다.

저는 그것을 노트에 적었습니다.

"그래서 두 분은 뭐가 문제입니까?"

테프트 씨는 또다시 이상한 얼굴을 하고, 테프트 부인이 말했습니다.

"해리, 말해요. 매사추세츠의 마인빌, 광산이 있는 곳, 그곳의 새로운 마이너스 앤 트레이더스 은행의 부은행장 자리를 제안 받은 것을."

"시끄러워, 린." 테프트 씨가 소리치고, 관제엽서와 봉투를 제게 넘겼습니다.

"이 엽서는 이 봉투에 들어 있었네."

그 관제엽서는 아주 깨끗하고 소인이 없으며, 1센트 우표가 붙은 봉투에 들어 있었는데, 우체국이 단순히 사서함에 편지를 넣고 수령인이 그것을 가지러 갈 경우, 서리에서 필요한 것은 그것뿐입니다. 겉봉에 '코네티컷 주 서리. 서리 내셔널 은행 해리 테프트 씨 앞.'이라고 인쇄되어 있었습니다.

"주소는 인쇄된 거야, 피터." 테프트 부인은 또 마시멜로를 먹고 말했습니다.

"저도 금방 알았습니다."

"스트라턴 목사는 본의 아닌('자발적인'의 잘못) 기부, 즉 원하는 금액을 기부하면 이름이 공표되게 되는데, 그렇게 해서 모은 돈으로 집회소를 세우고 싶다는 편지를 냈을 때, 남편의 주소 성명을 인쇄한 봉투를 많이 만들었어. 그는 회계 담당 테프트 씨 앞으로 돈을 보내달라고 모두에게 써 보냈는데, 테프트 씨는 버몬트 주 리틀 폴스에 있는 시큐리티 뱅크 앤 트러스트 회사의 회계담당이 될지도 몰라."

테프트 씨는 마치 방울뱀을 잡은 것처럼 엽서를 잡더니 뒤집었습니다.

"이것을 보게, 모란! 이것을 봐!"

그래서 살펴보니, 보통엽서 한쪽 면에 연필을 사용해 활자체로 쓰여 있고, 다른 한쪽 면은 새하얀 백지였습니다. 내용은 이렇습니다.

돈을 지불하거나, 그렇지 않으면 꺼져!

500달러를 월요일 밤까지 서리의 느릅나무에 두지
않으면 너의 과거를 밝히겠다!
너를 아는 자가!

SHELL OUT OR GET OUT!
PUT $$ 500 IN THE SURREY
ELM BEFOR MUNDAY NITE
OR I WILL BE AR
YOUR PAST!
U NO HOO!

저는 서너 번 되풀이해서 읽었습니다.

"카드에는 U NO HOO라고 서명했지만, 저의 츄리로는 You Know Who란 의미겠지요? 다만 이 남자는 교양 없는 사람이라 철자를 모르는 겁니다. 그런데 후Hoo는 누구지요?"

"누구Who?"

"후Hoo입니다만."

"그러니까 누구Who를 말하는 거야?"

"'유 노 후—.'입니다."

"그렇게 말해도 몰라, 모란."

"그는 당신이 안다고 했습니다. 이 엽서를 쓴 사람은."

테프트 씨는 당장이라도 폭발할 듯 얼굴을 일그러뜨렸습니다.

"그것을 밝혀내려고 자네를 고용하는 거네, 모란. 누가 썼는

지 알면 지금쯤 그 녀석의 목을 조르고 있을 거야!"

"화내면 간에 좋지 않아요, 해리. 간이요!" 테프트 부인이 말하고 마시멜로를 먹었습니다.

"필기체를 보면 뭔가 짚이는 게 있습니까?"

"필기체가 아니고 활자체야."

"그럼, 이 활자체를 전에 본 적은?"

"본 적이 있는 사람은 어디에도 없을 거야, 피터." 테프트 부인이 말했습니다.

"짐작해 봤는데, 'I'와 '!'라는 감탄부호 이외의 글자는 전부 꼭 6밀리미터 네모니까, 뭔가에 6밀리미터 네모 구멍을 오려내고, 그 구멍을 따라 무른 연필로 쓴 것 같아."

"예, 그런 것 같군요."

"그렇다면, 6밀리미터 네모 구멍과 무른 연필만 있으면 누구라도 이런 글자를 쓸 수 있으니 누가 쓴 것인지 몰라. 내가 브리지 게임에 쓰지 않는 조커 카드에 구멍을 뚫어서 득점을 기입하는 종이에, 엽서에 적힌 글자를 써 봤어. 어느 게 어느 건지 구별이 돼?"

"아니오, 모르겠습니다."

제가 보았는데 그건 정말로 구별할 수 없었습니다.

"그러니까 피터가 할 일은, 누가 이 엽서를 이 봉투에 넣어 남편에게 보냈는지 찾아내는 것뿐이야. 간단하지?"

"이것은 협박장이야! 협박장!" 테프트 씨가 말했습니다.

"그렇군요."

"500달러를 지불하지 않으면, 내 과거를 밝힌다는 거야!"

"예, 게다가 그는 '밝힌다'는 철자를 모르는군요."

"그래, 하지만 녀석은 어떻게든 하겠지. 모란, 이건 협박이야!"

"그렇다면 과거가 공개되는 게 싫습니까?"

"피터, 남편의 과거엔 숨길 일이 아무것도 없어. 펼쳐진 책처럼 말이야." 테프트 부인이 끼어들었습니다.

"예, 사모님. 하지만 아마 그 책에는 뭔가 쓰여 있겠죠?"

"피터, 어떻게 그런 말을!"

제가 말했습니다.

"사모님, 책에는 보통 뭔가가 쓰여 있어요. 싸구려 잡화점에서 살 수 있는 값싼 새하얀 책은 별도지만, 그렇더라도 금방 뭔가를 쓰겠지요. 그리고 우수한 탐정은 항상 모든 사람을 의심하는 데서 출발하니까, 저도 항상 그렇게 시작하는 겁니다."

"피터!"

"린, 화내지 마. 이게 피터가 말하는 방법이야." 테프트 씨도 의견이 있었습니다.

"그래요? 하지만 마음에 안 들어. 게다가 당신은 코네티컷의 노스 엘스워스 은행에서 계속 좋은 자리를 제시하고 있는데."

"린!…… 계속하게, 모란."

이번엔 제 차례입니다.

"테프트 씨, 서리의 느릅나무라고 불리는 나무를 아십니까? 마을 변두리를 지나면 들판에 서 있는 커다란 나무인데, 서리의 느릅나무라고 불리는 까닭은 옛날에 코네티컷에서 전쟁이 벌어졌을 때, 누군가 그 안에 문서를 숨겼기 때문이죠."

"아, 서리의 느릅나무를 알아."

"서리의 느릅나무 속에 500달러를 두고 싶지 않은 거지요?"

"아니……, 그렇게 하고 싶어도 이런 갑작스러운 통고에 500달러나 되는 돈을 만들어야 하다니, 마련하는 것도 무리고, 그리고 그러고 싶지도 않아."

"그리고 마을에서 떠나는 것도 싫고요?"

"대답하기 전에 잘 생각해요, 해리."

부인의 말에 테프트 씨는 얼굴을 찌푸리고 말했습니다.

"절대로 싫어."

"그러면 어떻게 할지 결정할 때까지 딱 일주일밖에 없군요."

"아무래도 약간 오해가 있는 것 같군. 모란, 자네가 이 사건을 해결하는 데 딱 일주일 있는 거네." 테프트 씨가 더욱 못마땅한 얼굴을 했습니다.

그건 그렇고, 오늘 밤 유진 도브스와 이야기를 하려고 합니다. 왜냐하면 그가 저를 소개하지 않았으면, 테프트 씨는 다른 탐정을 고용하거나 말없이 마을을 나갔을지도 몰랐기 때문이죠. 그리고 스트라턴 목사와도 이야기하겠습니다. 테프트 씨의 이름이 인쇄된 봉투를 가지고 있기 때문에. 그리고 우체국장 하비 던과도 이야기하려고 합니다. 엽서에 쓰여 있던 것이라면, 몰라도 될 일까지 알기 때문이지요. 그런 다음 레슨 7을 더욱 공부하겠습니다. 그 엽서에는 무늬가 없었어요. 잘 살펴봤지만 찾을 수 없었습니다. 그리고 제조업자를 찾는 건 간단했어요. 정부였기 때문이죠. 이런 엽서는 어디서나 살 수 있고, 모두 비슷한 형태입니다. 그 엽서를 베끼면, 이 편지를 다 쓴 뒤에 같이 넣어 보내겠습니다.

수령인 지불 야간 전보
코네티컷 주 서리. 미스터 R. B. 맥레이 댁내
피터 모란 앞

레슨 7을 더욱 주의 깊게 공부하면 교양 있는 사람만 철자를 틀린다는 걸 기억할 터. 어느 우체통에서 그 편지가 나왔는지 찾아내야 함. 봉투의 소인을 조사할 것. 봉투와 우표에 지문이 있는지 조사하시오. 의뢰인에게 적들의 목록을 제출해 주도록 부탁할 것. 보수가 충분하면 적임자를 보내서 맡기겠음.

애크미 인터내셔널 탐정통신교육학교
주임경감

발신 : 코네티컷 주 서리. R. B. 맥레이 씨 댁내
　　　탐정 P. 모란
수신 : 애크미 인터내셔널 탐정통신교육학교
　　　주임경감

　네, 전보를 받기 전에 경감님이 말한 것은 거의 끝마친 상태
였고, 나머지도 모두 끝낸 지금, 교양 있는 사람만 철자를 틀린
다는 걸 알고 정말 기뻤습니다. 이전엔 확신이 없었지만, 그렇
다면 제게도 교양이 있다는 게 되니까요. 그리고 경감님이 생
각했다면 틀림없이 제안했을 일도 했습니다. 만약 조커 카드에
6밀리미터 네모 구멍을 뚫으면 누구라도 그런 활자체를 쓸 수
있다고, 테프트 부인이 한 말이 옳은지 확인하고 싶어서, 실째
로 똑같이 해보았습니다. 스페이드 킹에 6밀리미터 네모 구멍
을 뚫고—왜냐하면 저의 피너클 카드 한 벌에는 조커가 없어서
요—그 엽서를 예닐곱 번 베꼈습니다. 물론 한 장에 1센트나
하는 보통 엽서는 비싸기 때문에 쓰지 않았습니다. 맥레이 부
인이 통신카드라고 하는 비슷한 크기의 빠닥빠닥한 종이를 갖
고 있고, 부부가 파티를 열 때 사모님이 거기에 초대장을 쓰는

182

게 생각나서죠. 거실을 엿보았더니 부인의 책상 위에 커다란 봉투 무더기와 나란히 커다란 카드 무더기와 작은 무더기가 하나씩 있어서, 저는 부인의 의자에 앉아 카드 몇 장에 스페이드의 킹을 사용해 활자체로 썼습니다. 그래요, 테프트 부인이 말한 것처럼 아주 간단했고, 만약 우연하게도 어떤 단어에 있는 한 글자를 틀리지 않으면, 어느 게 어느 건지 구별이 안 되겠죠. 그 차이가 마음에 들어서, 그대로 해 두었습니다. 그리고 이런 경우는 흔치 않은데, 차 소리도 나지 않았는데도 사모님이 정면 현관으로 들어오는 소리가 들렸습니다. 저는 들키고 싶지 않아서 주머니에 넣어두었던 한 장을 제외하고 카드를 전부 커다란 무더기 밑에 숨기고, 정중하게 일어섰습니다. 그때 사모님이 이렇게 말했습니다.

"피터, 여기 있어서 다행이야! 사이드 브레이크를 고쳐줘. 사용할 수 없는 장식품이 되었어. 피터, 차는 입구 가까이 평평한 곳에 두고 왔는데, 다 고치면 다시 여기로 와. 오늘 밤 꼭 보내야 할 편지가 많이 있어. 피터, 차는 차고에 넣어줘. 사이드 브레이크가 없으면 나는 무서워서 못해. 요전에 뒤쪽 벽에 부딪혀 차가 찌그러졌을 때, 남편이 뭐라고 했는지 기억하지? 피터, 자네가 있어서 언제나 마음이 든든해!"

그래서 저는 사모님이 시키신 대로 하고, 우편 시간이 되자 50~60통의 편지를 보내기 위해 받아들고 우체국에 도착했습니다. 우체국장 하비 던에게 말을 걸었습니다.

"하비, 협박장에 대해 뭔가 알아?"

"조용!" 그가 말했습니다.

"조용이라니, 무슨 뜻이야?"

"조용!" 하비가 다시 말했습니다.

"피트, 여기는 우리 둘만 있는 게 아니야."

주위를 둘러보았지만, 우체국 안에는 여느 때와 같은 사람들만 있었고, 여자들에게 추파를 던지거나 웃으면서 농담하거나, 수다 떨면서 우리 이야기는 듣지 않았습니다.

"알았어, 하비. 살짝 가르쳐 줘."

그는 제 귀에 입을 가까이 대고 속삭였습니다.

"지난주 토요일 오후에 여기 도착했어."

"토요일 오후? 그럼 테프트 씨는 왜 토요일 밤에 받지 못했지?"

"받을 수 있었어. 왜냐하면 은행사서함에 틀림없이 넣었으니까. 하지만 토요일에는 은행이 일찍 문을 닫으니까, 첫 우편물 다음에 다른 게 오더라도 월요일 아침에 업무를 시작할 때까지 여기에 그대로 방치된 거지."

"아……. 하비, 일요일에 투함된 건지도 몰라."

하비가 고개를 저었습니다.

"그렇다면 월요일 소인이 찍혔을 거야. 피트, 토요일에 들른 사람은 정오 사이렌이 울리고 우리가 정오의 소인으로 바꾸었을 때부터, 마을 시계가 3시를 치고 또 소인을 바꾸기 전에 투함한 거야. 아마 그 사람은 자기 우편물을 가지러 와서, 창구에서 봉투를 슬그머니 떨어뜨린 거야. 마침 지금 네가 그 편지를 떨어뜨린 것처럼."

"하비, 누가 그런 더러운 짓을 했다고 생각해?"

하비는 어깨를 으쓱했습니다.

"피트, 여기는 매일 많은 사람이 찾아오고, 그 봉투와 똑같이 테프트 씨 주소가 인쇄된 봉투를 많이 투함하고 가."

"결국 모른다는 말인가?"

하비가 더욱 목소리를 낮췄습니다.

"마음이 꺼림칙해, 피트 테프트 씨 앞으로 편지가 오면, 대개 빛에 비춰서 누가 집회소에 기부하고 금액은 얼마인지 보는데, 토요일은 바빴고……. 피트, 뭔가 생각이 있어?"

"아, 많이 있고말고."

사람을 애매모호하게 생각하게 하는 데는 이렇게 대답하는 것이 최고입니다. 그 사이에 저도 생각하는 겁니다. 그리고 영화가 끝난 뒤, 유진 도브스를 만나서 그와 같이 거리를 걸었습니다.

진이 말했습니다.

"너한테 일을 돌린 걸 잊지 마, 피트 그래서 너한테 보수가 들어오면 그 일부는 내 몫이니까! 아, 테프트 씨가 오늘 아침 그 엽서를 보여주었을 때는 깃털로 건드려도 털썩 쓰러질 것 같았어! 테프트 씨는 딱하게 됐어. 밝히고 싶지 않은 과거라니 뭘까? 아무도 몰라!"

"진, 소인은 알았어?"

"물론, 보고 금방 알았어."

저는 봉투를 꺼내어 메인 가와 웨스트 메인 가의 모퉁이에 있는 가로등 밑에서 둘이서 봤습니다.

진이 봉투를 뒤집었습니다.

"확실히 같은 봉투야. '서리 8월 25일 오후 3시. 1945년 코네티컷 주' 피트, 이건 정말로 이 작은 마을에서 나온 거야."

"그런 것 같군."

"인구 1,800명 중에서."

"지방 무료 우편배달 루트를 따라 사는 사람들도 넣으면 말이지."

"넣더라도 괜찮겠지? 1,800명 중 누군가 보낸 거야. 네 일은 누구의 소행인지 찾아내는 것뿐이야."

저는 곰곰이 생각했습니다.

"진, 토요일 오후 우체국에 갔을 때, 수상한 사람을 못 봤어?"

"아니, 우체국에 가지 않았어. 은행은 캐넌에 있는 담보물을 유질(流質: 돈을 빌린 사람이 빚을 갚지 아니하는 경우에, 빌려 준 사람이 담보로 맡긴 물건의 소유권을 취득하거나 물건을 팔아서 그 돈을 가지는 일. 민법에서는 금지되어 있으나, 상사(商事)의 질권 및 전당포의 질권에서는 예외적으로 인정한다) 처분 중이었고, 아침에 가장 먼저 테프트 씨가 캐넌에 가서 변호사와 협상하고 오라고 했으니까. 도착했을 때 테프트 씨에게 전화했는데—11시 30분은 됐을까? 왜냐하면 변호사가 그에게 묻고 싶은 게 있다고 했거든—그리고 변호사와 식사하고, 그 뒤 영화를 보고, 버크셔 인의 바에서 술을 몇 잔 얻어 마셨어. 그런 일이 자꾸 이어져서 저녁 시간에 늦었기 때문에 집까지 계속 달려야 했어."

저는 다시 차분히 생각하고 말했습니다.

"진, 누가 그 엽서를 썼는지 짐작 가는 데 없어? '유 노 후—'는 누굴까?"

진이 주위를 둘러보고 아무도 듣지 않는다는 걸 확인한 뒤에, 하비 던처럼 목소리를 낮추었습니다.

"피트, 아직 짐작도 못 하는 거야?"

"응."

"피트, 잘 생각해 봐!"

"오늘 오후 5시 35분부터 계속 그렇게 하고 있지만, 지금까지 머리만 아파."

"피트, 친구가 아니라면 이런 어린애라도 대답할 것 같은 간단한 일을 돌리거나 하지 않아. 피트, 테프트 씨가 서리를 떠나길 원하는 게 누구야?"

"'유 노 후—.'야."

"맞아. 하지만 '유 노 후—.'가 누구지? 테프트 씨가 버몬트주 리틀 폴스나 매사추세츠 주 마인빌이나 코네티컷 주 노스엘스워스나 뉴욕 주 월셔로 가기를 바라고, 게다가 또 그의 발에서 이 마을의 흙을 털어 버리게 할 거라면 뭐든지 할 여자가누구지?"

"설마!"

"하루에 세 번은 반드시, 걸으니 피곤하다며 우체국에 들르고, 그 전후엔 항상 이웃 가게에 들러서 초콜릿 아이스크림소다를 마시는 건 누구지?"

"진, 자네 뭔가 붙잡은 것 같군!"

"지금 말한 걸 잘 조사해. 하지만 내 이름은 말하지 마. 누군가 가엾은 테프트 씨에게 가르쳐 줘야 하지만, 나는 하고 싶지 않으니까. 나는 정말 그 멍청한 아저씨가 좋아. 피트, 이해하겠어?"

"물론."

"그럼, 또 봐, 피트."

"잘 가, 진."

진 도브스 같은 친구를 가지는 것도 때로는 좋습니다.

마침 조합 교회를 지나가니, 어두웠지만 옆의 목사관에는 불이 켜져 있었습니다. 안을 들여다보니 스트라턴 목사가 책상 앞에 앉아 종이 위에 조커 카드를 놓고 연필로 뭔가 쓰는 게 보였습니다.

제가 잠시 보다가 현관으로 돌아가서 노크하자 목사가 나왔습니다.

스트라턴 목사는 금발머리에 턱이 튀어 나온 젊은 남자인데 몸놀림이 가볍고, 보통 뒤에서 단추를 채우는 깃을 달지 않아서, 처음 봤을 때는 영락없이 프로 권투선수로 생각했습니다.

"오, 이런. 피터! 램프를 밤새도록 켤 수 있는 일곱 명의 죄인보다, 회개한 한 명의 죄인이 천국에서 기쁨을 얻을 거네." 목사가 이렇게 말했습니다. 그리고 "피터, 들어오게. 그대를 위해 탕자를 죽게 하지."라고도 했습니다.

"고맙습니다, 목사님. 하지만 일로 왔어요—탐정 일입니다."

"아, 자네가 마을 탐정이란 걸 잊었네."

"누군가 테프트 씨에게 보낸 엽서 건으로 왔습니다."

"아!"

"목사님, 그 카드를 누가 보냈다고 생각합니까?"

"그걸 알면 좋겠네. 몰래 착한 일을 하는 사람이 있으면, 비열한 짓을 하는 사람도 또한 있지. 하지만 피터, 문간에 우두커니 서 있지 말게. 거기는 아이들이 기부를 모아 대학을 졸업할

학비를 버는 곳이니까. 내 서재로 와서 편히 쉬어. 괜찮다면 파이프 담배를 피우게."

제가 안으로 들어가 목사의 책상까지 곧장 다가가니, 거기에는 6밀리미터 네모 구멍이 뚫린 조커가 있었습니다.

"목사님, 이건 뭐지요? 이 6밀리미터 네모 구멍으로 무얼 쓰고 계셨습니까?"

"직접 봐, 피터."

그래서 보니, 목사는 '하느님은 사랑' 'R보다는 G가 B이다(주는 것이 받는 것보다 복이 있다. 사도행전 20장 35절)' 'H에 있는 P는 B이다(심령이 가난한 자는 복이 있나니 천국이 저희 것임이요. 마태복음 5장 3절)' 같은 걸 카드에 쓰고 있었습니다.

"피터, 이건 테프트 부인이 말한 대로 아주 간단한 방법이고, 어느 거나 비슷비슷하게 된다는 건 모두 인정할 거야. 여기에 카드가 한 다스 있네. 내가 몇 장 썼어. 아내도 썼지. 이제 여덟 살 된 어린 아들 주니어도 한 장 쓰고 만약 그 애가 초콜릿을 먹지 않고, 이 한쪽 구석을 더럽히지 않았다면, 대니얼과 그의 라이온들조차 어느 게 어느 건지 구별할 수 없었을 거야." 목사가 말했습니다.

"목사님, 그 엽서를 테프트 씨에게 보냈습니까?"

"그러니까 자네 말은, 500달러를 요구하는 협박장을 내가 썼는가 하는 말인가?"

"그렇습니다."

"나는 아니야. 하지만 왜 내가 했을지도 모른다고 생각하는 거지, 피터?"

"목사님은 집회소를 지을 돈이 필요하니까요."

"맞아, 피터. 지금까지 자네가 한 말 중에 가장 진실에 가까워. 나는 돈이 필요하고, 그 돈을 마련하기 위해서라면 거의 뭐든 하겠지만, 하나님께 봉사하는 사람이라도 비도덕에는 한도가 있어. 어쨌든 테프트 씨는 가난하고 500달러나 되는 현금이 그 사람 주변에 굴러다니거나 하진 않을 테니, 그 편지는 쓰지 않았어."

"목사님, 지난주 토요일 12시, 즉 정오부터 오후 3시까지 어디에 계셨습니까?"

"윈스테드에 있었어, 피터. 지난주 일요일에 거기서 설교를 했으니까. 윈스테드의 목사와 설교를 교환해서, 그가 이곳에서 설교를 했지. 자네가 좀더 자주 교회에 왔으면 알았을 텐데."

"그렇게 아주 멀리 떨어진 곳도 아닌 윈스테드에서 일요일에 설교하려고 토요일부터 갔다는 말씀이세요?"

"나는 윈스테드 태생이야, 피터. 윈스테드에 사는 부모와 점심을 같이하고, 어둡기 전에 아들을 재우고 싶어서 일찌감치 저녁을 마쳤어. 왜 질문만 하지?"

"저는 모든 사람을 의심하는 것부터 시작했습니다, 목사님.

그렇지만 지금, 나무 위까지 바싹 몰려 있습니다."

"서리의 느릅나무 말인가?"

"그렇겠죠, 목사님."

목사가 웃었습니다.

"삭개오(키가 작아서 예수를 보려고 나무에 올라간 에리코의 징세인)도 나무에 올라갔어, 피터. 그리고 그는 행운아였지."

"아마 삭개오는 셰틀랜드 야드에서 온 진짜 경감이었겠지요. 저는 그렇지 않지만요."

집으로 돌아가니 사모님은 해밀턴 가의 파티에 나가셔서, 저는 커다란 카드 무더기 아래에 숨겼던 제가 쓴 카드를 찾았지만, 그곳에 없었고 커다란 무더기도 없어졌습니다. 그래서 조금 고민하다 작업장이 있는 차고로 가서 생각했습니다. 다른 사건이 있다면, 이번 사건은 어려워서 내던지는 게 나을지도 모르겠습니다.

수령인 지불 전보
코네티컷 주 서리 미스터 R. B. 맥레이 댁내
피터 모란 앞

지문이 묻어 있을 봉투는 어디 있나? 의뢰인의 적의 목록을 왜 갖고 있지 않나? 의뢰인은 어느 정도의 사례를 제시했나? 이

들 질문, 특히 마지막 질문에는 꼭 답하기 바람.

애크미 인터내셔널 탐정통신교육학교

주임경감

발신 : 코네티컷 주 서리 미스터 R. B. 맥레이 댁내

　　　탐정 P. 모란

수신 : 애크미 인터내셔널 탐정통신교육학교

　　　주임경감

　예, 봉투에는 지문이 있겠죠. 저와 테프트 씨 부부, 하비 던과 더 많은 사람들 것도요. 하지만 거기에 없는 지문이야말로 그 봉투를 보낸 사람의 것이겠죠. 왜냐면 그 사람이 조심스러웠다면 장갑을 꼈을 테니까요. 그리고 제가 보낸 엽서에서 범인의 지문이 발견되지 않았으면, 봉투에서도 발견할 수 없다고 봅니다. 그래서 경감님의 전보를 받고 먼저 한 일은 은행에 있는 테프트 씨에게 전화하는 일이었습니다.

　"테프트 씨, 이 전화로 개인적인 이야기를 해도 괜찮습니까?"

　"되고말고. 듣는 사람이 아무도 없으니까. 기껏해야 전화교환국과 아마 다른 전화를 받고 있는 참견장이 두세 명 정도고, 다른 사람 말 따위 진지하게 들을 사람은 없으니까, 신경 쓰지

말고 말해 봐."

"알겠습니다. 테프트 씨, 테프트 씨의 적 리스트를 만들어 주셨으면 합니다."

"내 적?" 그가 작게 한숨을 쉬었습니다.

"한 명도 없습니까?"

"아니, 조금은 있어. 하지만 어느 지역의 적을 알고 싶은 거지? 서리 안의 적인가? 아니면 리치필드 군 안인가? 코네티컷 주? 뉴잉글랜드? 또는 신탁통치령이 된 파나마 운하를 뺀 미국 전 국토에 걸친 이야긴가?"

"모든 토지에 있는 모든 적의 리스트가 필요합니다."

"그래? 어느 정도 가능한지 생각해 두지."

"오늘 밤 안으로 받을 수 있겠습니까?"

"이런! 자네가 뭘 부탁하는지 모르는 모양이군! 하지만 내가 할 수 있는 걸 가르쳐 주지. 점심때부터 착수해서 다 되면 당장 갖고 가겠어."

"좋습니다. 그리고 그 사람들의 주소도 잊지 말고 써 주십시오." 제가 말했고, 테프트 씨는 오늘 오후 제게로 와서 타자를 친 열한 장의 종이를 건네주었습니다.

"이게 실수나 누락된 걸 제외한 A부터 J. 콘클링까지 적의 리스트네. 내일 아침 일찌감치 레너드 콘클링, 르로이 콘클링, 루이스 콘클링부터 시작하면, 하루가 끝날 무렵엔 F까지 갈 수 있을 거야."

저는 애보트, 액턴, A. 애덤스, 앨버트 W. 애덤스, B. 애덤스, 찰스 애덤스, 대니얼 G. 애덤스에서 시작하는 리스트를 보고 말했습니다.

"테프트 씨, 왜 이렇게 적이 많습니까?"

그는 불쾌할 때의 얼굴이 되었습니다.

"나는 지금까지 줄곧 은행에서 일했네. 이 사람들은 돈을 원했는데, 난 '안 된다'고 계속 거절했거든."

"돈 말이 나왔으니 말인데요, 테프트 씨. 그 협박장을 쓴 사람이 누군지 찾아내면 무엇을 주실 수 있습니까?"

테프트 씨는 여느 때처럼 얼음 같은 눈을 또록또록 무섭게 굴리면서 저를 보고 말했습니다.

"얼마를 원하나?"

저는 이리저리 고민했습니다.

"그건 '거절한다'는 뜻입니까?"

"그렇다고 해도 이상할 건 없네, 모란. 은행 지배인에게 '거절한다'는, 말하자면 반사적으로 나오는 말이고, 그렇지 않았으면 지금 당장이라도 다른 일자리를 찾고 있을 거야. 보수는 내 주머니 넓이에 맡겨도 돼."

"그런 식으로 맡기는 것은 절대로 싫습니다."

"나도 그래. 거기다 적 리스트가 모란까지 오면 'P. 모란'이라고 써야 하겠지. 하지만 우리로선 다행스럽게도 'M'은 알파벳 한가운데 있고, 다음 주나 되어야 거기까지 도착할 것이고, 그때까지는 '유 노 후—.'가 내 과거를 폭로할 것이고, 그렇게 되면 모든 책략은 실패란 말이야."

테프트 씨는 제가 지금까지 작업을 하던 작업대에 놓인 물건을 봤습니다.

"오! 자네가 덫을 설치하는 줄은 몰랐군."

"그건 사이러스 버졸을 위해 고치고 있는 사향쥐덫입니다. 버졸 씨가 사향쥐를 잡아요."

제가 말하자, 테프트 씨가 한숨을 쉬었습니다.

"사일러스 버졸이라, 그도 내 리스트에 올라 있어. 부자 형제 애브너도 그렇고."

이제 더 이상 테프트 씨와 나눌 말도 없어서, 그가 차를 타고 가는 걸 보았지요. 그때 주인마님이 저를 불러서 이렇게 말했습니다.

"피터, 월요일 밤에 보내라고 준 그 편지, 정말로 전부 보낸 거 맞아? 60통 넘게 있었는데."

"예, 사모님."

"그래? 이상하네. 오늘 오후에 산책하던 시무어 씨를 만났는데, '우리 집 칵테일파티에 오시지요?' 하고 물었더니, 시무어 씨가 '아니오, 초대받지 못했습니다.'라고 했어. 그래서 '이런 어처구니없는 일이, 당연히 초대하고말고요. 시무어 씨를 빼고 파티를 연다는 생각은 하지도 않았어요. 물론 오시겠지요? 안 오시면 정말 실망할 거예요.' 했지만, 시무어 씨는 '어지간히 기분이 회복되면 찾아뵙겠지만, 지금 상황은 심기가 몹시 좋지 않다고 말씀드려도 될까요?' 하는 거야."

"사모님, 저도 전혀 모르겠군요. 특히 시무어 씨는 그렇게 쾌활한 노신사이고 기회만 있으면 고용인 여자들을 장난삼아 희롱하곤 하는데요."

"어머, 그래? 비록 그렇더라도 나이도 드셨고, 어르신은 특별대우해야 하니까 괜찮아. 그래도 피터, 그 편지는 확실히 보낸 거지? 60통 전부."

"예, 사모님. 세어보진 않았지만······."

"아니, 그렇게까지 할 필요는 없어."

"······ 하지만 60통 정도는 됐어요. 게다가 투함한 것도 확실히 기억합니다. 왜냐하면 우체국의 편지 넣는 구멍에는 한 번에 대여섯 통 이상 들어가지 않아서, 전부 밀어 넣을 때까지 반복했고, 또 국장 하비 던이 그 편지를 보내는 걸 봤고, 그 이야기를 했으니까요."

"너를 믿어, 피터." 부인이 말하고, 그 다음 날, 즉 오늘 이렇게 말했습니다.

"피터, 내가 올리펀트 양에게 쓴 초대장도 도착하지 않은 것 같아. 왜냐하면 마을에서 잠깐 그녀를 보고, "안녕, 수잔. 일요일에 올 거지?" 하고 말을 붙였는데, 아주 무서운 눈초리로 나를 노려보더니 한 마디도 하지 않고 총총걸음으로 가 버리는 거야. 나중에 미장원에서 들었는데 올리펀트 양은 내일 아침 아주 급하게 서리를 떠나 중국으로 출발한대. 게다가 집을 세놓을지 어떨지도 신경 안 쓰는 것 같은데, 그건 돈에 관해선 아무튼 타산적인 수잔이고 보면 좀 이상하지? 어떻게 생각해, 피터?"

"모르겠습니다, 사모님. 분명 수잔 양은 책을 쓰고 있지 않았나요? 거기다 전쟁 통신원으로 전 세계를 돌았지요?"

"응, 피터. 하지만 왜 나한테 심술궂게 대하는 걸까?"

"아주 색다른 사람이니까요, 사모님. 또 수잔 양에 관해서는, 진짜 숙녀 앞에서 되풀이하는 것도 꺼려지는 이야기도 몇 번 들었어요."

부인이 웃었습니다. 방울을 높이 흔드는 것 같은 기분 좋은 목소리로 웃었지요. 제가 할 수 있는 건 웃지 않고 그 목소리를 그저 넋을 잃고 듣는 것뿐이었습니다.

"피터, 피터 때문에 언젠가는 웃다 죽을 거야! 올리펀트 양에게 과거가 있다고 말하고 싶은 거야? 물론 있겠지. 많은 훌륭한 남녀가 그럴걸. 하지만 왜 그렇게 부랴부랴 떠나야 할까? 내년 봄에 뜰에 심을 묘목 얘기를 해 준 게 불과 일주일 전이었는데."

"아마 누군가 과거를 밝히는 게 싫어서겠지요." 저는 말하다 말고, 갑자기 온몸이 얼어붙고 말이 나오지 않았습니다. 왜냐하면 저는 가끔 생각이 번뜩이는데, 어떻게 해서 테프트 씨의 엽서를 부인의 통신카드에 옮겨 썼는지 떠올랐습니다. 그중 한 장은 지금도 가슴 안주머니에 들어 있는데, 아마 부인이 나머지를 칵테일파티 초대용으로 준비한 그 봉투에 넣었고, 그렇게 건네받은 걸 제가 투함한 것입니다. 그런 거라면, 시무어 씨가 그렇게 기운이 없었던 이유도, 또 올리펀트 양이 그렇게까지 아주 황급히 짐을 꾸리고, 맥레이 부인을 싫어하게 된 이유도 설명이 됩니다. 특히 겉봉의 글씨가 맥레이 부인의 것이라고 알았다면 더욱 그렇습니다.

"피터, 하던 말을 마저 해."

"아니오, 사모님. 뭔가가 목에 걸렸을 뿐입니다." 제가 대답했고, 이것으로 경감님에게 보내는 편지는 끝내겠습니다. 아마 어엿한 탐정을 즉시 파견하는 게 좋겠지요. 저는 커다란 문제에 빠졌기 때문에요. 그리고 올리펀트 양이 좋은 운전기사를 찾고 있다면 함께 중국에 갈지도 모릅니다. 그리고 '보수는 충분한가?'라는 질문에 관해선 충분하지 않을 거라고 대답하겠습니다. 특히 유진 도브스와 반씩 나눠야만 한다면.

수령인 지불 전보

피터 모란 앞

꿀이 없으면 파리는 오지 않는다. 돈이 없으면 탐정도 보내줄
수 없음. 이상.

애크미 인터내셔널 탐정통신교육학교

주임경감

발신 : 코네티컷 주 서리. R. B. 맥레이 씨 댁내

　　　탐정 P. 모란

수신 : 뉴욕 주 사우스 킹스턴

　　　애크미 인터내셔널 탐정통신교육학교 주임경감

　경감님의 전보가 오고, 일요일 아침 레이크빌 교환원이 전화
로 읽어주었을 때, 저는 털썩 쓰러질 뻔했습니다. 왜냐하면 친
구를 잃은 기분이 들어서요. 그리고 레슨 7을 더욱 공부했지만
아무 도움도 되지 않았어요. 그리고 자전거로 마을까지 간 것
은 테프트 씨나 유진 도브스나 하비 던이나 다른 누군가와 이
야기하고 싶어서였는데, 마침 스트라턴 목사가 목사관에서 나
오는 중이었습니다.

"안녕, 피터." 목사가 큰 목소리로 말을 걸었습니다.

"목사님, 조언이 필요합니다. 진심으로요." 저는 그 자리에 멈춰 서서 말했습니다.

"피터, 나에게 상담하고 싶으면 우선 설교하는 동안 앉아 있게. 그리고 헌금 접시에 단추 같은 걸 넣었다간 즉각 주먹을 날릴 테야. 이건 약속이야. 시시한 농담이 아니야."

그래서 저는 목사의 설교를 들었는데, 내용은 아무도 붙잡을 수 없는 나쁜 벼룩에 대한 이야기였습니다. 그리고 목사가 입구까지 나와서 교회에 있던 모든 사람과 악수를 한 뒤에 말했습니다.

"피터, 전부 얘기해."

그래서 저는 테프트 씨 부부가 처음에 차고까지 차를 타고 온 월요일 오후 5시 35분 이후부터 일어난 일을 몽땅 이야기했습니다. 제가 한 일, 말한 것, 다른 사람들이 말한 것을 남김없이 전하고, 가능하다면 그 많은 것을 잊고 싶었지만 할 수 없었습니다.

목사가 귀를 기울여 듣고 말했습니다.

"피터, 이 시점에선 정직하게 말해서 짐작도 안 가네. 기도를 드려 하느님의 인도를 구해볼 테니, 자네도 기도드리는 게 좋아. 그리고 오늘 밤 7시 30분에 시작하는 기도회에 다시 오면, 그때 인도가 있을지도 모르네."

"또 5센트를 접시에 넣어야 합니까?" 제가 물었습니다.

"피터, 양심의 목소리에 따르게."

"목사님, 그럼 반드시 여기로 돌아오겠습니다."

기도회가 끝난 뒤에, 목사가 "피터, 인도는 있었나?"라고 물었습니다.

"아직입니다, 목사님."

"그래? 피터, 나는 다소 있지만 얼마나 좋은 건지 아직 모르겠어. 나중에 두세 시간 지나 다시 오는 게 어떤가?—그래, 오늘 밤 10시 30분에—마침 자네가 사일러스 버즐을 위해 수리한 볼품없는 도구를 갖고 오게."

"볼품없는 도구라고요?"

저는 생각이 떠올랐습니다.

"도대체 그걸로 뭘 하시려는 겁니까, 목사님?"

"갖고 오면 알아."

"알겠습니다."

그다음에 제가 시킨 대로 들렀을 때 목사가 말했습니다.

"피터, 산책 가지. 기분이 맑아질 거야."

"그럼 인도가 있었습니까, 목사님?"

"그래, 피터. 또 건강에도 좋아."

처음 만났을 때 스트라턴 목사가 얼마나 프로 권투선수처럼 보였는지 전에 썼지만, 산책을 하다가 목사의 건강이 굉장히 좋은 상태를 유지하고 있다는 걸 알았습니다. 왜냐하면 저는 당장에라도 수건을 던지고 항복하고 싶은 지경인데, 목사는 계속 말하는데도 불구하고 숨도 헐떡이지 않았기 때문이죠.

"피터, 오늘 오후 칵테일파티에 누가 왔는지 알지?" 목사가 물었습니다.

"예, 목사님."

"여느 때의 사람들이었겠지?"

"예, 목사님."

"하지만 결석자도 몇 명 있었지?"

"무슨 뜻입니까, 목사님?"

"맥레이 댁 파티에 올 거라고 여겼는데, 오지 않은 사람들이 있었지?"

"예, 그런 사람들이 몇 명 있었던 것 같습니다."

우리는 언덕을 오르고, 힘든 길이었지만 목사는 시원한 얼굴이었습니다.

"항상 오는 사람 중에 안 온 사람이 누구지?"

"글쎄요, 올리펀트 양입니다."

"아, 이미 중국으로 출발했으니까. 시무어 씨는 어땠나?"

"오지 않았습니다."

"특별히 초대했는데도 불구하고? 그 밖에는?"

"그림쇼 씨도 없었습니다."

"금융업자?"

"예……. 손다이크 부부도요."

"세 번째 아내가 떠난 뒤, 가장 친한 친구의 두 번째 아내와 눈이 맞아 달아나지 않았나?"

"확실히 그랬습니다."

"자넨 네 명의 이름을 거론했네. 아마 우리는 더 많은 이름을 거론할 수 있겠지만, 협박 편지를 받았다고 칵테일파티에 가면 안 될 이유는 없어. 자네가 지적했듯이 맥레이 부인의 친구가 봉투의 겉봉 글씨를 보고 부인의 필적이라고 안 경우는 별도지만 말이야. 그 경우에는 틀림없이 자네가 이해하는 대로 심리적인 장애가 생길 거야."

거기서 목사가 걸음을 멈췄고, 저도 멈춰서 근처 돌 벽에 기대 숨을 고를 수 있어서 정말 기뻤습니다. 돌 표면은 젖어 있었지만.

"피터, 우리가 지금 어디에 있는지 알겠어?"

우리는 7, 8킬로미터는 걸어왔다고 보는데, 뒤돌아보고 마을의 남쪽 끝자락 근처까지 온 걸 알았습니다.

"길을 잃었습니까, 목사님?"

목사가 파이프에 불을 붙이고 조용히 웃었습니다.

"길을 잃은 게 아니야, 피터. 하느님이 인도해 주시니까. 우리 앞에는 커다란 들판이 펼쳐져 있고, 내가 틀리지 않았다면 들판 한가운데에 있는 커다랗고 시커먼 것은 서리의 느릅나무야. 오늘 밤은 맑아서 달빛으로도 확실히 볼 수 있어. 피터, 자네가 말했지—만약 틀렸다면 정정해 주게—원래의 협박문을 옮겼을 때, 어떤 단어에 있는 글자를 바꾸었지?"

"그것은 우연이었습니다, 목사님."

"그게 바로 하느님의 섭리일 거야. 철자를 고치고 싶다는 자연스러운 본능과 협박범이 요일의 철자를 모르는데 초조해서, 자네는 'Munday'라는 글자를 'Sunday'로 바꾸었어. 그렇게 해서 자네는 원래의 문장에 있던 마감 날을 24시간 빠르게 한 거야. 피터, 마을의 시계가 울린 게 들렸나? 지금 자정이 지났고 일요일 밤이 끝났어. 우리가 서리의 느릅나무를 조사하는 데 누가 반대할 거라고 생각하지?"

"그러면 누가 반대한다는 겁니까, 목사님?"

"정말 누구이겠지, 피터?"

우리는 들판을 가로질러 나무가 있는 곳까지 갔는데, 목사는 뭐든지 사전에 생각했던 겁니다. 왜냐하면 주머니에 손전등이 들어 있었고 그것을 켰기 때문입니다.

"귀중한 역사를 가진 귀중한 나무야, 피터. 시는 나 같은 바보가 짓지만."

"목사님은 바보가 아닙니다."

"시를 암송한 거야, 피터…… 짓지만, 나무를 만드는 것은 오직 하느님뿐(조이스 킬머의 시 <나무>를 인용)…… 아니, 이것은! 대체 뭐지?"

"뭡니까, 목사님?"

"아무래도 나무 안에 봉투가 있는 것 같아. 이봐, 이걸 잡아 줘, 피터. 놀랍군. 하나 더, 게다가 세 개째도 있는 것 같아!"

"더 찾아보세요, 목사님!"

목사가 손전등으로 속이 빈 곳을 비췄습니다.

"세 개로 끝이야. 하지만 불평할 수는 없겠군. 우리가 판단할 수 있는 것은, 자네는 여섯 통의 편지를 부쳤어. 이미 내가 살펴본 봉투 내용으로 봐서—처음 것도 확인해야겠으니 이리 주게—세 통 모두 정말 선선히 기부금으로 갖고 온 거야. 피터, 타율 5할이면 나보다 우수하군. 믿거나 말거나 난 졸업한 신학교에서 작문으로 상을 받은 적도 있어! 자, 피터, 이것으로 이제 다른 사람이 이 나무를 조사할 이유는 없어진 셈이니까, '집회소에 대한 기부금은 고맙게 받았습니다.'라는 깃발을 내걸까 하네. 소중하게 들고 온 그 작은 도구를 이리 줘. 안에 설치하려면 어떻게 하면 되지?"

그런데 목사의 생각에 대해선 이야기하지 않았지만—그것은 저도 몰랐기 때문에—그것은 사일러스 버졸을 위해 수리했던 사향쥐덫을 나무의 빈 구멍에 설치한다는 것입니다. 하지만 목

206

사는 작업을 시작하지 않고, 먼저 말했습니다.

"피터, 어떻게 하면 사향쥐가 덫을 매단 채 도망 못 가도록 할 수 있지?"

그 질문에는 제대로 된 답이 있지요. 그렇지 않다면 사향쥐 가죽은 지금보다 훨씬 좋은 가격으로 거래되겠지요. 하지만 현실적으론 그렇지 않다는 걸 가르쳐 드려야만 합니다.

저는 목사에게 덫과 거기에 연결된 사슬과, 만약 필요하다면 사슬 끝의 구멍에 꽂는 나무 나사를 건넸습니다.

"나사를 조이는 렌치를 가져 왔나, 피터?"

"아니오, 생각지 못했습니다. 하지만 이 나무는 썩었으니까, 돌로 박으면 괜찮습니다. 이 돌을 쓰시죠."

"고맙네, 피터."

"제가 덫을 설치할까요, 목사님?"

"그게 좋겠네, 피터……."

우리는 마을로 돌아왔습니다.

목사가 말했습니다.

"세 명은 지불했고 한 명은 달아났어. 두 명은 움직이지 않았고 그 두 명에게는 이렇다 할 과거 없이 나무랄 데 없는 인생을 살아왔다고 생각하고 싶지만, 복음을 설교하는 목사의 경험으로 보아 인간성에 과도한 기대를 걸어선 안 돼."

"목사님, 그 돈은 어떻게 합니까?"

"집회소야, 피터. 여러분의 돈은 귀중한 기부가 된다, 이 말이지. 또 나무 안에 그 봉투를 둔 사람들은 돌려달라고는 하지 않을 거야. 그리고 내일 밤에는……."

그래서 목사와 저는 어젯밤, 즉 월요일 밤에 그 장소에 다시 가니, 아직 멀리 떨어진 곳에서부터 누군가 서리의 느릅나무 옆에 서 있는 게 보였고, 게다가 그 사람은 얌전하게 서 있는 게 아니었습니다.

목사가 말했습니다.

"우드척이냐 사향쥐냐, 아니면 스컹크가 뭔가를 잡은 거야. 저 스컹크는 대체 누구지?"

"모르겠습니다, 목사님. 너무 어두워서."

"지방 무료 우편배달 상자에 편지를 내는 데는 3센트짜리 우표를 붙여야 한다는 걸 모두 다 아는 이 작은 마을에서, 어떤 남자만 1센트짜리 우표밖에 붙이지 않은 편지를 테프트 씨에게 보낸 것은, 1,800명 중 누구에게도 가능성이 있다고 피터에게 말했을 때, 탁 감이 오지 않았나?"

저는 그 일을 다시 생각했습니다.

"말씀하시는 대로입니다, 목사님. 그리고 어째서 그가 그런 바보 같은 말을 했는지 탁 떠오르진 않았습니다."

목사가 제 옆구리를 쿡쿡 찔렀습니다.

"어리석게도 사태를 더 어렵게 하려고 한 거야. 아무래도 피터는 모를 거라고 말이야."

"하지만 알았습니다!"

"물론 알았고말고!"

우리가 나무 곁으로 다가가자, 손가락이 덫에 걸린 그가 있었습니다. 몹시 아팠던 게 분명합니다. 왜냐하면 어깨를 덜덜 떨고 새파랗게 질린 얼굴로 우리를 보자, "도와줘! 제발 부탁이야!" 하고 소리쳤기 때문이죠.

"아니, 아직이야. 진, 이 나무에서 뭘 하고 있었지?" 제가 물었습니다.

"테프트 씨의 돈을 찾으려고, 그것보다 도와……."

"테프트 씨가 돈을 여기에 두었나? 보여 주게!"

목사가 손전등을 구멍 속으로 향하자, 진 도브스의 손가락이 덫에 걸려 있는 게 보였지만, 봉투는 보이지 않았습니다.

"진, 거짓말했군!" 제가 말했습니다.

"아, 알았어. 확실히 거짓이야. 하지만 덫을 떼어 줘, 피트! 죽을 것 같아!"

"너의 어깨너머로는 손이 닿지 않으니까, 덫을 꺼내지 않으면 열 수 없어. 우선 나무 나사를 풀어야 해."

"빨리 풀어! 빨리!"

"그러려면 렌치가 필요한데. 알겠어? 진, 가능하면 빨리 마을까지 돌아가서 갖고 올게. 30분 안에 돌아올 수 있을 거야."

그 말을 듣자 진이 제 어깨에 맥없이 쓰러지고, 그 얼굴은 시트처럼 새하얘졌습니다.

"피트, 30분 더 이런 상태면 머리가 돌아버릴 거야! 이미 돌려고 해! 피트, 렌치라면 코트 오른쪽 주머니에 있지만 닿지 않아. 빨리해, 피트."

그래서 저는 렌치를 꺼냈는데, 그것은 싸구려 잡화점에서나 살 법한 물건이고, 양 끝을 쓸 수 있는 네 개의 작은 스패너가 중심에 뚫린 구멍에 꿰인 볼트 하나로 고정되어 있었고, 따로따로 떼어낼 수도 있고, 떼어내기 싫으면 돌려서 쓰고, 적당한 크기의 스패너를 고르게 되어 있었습니다. 제가 맞는 크기의 스패너를 골라 볼트를 빼낸 상황에서 눈에 들어온 것은 스패너의 중심에 뚫려 있는 6밀리미터 네모 구멍이었습니다. 목사가 손전등을 비추고 휘파람을 불며 말했습니다.

"피터, 네모난 구멍 안쪽에 검은 흔적이 묻어 있는 게 보여?"

"예, 이게 뭡니까?"

"아무것도 아냐—단순히 익명의 편지를 쓰려는 사람이 무른 연필심으로 묻힌 건지도 모르지."

"맞습니다, 목사님. 목사님이 선수를 치셨습니다만, 정말로 제 머리에 있던 생각입니다. 말하진 않았지만요. 왜냐면 저는 그렇게 생각했기 때문이고, 게다가 진은 스페이드 킹이나 어쩌면 조커를 사용했을 거라고 생각했습니다."

"그거 굉장한데, 피터!"

저는 진을 봤습니다.

"이 연필 흔적을 봐, 진! 목사님, 이게 잘 보이도록 여기를 비춰주십시오!"

진은 이제 끝장이라고 알았습니다.

"알았어, 네가 이겼다. 나는 그 얼빠진 노인네를 내쫓고 승진해서 지배인이 되고 싶었어."

"하지만 편지가 투함된 토요일 오후에는 마을에 없었잖아?"

"우체국에 우편물 자루를 가져가는 애송이가 항상 은행에서 빈둥거리지. 오전 중에 그 자루 속에 편지를 넣어두면 다른 것과 같이 보낼 거라는 걸 알았어."

그때 저는 어떤 일에 생각이 미쳤습니다. 뭔가 강하게 짚이는 데가 있었습니다.

"진, 네가 쓴 협박문을 테프트 씨가 받았을 때, 왜 나를 고용하라고 말했지?"

"그거야…… 범인을 잡을 수 없을 것 같은 탐정이 세상에 한 명 있다고 한다면, 그건 피트, 너라고 생각했기 때문이야."

그리고 진이 털썩 기절해서 우리는 그를 자유롭게 한 다음에 의식을 찾을 때까지 기다렸다가 마을까지 걷게 해야 했습니다.

테프트 씨가 말했습니다.

"추문은 안 돼! 추문은! 진은 오늘 스스로 마을을 나갈 거야.
가게 해 줘—조용히!"

"예." 제가 대답했습니다.

"모란, 이 사건은 너무 간단할 것 같아서 전시저축채권이 들
어 있는 책을 사례로 하려고 했네. 하지만, 스트라턴 목사의 말
에 따르면, 내가 생각했던 것보다 어려운 사건인 듯하고, 여러
가지 경비가 들었다더군. 그러니 대신에 전시공채를 주기로 하
지. 10년 갖고 있으면 가치는 더 올라갈 거야."

"예, 고맙습니다."

"아내가 들으면 미친 듯이 화낼 거야. 비밀로 해 둬."

목사가 말했습니다.

"피터, 성경을 읽은 적이 있나?"

"아니오, 목사님."

"성경에, 곡식을 떠는 소의 입에 망을 씌우지 말라(신명기 25장
4절)는 말이 있어. 넌 이 사건을 훌륭하게 잘 처리했으니까 누가
소라고 부르진 않겠지만, 재산관리인들에게 전화한 뒤 우리는
자네의 노고에 보답하기 위해 10퍼센트를 지불하기로 했네."

지금 1,500달러의 10퍼센트가 얼마인지 계산하는 중인데, 답
이 나오면 가르쳐 드리지요. 이거야말로, 만약 경감님이 '꿀이

없으면 파리는 오지 않는다.'란 전보를 치지 않았다면 저와 나눴을 금액입니다. 그래서 먼저 저는 경감님이 받았을 돈 절반을 받고, 다음에 제 몫을 받고, 그리고 전시공채도 제 것이니까 받겠습니다.

 "있는 자는 받겠고 없는 자는 그 있는 것도 빼앗기리라."라고 말한 목사는, 세상사를 잘 알고 계신 것 같네요.

다이아몬드 헌터

전보

뉴욕 주 사우스 킹스턴

애크미 인터내셔널 탐정통신교육학교 주임경감 앞

1달러를 전신환으로 보냅니다. 다이아몬드 찾는 법을 가르쳐
주세요.

                                        탐정 P. 모란

발신 : 뉴욕 주 사우스 킹스턴

        애크미 인터내셔널 탐정통신교육학교 주임경감

수신 : 코네티컷 주 서리. R. B. 맥레이 씨 댁내

탐정 P. 모란

　당신 전보는 애매해서 이런 의미로도 저런 의미로도 또 다른 의미로도 받아들일 수 있습니다. 10단어 이상 사용하면 어떤 일인지 알 수 있을 겁니다. 우리는 당신이 다이아몬드를 찾으려 한다고 츄리합니다. 분실했다면 상금을 걸고 광고를 내세요. 도둑맞았다면 빨리 좋은 탐정을 고용해야 하지만 누구도 당신을 좋은 탐정이라고 오해하지 않고, 또 의뢰하는 사람도 없기 때문에 도둑맞은 것은 아니라고 츄리했습니다.

　아마 당신은 파란 것, 노란 것, 큰 것, 작은 것, 각각 어느 다이아몬드라도 찾기만 하면 만족하겠지요? 우리도 마찬가지입니다. 다이아몬드는 비싼 물건이니까요. 백과사전을 찾아보았습니다. 다이아몬드는 남아프리카의 광산에서 채굴되어 나옵니다. 남미에서도 생산됩니다. 사우스캐롤라이나와 노스캐롤라이나, 조지아와 버지니아에서도 나옵니다. 관찰하고 있으면 보석점에서도 발견할 수 있습니다. 또 우리의 비서는, 우리가 참고 듣기 어려운 귀가 울리는 음악을 좋은 음악이라고 하는데 그녀는 오페라 제2막에서 많은 다이아몬드가 나오는 것을 볼 수 있다고 합니다—어떤 오페라에서도 말입니다. 그리고 관찰을 하면 코러스 걸, 여배우, 살롱 주인, 유전 소유자, 도박사, 경마 예상가, 프로 권투선수, 거물 정치가가 그것을 달고 있는 것을 알 수 있

218

습니다. 뇌물을 많이 받은 사람들이 지상 40층에—뛰어내리기 위해서가 아니라 경치를 보기 위해 사무실을 계약할 때 달고 있습니다. 경기가 나쁠 때는 다이아몬드 분실광고가 자주 나오지만, 그것은 가짜 다이아몬드일지도 모릅니다.

당신이 남미나 남아프리카에 여행을 가서 다이아몬드를 찾는 것은 좋은 아이디어라고 생각합니다. 남아프리카가 더 멀기 때문에 바람직합니다. 출발하기 전에 알려주십시오.

추신 : 웨스턴유니언 전보회사로부터 보내주신 1달러는 받았습니다. 당신의 멍청한 전보에 답장을 쓰느라 낭비한 시간에 대한 보수로서.

J. J. O'B

발신 : 코네티컷 주 서리. R. B. 맥레이 씨 댁내
　　　탐정 P. 모란
수신 : 뉴욕 주 사우스 킹스턴
　　　애크미 인터내셔널 탐정통신교육학교 주임경감

제 1달러를 받을 만큼 확실히 뻔뻔하군요. 왜냐하면 경감님의 편지에는 그만한 가치도 없고, 당신의 시간도 마찬가지니까요. 마릴린—새로 고용되어 저택에 온 사람의 이름으로 일하면

서 대학에 다니고, 여름 동안 번 돈으로 겨울을 나야 하는 아가씨입니다. 그녀는 당신의 편지를 읽고 웃으면서 당신이 사전을 찾아본 것은 이번이 처음이라는 것에 1달러를 걸어도 좋고, 진수식을 축하해 뱃머리를 향해 와인을 열고, 그 사전에 이름을 붙여야 한다고 말했습니다.(배의 진수식에서 축배를 들며 배에 이름을 짓는다는 것) 마릴린은 머리가 좋고 눈치가 빠른 스마트한 여자입니다. 저는 버튼 핀들레이 씨와 윌리엄 언더우드 주니어, 아놀드 게이로드 부부, 커틀러 씨, A. E. 어스킨 베빈 씨, 그리고 다른 아메바들과 11개의 로즈 다이아몬드에 대해 이야기해야 합니다.

월요일 아침, 맥레이 씨가 저를 거실로 불렀습니다.

"피터, 들어오게. 문을 닫아. 비밀 이야기네."

"네, 주인님."

"피터, 버튼 핀들레이를 알고 있나?"

"네."

"그에 대해 어떤 것을 알고 있지?"

"네, 부자로 사냥을 자주 하시는 분입니다."

주인은 독특한 방법으로 얼굴을 일그러뜨렸습니다.

"피터, 그는 헌터 이상이야. 아메바야."

여기 서리에 오랫동안 커다란 저택을 갖고 있는 핀들레이 씨가 그렇다고는 알지 못했습니다.

"주인님, 그분은 언제나 공화당원으로서 선거인명단에 등록하고 있습니다."

"그럴지도 모르겠군, 피터. 공화당 아메바가 민주당 아메바보다 먹을 것이 풍부하기 때문이지. 아메바를 알고 있나? 둥그런 생물이지. 무언가 필요한 것이 있으면 그것을 둘러싸고 눈에 보이는 것은 무엇이든 욕심내지."

주인은 재떨이 두 개를 책상에 놓았습니다.

"이 한쪽이 아메바네. 어느 쪽이든 상관없어. 다른 한쪽이 그 목표지. 아메바는 목표에 가까이 가서 신체의 일부를 왼쪽에 부딪치고 오른쪽에도 부딪치네. 알겠나, 피터?"

"네. 아메바는 왼손잡이가 틀림없습니다."

주인은 웃었습니다.

"확실히 그럴지도 모르네. 하지만 어느 부분이 최초의 목표에 도달하면 바로 달라붙어서 그 목표를 잡아먹지. 그것이 예술작품이건 시골 저택이건 다른 사람의 부인이건."

"그 목표는 어떻게 됩니까, 주인님?"

"아메바의 일부가 되네. 아메바는 언제나 무언가를 욕심내기 때문에 또 욕심나는 물건을 찾고, 영원히 그 과정을 반복해서 아주 커다란 아메바가 되지. 이런 이유로 하비 클럽도 어젯밤, 핀들레이의 집에 모였네."

주인이 계속하기를 기다렸습니다.

"네, 주인님."

"하비 클럽은 물건을 수집하는 사람들의 모임이네. 회원들은 작은 아메바들이지. 핀들레이의 집에 모인 것은 그가 가장 큰 아메바이기 때문이네. 시무어는 우표를 수집하고 있지. 옥션에서 산 네 장을 보여주었는데 상당한 가치가 있지. 그것은 비행기가 몇 년이나 거꾸로 날아가고 있는데, 파일럿은 아직 떨어지지 않고 있기 때문이네.(1918년 미국에서 발행한 항공우표 중 비행기 도안이 거꾸로 인쇄된 100장의 우표 '거꾸로 된 제니'를 가리킴. 2007년 12월 댈러스에서 열린 경매에서 82만 5천 달러에 낙찰되었다.) 커틀러는 단추 수집가네. 조지 워싱턴의 옷에 달려 있었다는 단추를 몇 개 보여 주었는데, 조지 워싱턴 본인이 그렇게 맹세하지 않는 한 신용할 수 없지. 윌리엄 언더우드 주니어는 에칭을 모으고 있지. 휘슬러의 미완성 작품을 두 점 샀는데 미완성이기 때문에 완성된 작품보다 지금은 더 가치가 있다네. 이것은 '내일로 미룰 수 있는 일을 오늘 하지 마라.'는 교훈을 주네. 주식 투자를 하는 폼로이는 행운을 부르기 위해 주머니에 언제나 갖고 다니는 열한 개의 로즈 다이아몬드를 보여 주었지. 그가 목이라도 부러져 집에 틀어박혀 있는 게 좋다고 생각했네. 어스킨 베빈은 정말 진기한 초판본을 갖고 있네. 모은 거지. 존스도 그렇고 그도 자신의 컬렉션을 공개하고 두 사람 모두 상대방을 좋은 라이벌이라고 말했네. 그 말은 상대를 나이프로 찌르지는 않지만 어둠 속에서는 그렇지 않다는 것이네. 나는 스포츠 사진을 모으고 있네. 자네도 이 방에서 보았는지도 모르지만 몇 장 갖고 있지. 아놀드 게이로드는 핀들레이의 손녀와 결혼했는데 자신의 귀여운 아이에게 신발을 사 주는데 번 돈을 모두 사용하느라 아무것도 모으는 게 없지. 핀들레이는 여름 동안, 손녀 부부에게 자신을 방문할 여비와 먹여주고 재워주는 것 이외에는 아무것도 해주지 않는다네. 그들은 다른 사람들이 재미있어할 거라며 귀여운 아이를 보여주었지. 게이로드 부부는 아메바는 아니네."

"네, 누구든 그것은 바로 알 수 있습니다."

"우리는 모두 저녁식사를 했지."

"아기도 말입니까?"

"그래—따로 먹었지만. 식사 후 아기는 꿀깍꿀깍 소리 내고, 생글생글 웃고, 옹알거리고—모두 그 아이를 보느라 정신이 없었지. 핀들레이는 우표, 에칭, 그림, 초판본, 주식과 국채는 말할 것도 없이 무엇이든 모으는 뛰어난 헌터이기도 하고 낚시꾼이기도 하지. 핀들레이가 멕시코 만류에서 고기를 잡는 것을 찍은 영화를 보여주었네. 그는 만류도 모으고 싶어 하지만 유감스럽게도 너무 습해서 모으지 않는다네. 영화를 보고 모두 흥분했지. 대부분 상어 잡는 것을 찍은 것인데 한 마리를 놓쳤을 때는 모두 아쉽다고 했지. 집사가 영사기를 틀었네."

"휴이트입니까?"

"그를 알고 있나?"

"그는 마을 정치의 거물입니다."

"그런 것 같더군. 그리고 영화가 끝나고 불이 켜지자 우리는 모두 박수를 쳤지. 그리고 폼로이가 핀들레이 가까이 가서 다른 전시품과 함께 테이블 위에 있던 11개의 로즈 다이아몬드가 없어졌다고 조용히 말했네."

"뭐라고요?"

"자네라면 어떻게 하겠나, 피터?"

"그 다이아몬드가 내 것이라면 조용히 있지 않겠습니다, 주인님. 큰소리를 내야지요."

"폼로이는 월 가에서 투기를 하고 있기 때문에 손해를 보아도 큰소리는 내지 않아. 내가 듣고 싶은 것은 자네라면 다음에 어떻게 하겠느냐는 말이네."

"문을 잠그고 하비 클럽의 멤버를 조사합니다."

"우리도 그렇게 할까 상의했는데 그렇게 하지 않기로 했지. 모든 훌륭한 추리소설에서는 그렇게 하지만 그 방법으로 도둑 맞은 것을 찾은 예가 없기 때문이지. 아니 피터, 우리는 원시적인 방법은 사용하지 않기로 결정했어. 첫째, 다이아몬드를 가져간 인물이 누구이든, 다시 불을 끄고 숨긴 다이아몬드를 테이블 위에 돌려놓을 기회를 주었지. 만약 다이아몬드가 다시 나타나지 않으면, 신체검사를 하는 것은 품위만 상하게 할 뿐이고 물건을 찾을 수 없을 거란 말이지."

"왜 그렇습니까, 주인님?"

"폼로이가 우리를 대표해서 말했네. '다이아몬드를 훔친 사람
은 신체검사 한다는 것을 예상했을 것입니다. 그 때문에 그 사
람은 그것을 몸에 갖고 있거나 주머니 또는 바로 찾을 수 있는
곳에 숨기지는 않았을 것입니다. 서로 검사를 해도 아무것도
나오지 않을 것이고 여성들을 곤란하게 할 뿐입니다. 여자들은
같은 여자가 몸을 뒤지는 것도 싫어합니다. 시간을 낭비할 필
요가 없습니다.' 이렇게 말했지."

"나라면 시간 낭비라고는 말하지 않습니다."

"그 의견에 이의를 제기하는 사람은 없었어. 우리는 여기저
기 찾아보았지. 카펫 아래, 가구 커버, 테이블 아래. 사람도 한
사람만은 찾아보았어. 아기 말이네. 누군가 어둠 속에서 아기에
게 보석을 숨겼는지도 모르기 때문이지. 그 후 한 일이라면 여
자들이 아이의 옷을 다시 입히는 것이었지. 이제 겨우 다섯 달
된 아이를 여자들에게만 맡겨 두었다면 그들은 아이의 발가락
을 만지며 '아기 돼지가 시장에 가요' 놀이로 밤을 새웠을 것이
네."

"다이아몬드를 찾지 못했다고 츄리합니다."

"자네 추리가 맞아, 피터."

"아마 폼로이 씨가 무의식중에 주머니에 넣었을 겁니다."

"누군가 그렇게 지적해서 폼로이는 주머니를 전부 뒤집어 보였네. 모든 행동은 매우 정중하고 위엄이 있었지."

"그렇군요."

"유감스럽게 하비 클럽에는 탐정이 없어. 만약 핀들레이가 정규 탐정을 고용하면 신문에 기삿거리를 제공하게 되지 않나 모두 걱정하고 있네. 한번 그를 만나러 가겠나?"

저는 언제나처럼 재빨리 머리를 돌렸습니다.

"보수는 있습니까?"

"그 이야기는 아직 하지 않았지만 섭섭하게는 하지 않을 거네. 하지만 내가 자네라면 피터, 핀들레이에게 시간당 얼마를 받겠네. 성공하거나 실패하거나 그 중간이라도 말이지. 열 명 이상의 머리 좋은 남녀가 그 보석을 찾으려고 하다 포기했기 때문에 자네가 성공한다고는 전혀 기대하지 않네."

"주인님, 말씀대로 하비 클럽에는 탐정이 없습니다. 저는 이미 이 사건을 해결했고 다음에 어떻게 해야 할지 여러 가지 생각하고 있습니다."

"설마!" 하고 주인이 말했습니다.

"네, 제 머리는 그렇게 작용합니다. 특히 '관찰'이 테마인 레슨 2에서 60점을 받은 다음에는."

맥레이 씨는 기묘한 눈으로 저를 보았습니다.

"그 장소에 가지도 않고서 자네가 무엇을 관찰할 수 있었는지 모르겠네. 내가 자네에게 말한 것은 내 나름의 시각이고, 자세한 부분을 빠뜨렸을 수도 있어. 하지만 자네가 말했듯이 간단하다면 꾸물거리지 말고 핀들레이의 집에 빨리 가는 게 좋아. 그도 자네를 보면 반가워할 거야."

"반가워할지 어쩔지 모르지만 바로 돌아오겠습니다." 제가 이렇게 말한 것은 그날 오후, 즉 일요일인데, 레이크빌의 스튜어트 영화관에 마릴린을 데리고 갈 약속을 했기 때문입니다.

"지금 핀들레이에게 전화해서 자네가 출발한다고 말하지."

짐 휴이트가 맞아 주었습니다.

"오, 피트. 자네가 와서 기쁘네. 어젯밤, 모두 조사를 한다고 얘기가 나왔을 때, 나는 그다지 놀라지 않았어."

"짐, 아기 이외는 조사하지 않았다고 들었는데."

"그랬어."

"핀들레이 씨도?"

"왜 우리 주인을 조사해야 하지?"

"그럼, 폼로이 씨는?"

"그는 주머니를 전부 뒤집어 보이고, 우리도 모두 확실히 확인했어." 짐은 제 옆구리를 살짝 찔렀습니다.

"시무어 씨가 조사받지 않은 것은 유감이었지. 그의 집에서 세탁하는 흑인 여자를 알고 있는데, 그는 상당히 구두쇠라 속옷이 누더기가 될 때까지 그녀에게 커다란 패드를 바느질하게 해서 계속 입는다는 거야. 나는 그렇지 않네, 피트. 일주일에 한 번은 필요하건 아니건 모두 갈아입고, 속옷에는 구멍 같은 것 하나도 없지."

"그런 것은 아무래도 좋아. 자, 주인에게 안내해주게."

"탐정이 되고서 거만해졌군." 짐이 말하며 잠긴 거실문을 노크했습니다.

"쳇, 뭐야 어?" 하는 소리가 들려왔습니다.

"모란이 왔습니다." 짐이 말했습니다.

"미스터 모란이라고 해야지." 제가 이렇게 말하자 휘이트는 제 정강이를 우연인 것처럼 발로 찼습니다.

문을 여는 소리가 들리고 핀들레이 씨가 말했습니다.

"들어오게 모란, 들어와! 쳇, 바람이 들어오니 입구에 서 있지 말고 들어와. 그리고 문에 빗장을 걸게."

버튼 핀들레이 씨는 아메바처럼 보이지 않았습니다. 75세 정도로 키가 크고 기골이 장대하고 손은 뼈와 피부뿐, 눈썹은 자신이 만들어 붙인 듯이 하얗고 풍성했습니다. 하나에 1달러는 할 시가를 피웠는데 바깥 주머니에 많이 들어 있음에도 불구하고 저에게는 권하지도 않았습니다.

방은 아주 산만했고, 그 안에 시가 꽁초와 담배꽁초가 수북한 재떨이, 더러워진 하이볼 글라스, 스카치 병들과 사이펀, 병

몇 개는 뜯지도 않은 채 있었습니다. 영사기가 방 한쪽 끝에 설치되어 있고, 맞은편 벽에 스크린이 있고, 구석에는 유모차가 있었습니다. 테이블 위에는 키가 큰 청록색 유리 항아리에 시든 꽃이 꽂혀 있고, 은쟁반에 샌드위치가 몇 개 있었지만 모두 말라서 모서리가 휘어 올라 그다지 맛이 있어 보이지는 않았습니다. 유모차에는 아이의 침구와 장난감이 있고, 테이블에는 단추, 우표, 책, 맥레이 씨의 사진들이 다른 것들과 함께 있었습니다.

창이 닫혀 있어 칼로 자를 수 있을 정도로 공기가 탁했습니다. 방에는 미술관처럼 두꺼운 카펫이 깔려 있고, 더 많은 책과 항아리, 꽃병, 시계가 유리케이스에 진열되어 있었습니다. 실오라기 하나 걸치지 않은 조각과 그림이 있어서 핀들레이 씨가 저에게서 눈을 뗄 때 이외는 시선을 주지 않으려고 했습니다.

"들어오게, 모란. 쳇, 흥!"

그는 계속 얘기했습니다.

"어젯밤 그대로 둔 것을 알겠지? 물론 손님은 집으로 갔지만 말이네. 그것도 여기를 나간 후 곧장 집으로 갔을 때 이야기지만. 몇 사람은 조금 더 마시고 얘기하려고 그린 랜턴과 브룩사이트 태번에 들렀다네. 이것은 커틀러가 보여주었던 단추지. 그가 놓고 간다고 말했네. 단추도 나사를 돌려 보석을 숨길 수도 있으니까. 풀어 보았지만 아무것도 없었네. 자네도 보면 알 거야. 이것은 시무어의 우표네. 우표에는 다이아몬드를 숨길 수 없겠지?—나는 더 진기한 우표를 앨범에 갖고 있네. 여기에 있는 것은 맥레이의 스포츠 사진이야. 그에게는 말하지 않았지만 내가 더 좋은 사진을 갖고 있네. 이것은 멤버 가운데 두 사람이 갖고 온 초판본으로 자네 바로 뒤에 있는 책장에 있는 것과는 비교할 수 없는 물건이지. 때로는 마약을 숨기려고 책 안이 파여 있는 것도 있지만, 이것들은 보통 책으로 조사해보면 확실히 알 수 있어. 우리는 여자들의 핸드백도 조사했고, 그녀들이 두고 가려는 것을 갖고 가게 했지. 이것은 내 증손녀가 안에 있었던 유모차네. 손녀 부부에게 두고 가라고 해서, 여기에 있는 것이지. 영화 스크린은 어제 그대로 두었네. 영사기도 릴에 필름이 감긴 채 있지. 처음에 휴이트가 틀어준 영화의 필름통도 그대로 있네. 이것도 모두 조사했지. 영사기 옆에 있는 것은 필름이 끊어지면 그 자리에서 붙이는 스플라이서네. 스플라이서 위의 캔에는 접착제가 들어 있지. 접착제가 조금 남아 있었는데 다른 것이 들어 있나 확인하기 위해 쏟아 보았네. 아무것도 없었지. 자네도 충분히 알 거야."

"핀들레이 씨, 나의 츄리로는 당신은 휴이트를 의심하고 있군요."

그는 어깨를 올렸다가 다시 내렸습니다.

"쳇, 우리는 모두를 의심하고 있네, 흥!"

"이 영사기 옆에 있는 작은 돌은 무엇입니까?"

"화분 하나를 비운 것이지. 창가에 식물이 자라는 것이 보이지?"

"시가와 궐련 꽁초는 조사해 보았습니까?"

"아니, 하지만 조사하고 싶으면 조사해 보게. 쳇, 범인이 담배에 다이아몬드를 숨긴 후, 그 위에 재를 덮었다는 것인가?"

"샌드위치는 조사해 보았습니까?"

"모란, 먹고 싶은 만큼 먹게. 그 말을 하고 싶은 거라면."

그래서 저는 샌드위치를 열 개 정도 먹고, 핀들레이 씨는 얘기를 계속했습니다.

"손님들이 돌아간 후, 나는 이 방의 문을 잠그고 소파에서 잤네. 휴이트는 아침식사를 쟁반에 갖고 와 문밖에 두었고, 그것을 방금 먹었지. 달걀껍데기가 있지? 어제 이 방에 들어왔다가 나간 것은 나뿐이네. 그리고 맥레이에게서 들었겠지만 모두 신체검사를 해도 의미가 없다는 것에 의견이 일치했지. 그 문은 욕실로 통하고 거기에서 수염을 깎고 이를 닦고 싶지만 아직 거기까지 손이 안 가네. 자, 모란, 말해보게! 맥레이는 자네가 범인의 이름을 말할 거라고 했네. 누가 했지?"

"먼저 질문이 몇 개 있습니다."

"말해 보게!"

"보수는 얼마입니까?"

"흠, 흠. 그래, 11개의 다이아몬드는 5천 달러의 가치가 있지. 로즈 커팅 다이아몬드는 다른 것만큼 가치가 없어. 나는 그에게 여섯이면 어떻겠냐고 물었지."

"잠깐. 여섯이면 어떻겠냐고요? 누구에게요?"

"물론…… 다이아몬드를 잃어버린…… 폼로이네. 입을 다물고 스캔들이 일어나지 않도록 해주면 돈을 주겠다고 했는데 그는 거절했네."

"6천 달러 이상 달라는 말입니까?"

"쳇, 그는 돈 같은 것은 필요 없다고 했어! 그가 필요한 것은 다이아몬드 미신을 믿고 있지. 무언가를 사거나 팔기 전에 주머니에 손을 넣고 보석을 잡고 수를 세지. 홀수라면 직감에 따르고 짝수라면 그 반대로 한다네. 11은 홀수기 때문에 그는 대개 직감에 따랐고 그래서 언제나 자금 사정이 좋지 않아……. 모란, 다이아몬드 가치의 1/5인 천 달러는 어떤가? 만족하나?"

"좋습니다. 확실히 계약서를 써 주신다면."

그가 계약서를 쓰는 동안 저는 방을 돌아다니며 수백 번 그의 소유물을 보고 샌드위치를 몇 개 더 먹었습니다.

"여기에서 물건을 찾으려면 1년은 걸리겠습니다."

"그렇지, 쳇! 자네에게 보수를 지불하겠다는 계약서네. 보석을 찾는다면 말이지만. 이제 범인의 이름을 말하게."

저는 주의 깊게 서류를 접어서 안전한 장소에 넣었습니다.

주인이 아메바에 대해서 말한 것을 생각하고 버튼 핀들레이 씨에게 그 종이를 뺏기지 않고 싶었기 때문입니다.

"당신은 물건을 수집하는군요."

"그러네."

"어떤 겁니까?"

"자네에게 이미 얘기했고 자네도 여기서 보고 있잖나. 그림, 조각, 꽃병, 책, 사진……."

"로즈 다이아몬드도?"

"몇 개 가지고 있네."

"하나 보여주세요."

그는 가슴주머니에 손가락을 두 개 넣어 마치 대리석 구슬처럼 커다란 보석을 꺼내 던져주었다.

"이것이 로즈 다이아몬드네."

저는 그의 눈을 똑바로 쳐다보았습니다.

"좋습니다. 그럼 다른 열 개는?"

"무슨 말이지?"

"어젯밤, 당신은 폼로이 씨의 다이아몬드를 사려고 했습니다."

"아니, 그것은 그렇게 훌륭한 보석이 아니야."

"그가 잃어버렸을 때, 다시 사려고 했습니다."

"아까도 말했지만 불필요한 스캔들을 막기 위해 돈을 지불하려고 했네."

"불을 끄고 영화를 상영했을 때, 당신이라면 어둠 속에서도 그 다이아몬드가 있던 테이블을 알 수 있습니다. 여기는 당신 집으로 자신의 손바닥처럼 잘 알고 있기 때문입니다."

"쳇, 모란, 무슨 말이 하고 싶은가?"

"누군가 '모두 신체검사를 합시다.' 하고 말했을 때, 당신은 '아니, 안 돼.' 하고 말했습니다."

"그렇게 말한 것은 폼로이네."

"동의한 것은 당신입니다. 자, 자백하세요. 탐정이 없는 하비 클럽이라면 속일 수 있을지 모르지만 탐정 피트 모란은 속일 수 없습니다. 자, 털어 놓으세요."

순간, 그가 나에게 달려들지 않나 생각했습니다. 그리고 웃기 시작했는데 정말 진짜 웃음이었습니다.

"모란." 그가 말했습니다.

"자네가 말하기 전에 무엇을 생각하고 있는지 알았다면 좋았을 텐데. 그렇게 보였지만 믿을 수 없었지. 하지만 자네는 엉뚱한 실수를 하고 있는 거야. 캐럿(carat)을 알고 있나?"

"시골에서 자랐습니다."

"당근(carrot)이 아니야. 다이아몬드의 무게를 양으로 나타낼 때 사용하지. 폼로이의 다이아몬드는 작아서 각각 1캐럿 정도네. 내 것은 9캐럿짜리지. 즉 폼로이의 다이아몬드 전부를 합한 정도의 무게로, 이것은 추기경이 500년 전에 몸에 달고 있던 유명한 돌이야. 그것을 증명해 줄 전문가가 한 다스 이상 있지."

가끔 사람이 진실을 말한다고 느낄 때가 있는데 이때가 정말 그랬습니다.

저는 "아!" 하고 말했습니다.

"그것만이 아니야, 모란. 영화를 상영할 때, 방이 어두웠다고 자네는 말했지. 글쎄, 어느 의미에서는 그렇지. 영사기에서 나오는 것이 유일한 빛이니까. 하지만 나는 계속 스크린 옆에 서서 화면 내용을 클럽 멤버에게 설명했기 때문에 거기에서 움직였다면 방에 있던 사람들이 알았을 거야. 다른 사람은 마음대로 움직일 수 있었지만 나는 무리였어." 그는 커다란 아메바로서는 최대한 친절을 보이는 것 같았습니다.

"실망하지 말게, 모란. 우리도 다이아몬드를 찾지 못했네. 자네가 그것을 찾는 것은 불가능해."

저는 상당히 실망해서 말했습니다.

"포기하는 편이 좋을 것 같군요."

핀들레이 씨는 가까이 와서 제 등을 두드렸습니다.

"쳇, 모란, 약한 소리 하지 마! 내 얼굴을 똑바로 보고 고발하는 것은 좋게 생각하네. 천사도 밟는 것을 두려워하는 곳에 돌진해 들어가는 자네는 용기 있는 친구야." 그는 기묘한 웃음을 보였습니다.

"여러 가지 의미에서 자네는 고릴라를 생각나게 하는군. 너무나 귀엽게 내 품에 들어오기 때문에 그 불쌍한 동물을 쏘는 것이 부끄러워. 내가 은행과 기차를 터는 일은 있어도 한 줌의 다이아몬드는 쳐다보지 않는 것을 나의 적들도 자네에게 가르쳐 줄 것이네."

그는 제가 감당하기에는 벅찬 인물이었습니다.

"핀들레이 씨, 정규 탐정을 부르는 것이 좋다고 생각합니다."

갑자기 그의 얼굴에서 웃음이 사라졌습니다.

"모란, 더러운 코를 여기에 대는 사람이 있다면 가장 먼저 쏘아주지, 그렇게 하고말고! 이 집에는 총기실이 있으니 그런 전문가 탐정이 여기에 오면 구리 코팅한 총알을 한 방 먹여주지. 기억하게, 모란! 사건이 알려지지 않으면 스캔들도 일어나지 않아! 보수는 아직 살아 있어. 더 좋은 생각이 떠오르면 전화하게. 도움이 되는 생각 말이네. 그리고 돌아가기 전에 나의 커다란 로즈 다이아몬드를 돌려주게. 자네가 무의식중에 그것을 가져간 것을 알지만, 나 역시 무의식중에 자네에게서 훔쳐야겠네."

그렇게 해서 저는 저택에서 도망치듯 나왔습니다. 제가 개라면 꼬리를 뒷다리 사이에 늘어뜨렸을 것입니다. 앞에 쓴 대로, 마릴린을 영화관에 데려갈 약속이 있었지만, 맥레이 씨가 "피터, 오후에 역까지 데려다 주게."라고 말했을 때, 저는 알겠다고 했습니다. 맥레이 씨가 "그런데 핀들레이 집에서는 어떻게 됐나?" 하고 물어서 저는 "진전이 있었습니다." 하고 대답했습니다. 사실은 아니었지만 그렇게 말할 수밖에 없었습니다.

정규 탐정을 바로 보내겠다는 전보를 치십시오.

전보

코네티컷 주 서리. 미스터 R.B. 맥레이 댁내

피터 모란 앞

총알을 맞기 위해? 사양합니다.

애크미 인터내셔널 탐정통신교육학교

주임경감

발신 : 코네티컷 주 서리. R. B. 맥레이 씨 댁내

탐정 P. 모란

수신 : 뉴욕 주 사우스 킹스턴

애크미 인터내셔널 탐정통신교육학교 주임경감

예, 보수 문제가 확실하지 않으면 당신이 탐정을 보내거나 자신이 직접 오지 않는 것은 알고 있습니다. 하지만 처음보다

보수가 늘어났으니 당신도 생각이 바뀔 겁니다.

당신의 전보는 오늘, 즉 월요일 오후 늦게 겨우 도착했는데, 그때 저는 부인을 차로 모시고 있었기 때문에 마릴린이 전화로 받고 저를 위해 메모를 해 주었습니다. 메모를 건네주며 마릴린은 여러 가지 물어보았습니다. 저는 전보를 서너 번 읽고 저녁을 먹고, 부인을 파티에 데려다 주었습니다. 차를 돌려서 왔을 때에는 자정에 가까웠지만 차고에 마릴린이 기다리고 있었습니다.

"기다렸어, 피터."

"마릴린 문제가 있어. 친구가 필요해."

"어떤 문제?"

"로즈 다이아몬드 문제." 저는 모든 것을 얘기했습니다.

얘기하는 동안, 그녀는 눈을 빛내며 제가 완전히 이야기를 마칠 때까지 아무 질문도 하지 않았습니다. 그러나 "피터, 계속해! 얘기를 중지하지 말고! 피터, 그다음은?" 하고 계속 재촉했습니다.

이야기가 끝나자 그녀가 말했습니다.

"피터, 당신은 하늘이 도와 운이 좋은 거야! 당신이 이 작은 문제를 갖고 나에게 오다니. 매사추세츠 주의 마운트 홀요크 여자대학에서 작년에 '추리소설의 예술과 기교'라는 수업을 들었어. 이것은 우리 2학년이 계속 받았던 테스트와 똑같아."

"잘 됐군. 마릴린, 그래 누가 다이아몬드를 가져갔지?"

그녀는 어깨를 으쓱했습니다.

"기본이야, 피터, 기본적인 문제."

"그래? 그는 어떻게 했지?"

"웃기지 마, 피터, 너무 간단해서 나의 작은 회색 뇌세포를 사용할 필요도 없어."

"그래, 그거야 간단하지. 나도 알았으니까. 하지만 그는 어디에 숨겼지?"

"거기야, 피터. 그것이 핵심(crux)이지."

지금까지 그런 단어는 들어 본 적이 없어서, 그녀가 철자를 가르쳐 주었습니다. 그리고 몇 분 후에는 여러 이름의 철자도 총을 쏘듯이 가르쳐 주었습니다.

"마음의 눈으로 무엇이든 볼 수 있어. 그래 피터, 아주 단순해! 알고 싶은 것이 하나 있어."

"말해."

"누가 쓴 이야기야?"

제대로 들었는지 확인하기 위해 그녀에게 다시 한 번 말해 달라고 했습니다.

"누가 쓴 이야기야?"

"마릴린, 이야기라니 무슨 말이야?"

그녀가 웃었고, 저는 멋진 웃음이라고 생각했습니다.

"피터, 대학에서 3년이나 공부한 나에게 이야기가 혼자서 저절로 완성된다고 믿으라는 거야? 크리스마스에 굴뚝에서 샌디 클로스를 열심히 찾는 것은 멍청한 여자아이들뿐이야! 그 이야기를 쓴 사람이 누구인가 나에게 가르쳐 주면 다이아몬드가 어디에 숨겨져 있는지 알려 줄게. 아서 코넌 도일이라면 이 대답, 대실 해미트라면 저 대답, 엘러리 퀸이라면 또 다른 대답이 있어. 예를 들어…… 잠깐, 피터! 핀들레이 씨 집에 총기실이 있다고 했지?"

"그래."

"그 안에 총도 있어?"

"총기실에 뭐가 있다고 생각해? 피아노?"

"대포도 있어? 만약 엘러리 퀸이 그 이야기를 썼다고 하면, 보석은 핀들레이 씨가 하기식 때 쏘는 대포에 넣는 포탄에 들어 있을 거야. 그리고 강 가운데에 그것을 쏘고, 미리 준비했던 공범이 거기서 기다리고 있는 거지."

"다이아몬드를 포탄 안에 넣고 그가 그 포탄을 쏜다는 거야?"

"그래, 피터. 훌륭한 생각 아니야?"

저는 잠시 생각했습니다.

"아니, 좋지 않아, 마릴린."

"왜?"

"핀들레이 씨 같은 커다란 아메바라면 대포라도 갖고 있겠지.

그는 세상에 있는 것이라면 거의 모두 갖고 있어. 하지만 독립기념일이 아닌 날에 대포를 쏘면 모두 대포 소리에 항의할 거야. 뉴잉글랜드에서는 누구나 그러니까. 그리고 어쨌든 서리에는 강도 없고, 메이슨 앤 딕시 선 이쪽에 남부사람은 없어."

그래도 그녀는 오래 침묵하지 않았습니다.

"피터, 핀들레이 씨는 거위를 기를까?"

"거위라니?"

"하얗고 꼬리가 살짝 올라간 거위."

"아니, 거위는 기르지 않아. 대포를 쏘지 않는 것과 마찬가지 이유로 새에 소음기를 부착할 수 없으니까."

"너무 하는군. 하지만 거위를 기르고 코난 도일이 그 이야기를 썼다면 블루 카번클(푸른 홍옥)—이 아니라 로즈 다이아몬드—는 아까 말한 거위의 모래주머니에서 찾을 수 있을 텐데. 내가 말하는 거위는 다른 거위보다 3파운드쯤 가벼워. 크고 하얀 새는 크리스마스용으로 특히 살찌게 기르지."

"그런 것을 얘기한들 무슨 소용이 있지, 마릴린? 하비 클럽 모임은 둥그런 왼손잡이 아메바들만 있는데."

그러나 그녀의 이야기는 시작에 불과했습니다.

"피터, 지금 바로 대답해. 장식장에는 표범 박제가 있어?"

"총기실 장식장에는 표범 박제가 있을지도 몰라. 거기에는 들어가지 않았어. 하지만 거실 장식장에는 새하얀 얼굴을 한 남자의 흉상이 있을 뿐이야."

"유감이군! 표범 박제가 없다니. 존 딕슨 카가 쓴 이야기라면 그 가운데 다이아몬드가 있을 거야. 아니면 독일인 과학자의 부인이 창 너머로 쏜 탄환이 다이아몬드이고 그 후 그녀는 남편을 다른 탄환으로 쏘았지. 잠깐, 피터! 나의 작은 회색 뇌세포에 떠오르는 게 있어!"

저는 기다렸습니다.

그녀는 독특한 멋진 웃음소리를 냈습니다.

"알았어, 피터. 내가 말하는 것이 분명해."

"조금 전에도 그렇게 말했지만 아무 도움도 되지 않았잖아."

"이 사건의 해결법을 알았어."

"지금까지 코난 도일과 존 딕슨 카—두 인물이 해결하려 했지만 오래가지 못했지."

"그것은 피터가 대학에 가지 않아서 그래. 수첩은 갖고 있어? 그럼, 나를 교수라고 생각해. 내가 강의하는 동안 노트를 하는 거야……." 그녀는 1시간 이상 계속 이야기했습니다. 중간 중간 방학 동안 공부하려고 가져온 책의 몇 부분도 읽었습니다.

"자, 피터, 버튼 핀들레이 씨는 당신이 현관 벨을 누르면 기뻐할까?"

저는 시계를 보았습니다. 새벽 2시가 되려고 해서 먼저 그의 집 앞을 지나며 거실에 불이 켜져 있는 것을 확인했습니다.

문을 연 것은 핀들레이 씨였습니다.

"쳇! 자네였나, 모란? 들어오게 흥! 틈새바람이 들어오니, 빨리 들어오게. 감기로 죽을 것 같네. 거실에 들어오려는 거지?"

"네."

그는 제가 거실로 들어가자 다시 문을 잠갔습니다.

"얘기하게 모란! 계속 기다릴 수 없네!"

"핀들레이 씨, 이 사건의 답을 찾았습니다."

"또?"

"이번은 진짜 답입니다." 저는 마릴린이 강의할 때 메모한 것을 보면서 말했습니다.

"핀들레이 씨, 깨끗한 하얀 천이 있습니까?"

"타월도 괜찮나?"

"깨끗한 흰 천이면 됩니다."

우리는 그것을 테이블 위에 넓게 펴고 장식장에 있던 얼굴이 하얀 남자의 흉상을 깨끗한 하얀 천 위에 올렸습니다.

"그리고?" 그가 말했습니다. 그리고 날카로운 눈으로 저를 보았습니다.

"그리고?"

저는 메모를 보았습니다.

"만약 코난 도일이 이 이야기를 썼다면—내가 여기에 메모한 게 있는데—이것은 나폴레옹의 흉상이 틀림없습니다."

"분명히 나폴레옹의 흉상이네."

저는 코트 주머니에서 무거운 망치를 꺼내 흉상의 머리를 힘껏 내리쳤습니다. 나폴레옹은 한 다스 이상의 조각으로 흩어졌지만, 그 조각을 타월에 받기 위해 숫자를 셀 수는 없었습니다.

핀들레이 씨는 날카롭게 소리쳤습니다.

"무슨 짓을 하는 거야!"

"괜찮습니다. 메모에 이렇게 적혀 있습니다. '그는 커다란 승리의 소리를 지른다.'라고"

"승리 같은 소리 하네. 이 구제할 수 없는 멍청이!"

"잠깐."

저는 메모를 읽었습니다.

"'조각 속에는 푸딩에 들어 있는 건포도처럼 검고 둥근 보르지아 가의 흑진주가 박혀 있었다.'"

"그런 것이 있나?"

저는 흉상의 파편을 큰 조각에서 작은 조각까지 모두 깨보았지만 진주도 다이아몬드도 발견하지 못했습니다.

"코난 도일은 이 이야기를 쓰지 않은 것 같습니다."

핀들레이 씨는 의자에 털썩 앉아 두 손으로 머리를 감쌌습니다.

"그 흉상은 900달러 주고 어렵게 구한 거네."

저는 시간을 낭비하지 않았습니다.

창문 한쪽을 보니 빨간 꽃병에서 식물이 자라고 있는 게 보였습니다. 그런데 창을 향해서 자라는 게 아니라 그 반대 방향으로 자라고 있었습니다.

"'만약 에드거 월레스가 쓴 이야기라면 늘어선 화분 중에, 식물의 잎의 방향이 다른 것이 있다면 누군가 그 안에 다이아몬드를 숨길 때, 방향이 틀어진 것입니다. 왜냐하면 식물의 잎은 일반적으로 햇빛 쪽으로 향하고 있기 때문입니다.'"

"그만하게, 모란!"

그러나 제가 빨랐습니다.

쨍그랑!

핀들레이 씨는 1미터 이상 뛰어올랐는데, 훈련받지 않은 노인으로서는 상당히 놀라운 점프였습니다.

"모란, 자네 지금 무엇을 하고 있는지 알고 있나? 명明 전성기에 만들어진 항아리를 깼어! 메트로폴리탄 미술관이 이 항아리를 나에게서 사려다가 못산 것이지. 거기에 식물의 잎이 빛과 반대쪽을 보고 있는 것은 조화이기 때문이네."

하지만 저는 듣지 않았습니다. 항아리의 파편과 내부에 들어있던 흙에서 11개의 다이아몬드를 찾는 데 바빠서였습니다. 하지만 발견한 것은 병뚜껑 한 개와 벌레 두 마리뿐이어서 에드거 월레스도 이 이야기를 쓰지 않았다고 생각했습니다.

핀들레이 씨는 창가에서 무릎을 꿇고, 파편을 모았습니다만 저는 메모를 읽었습니다.

"'길버트 체스터턴이 쓴 이야기에서는 다이아몬드는 눈에 보이지 않는다. 이것은 물을 넣은 유리잔에 넣었기 때문으로 물 안에 있는 다이아몬드가 보이지 않을 때가 있는데, 추리소설에서는 언제나 보이지 않는 것으로 되어 있다.'"

전에 제가 여기에 왔을 때, 키가 큰 청록색 글라스에 꽃이 시들어 있는 것을 본 기억이 있습니다. 먼저 보낸 편지에도 썼으니 잊었다면 다시 한 번 읽어 보십시오.

쨍그랑!

길버트 체스터턴도 이 이야기를 쓰지 않았다고 생각합니다. 거기에 있던 것은 유리파편과 꽃과 물과 더 많은 파편뿐으로 손을 다치지 않은 것이 다행이었습니다. 핀들레이 씨는 아까 썼듯이 무릎을 꿇고 있었는데, 저를 돌아보는 표정은 정말 울 것 같았습니다.

"모란." 이번에는 그가 아주 조용히 말했습니다.

"베네치안 글라스네―그래, 16세기의 베네치안 글라스―하나밖에 없는 물건인데."

"미안합니다. 하지만 당신과 이야기하는 사람은 뉴욕 주 사우스 킹스턴 애크미 인터내셔널 탐정통신 교육학교의 학생이고, 우리의 모토는 '어떤 결과가 나오든 생각대로 한다'입니다."

우리에게 그런 모토가 있는지 없는지 모르지만 그 순간 떠올라 좋은 생각이라고 느꼈습니다.

핀들레이 씨는 가까이 와서 1달러짜리 시가를 하나 꺼내 제게 건네주었습니다.

"한 대 피우게 모란, 그리고 망치를 잠깐 내게 주게. 주의하지 않으면 자네가 그 망치를 부숴버릴 것 같네."

그는 저를 위해 성냥을 켜 주었습니다.

"모란, 어제 11개의 로즈 다이아몬드를 발견하면 천 달러 준다고 했지."

"네, 핀들레이 씨. 맞습니다."

"오늘은 그것을 찾지 않으면 2천 달러 주지."

"뭐라고요?"

"그것이 의뢰네."

"핀들레이 씨, 무슨 말인지 잘 모르겠습니다."

"모란, 자네가 처음에 들었던 대로야. 이것으로 사건에서 손을 떼면 두 배의 돈을 주겠다고 말한 거네."

저는 영문을 알 수 없었습니다.

"왜 그런 일을 합니까, 핀들레이 씨? 정직하지 않다고 생각합니다."

"정직하게 말하고 있네."

"훔쳐간 다이아몬드를 돌려준다는 겁니까?"

그는 한숨을 쉬었습니다.

"모란, 몇 번이나 말했지만 나는 훔치지 않았어."

"당신은 훔치지 않았다고 할지 모르지만—"

"나는 훔치지 않았어. 만지지도 않았고, 어디에 있는지도 몰라."

"그럼 왜 그런 의뢰를 하는 겁니까?"

그는 묘한 얼굴을 했습니다.

"모란, 내가 가장 소중히 여기는 미술품을 엉망으로 만들면서 그 이유를 알 수 없다고 하면, 내가 잘 설명할 수 있을지 어쩔지 모르겠네. 자네의 앞과 뒤에 걸려 있는 그림이 보이나? 저것은 그 로즈 다이아몬드 한 양동이만큼의 가치가 있네. 구석에 있는 대리석상이 보이지? 아니 보지 말게, 제발 부탁이네! 옛날 데몬 탐정 닉 카터가 저런 석상 가운데 숨겨져 있는 보석을 찾는다고 저것을 깨면 안 되네."

"왜 안 됩니까?"

그는 책상 서랍을 열고 망치를 안에 넣고 잠갔습니다.

"됐나? 의뢰서를 작성할 테니…… 아니, 그것보다 좋은 생각이 있네. 자네가 두 번 다시 우리 집에 오지 않겠다고 엄숙하게 약속한다면 2천 달러 수표를 써 주지. 좋은 거래지?"

2천 달러는 욕심이 났습니다. 천 달러보다 많으니까요. 하지만 전에 한 번 당신이 '범죄의 의도가 있는 돈을 받으면 공범이 됩니다.'라고 써 보낸 것을 생각하고 저는 그 돈을 받고 싶지 않았습니다. 핀들레이 씨 같은 커다란 아메바가 어떤 범죄를 계획하고 있는지 모르기 때문에, 저는 '그 수표를 받기 전에 주임경감의 허가를 받아야 합니다.' 하고 말했습니다.

"주임 경감이라니? 정규 탐정 말인가?"

"그렇습니다. 뉴욕 주 사우스 킹스턴에 있습니다."

"정규 탐정이 와서 신문에 모두 밝히려는 건가—자네가 이미 한 짓에 더해서?"

"그렇게 할 수밖에 없습니다."

그는 웃었습니다.

"자네는 무서운 남자군, 모란. 따라 오게. 빨리 오게, 모란."

그는 문을 열고 방을 나와서 문을 잠그고, 복도 끝에 있는 방으로 저를 데려 갔습니다.

"나의 총기실이네. 영양, 얼룩말, 얼룩 다람쥐, 악어에 이르기까지 모두 여기에 있는 총으로 잡았지. 이것이 로스 30-30이네. 이 탄환은 퍼지는 것이지. 맞은 곳은 작은 구멍이 뚫릴 뿐이지만 탄환이 나갈 때에는 내장까지 갖고 나가네. 이것은 코끼리를 쏘는 총으로 코끼리와 코브라를 사냥한 미얀마에서 사용한 것이지. 총신이 두 개 있어. 하나는 암컷 코끼리용, 또 하나는 근처에 있던 수컷 코끼리가 오면 사용하는 것이네. 최근 코끼리 사냥을 하지 않았으니 한 번 사용해서 길을 들여야 해. 먼저 주임경감을 쏘고, 두 번째는 자네에게 사용하지. 여기에 있는 것은 305 자동소총이네. 거친 무기이지만 어떤 배심도 나를 무죄 방면할 것이네. 이것은 러시아제 바주카포로 주임경감이 전차로 쳐들어와도 문제없지. 공격수단은 얼마든지 있네. 자, 모란, 바깥 현관까지 안내하지. 자네가 나간 후, 문을 잠그고 빗장을 걸고 체인까지 걸겠네."

"핀들레이 씨, 주임경감을 협박하면 안 됩니다. 당신은 그 사람을 몰라요."

그는 화가 난 듯 입술을 핥았습니다.

"그를 만나는 것이 기대되는군. 바주카포의 조준기로 보면 그는 귀엽게 보이겠지. 편지를 쓸 때 그렇게 쓰게. 만약 주임경감이 여기에 오지 않아도 하루 이틀 안에 내가 사우스 킹스턴까지 차로 간다고 하게. 잘 가게, 모란."

언제 경감님이 오실지, 바로 전보로 알려 주십시오. 그러면 그 이상한 핀들레이 씨에게 알려 주고, 그에 대해서는 경감님에게 더 이야기하는 것이 좋다고 생각합니다.

전보
코네티컷 주 서리. R. B. 맥레이 씨 댁내
피터 모란 앞

주임경감은 당신의 편지를 읽은 후, 할머니의 장례식에 참석

하기 위해 멕시코로 갔고, 언제 돌아올지 모릅니다. 이 전보의 사본을 버튼 핀들레이 씨에게도 보냅니다. 저는 주임경감에게 충성할 의무가 있으므로 여기에 서명합니다. 하지만 저는 힘없는 여자이니 당신의 기마병에게 호소하겠습니다.

J. J. O'B의 비서 M. M. OR

발신 : 코네티컷 주 서리. R. B. 맥레이 씨 댁내
　　　탐정 P. 모란
수신 : 뉴욕 주 사우스 킹스턴
　　　애크미 인터내셔널 탐정통신교육학교 주임경감

경감님 비서의 전보를 마릴린에게 보여주고 물어보았습니다.

"'당신의 기마병'은 무슨 뜻이지? 핀들레이 씨는 말 같은 것은 없는데."

"'기사도 정신'을 말하는 것 같아." 마릴린이 대답했습니다.

"그런 말은 모르겠어."

"응, 당신이 알고 있다고는 생각하지 않아. 당신이 똑똑하다면 그 긴 편지를 쓰기 전에 어떤 일이 일어났는지 나에게 말했을 거니까. 회답 전보가 올 때까지 아무것도 말하지 않아서 화가 났어."

저는 차고에 있는 제 사무실 의자의 먼지를 털어 그녀를 앉게 했습니다. 그녀는 엄청 많은 질문을 해서 몇 번이나 얘기를 반복해야 했습니다. 레슨 2의 '관찰'에서 60점을 받아서 다행이었습니다. 그렇지 않았다면 이미 많이 말했던 "모른다"라는 말을 더 많이 사용했겠지요.

결국 그녀는 고개를 저으며 말했습니다.

"만약 이것이 대학에서 들은 수업이었다면 F학점을 받았을 거야. 피터, 왜 그렇게 과격하게 행동한 거야? 나폴레옹의 흉상을 부수지 않고도 조사할 수 있는데."

"셜록 홈즈는 흉상을 깼다고 메모에 있었어."

"그래, 하지만 확실히 그 전에 먼저 돈을 지불했어."

"바보 같은 소리 하지 마, 마릴린. 내가 900달러가 어디 있어? 그리고 만약 그런 돈이 있다고 해도 얼굴이 하얀 남자의 흉상 깨는 데 사용할 거라고 생각해?"

"식물 주위에 있는 흙을 조사하려면 항아리를 깨지 않고도 됐고, 키가 큰 베네치안 글라스는 주의 깊게 거꾸로 들어서 물을 뺄 수도 있었는데."

"여기에 너의 강의를 메모한 것이 있는데, 여기 나오는 인물들이 모두 그 정도로 주의 깊다고는 생각되지 않던데."

"하지만 피터, 당신은 진짜 탐정이 아니고, 이제 조금 배우기 시작하는 단계잖아. 당신이 깬 아름다운 물건들을 생각하면 눈물이 나와! 자, 가."

"그린 랜턴? 브룩사이드 태번? 어디로 갈까?"

"아니, 핀들레이 씨 집으로."

"마릴린, 제정신이야?"

"당신이 쓴 편지를 읽지 않았을 때는 분명히 제정신이 아니었는지 몰라. 하지만 나는 '추리소설의 예술과 기교'에서 A학점을 받았고, 지금은 올바른 정신이야. 그녀를 생각하지 못하다니 정말 바보였어?"

"그녀라니?"

"도로시 세이어즈 말이야, 바보 같아! 이 얘기에는 여러 곳에 여성의 터치가 있어. 빨리 가, 피터."

"절대로 싫어."

"당신도 겁쟁이야, 주임경감처럼."

"맞아."

"그래, 겁먹은 고양이. 당신 도움은 필요 없어. 나도 운전할 줄 아니까."

"좋아, 여기 열쇠가 있어."

"이것이 마지막이야, 피터. 같이 갈 생각 없어?"

"이것이 마지막이야, 마릴린. 나는 여기 있겠어. 핀들레이 씨의 코끼리 사냥용 총에 맞고 싶지 않아."

"안녕, 피터."

"안녕, 마릴린."

5분 후, 우리는 핀들레이 씨 집의 현관 벨을 눌렀고, 집사 짐 휴이트가 문을 열어 주었습니다.

"피트, 핀들레이 씨가 절대로 자네를 들여보내면 안 된다고 했어." 짐이 말했습니다.

"내가 그를 데려 왔어요." 마릴린이 말했습니다.

짐은 고개를 저었습니다.

"명령은 명령입니다. 피터, 자네를 보면 강도경보를 작동시켜 야 하고, 핀들레이 씨가 라이플을 쏘면 바로 탄환을 재야 하 네."

"오늘은 피터가 망치를 가져오지 않았어요." 마릴린이 말했 습니다.

"그래, 내 망치를 찾고 싶어. 핀들레이 씨는 책상서랍 안에 넣고 잠갔지만 그것이 필요해."

"또 자넨가, 모란? 응?" 거실문이 2.5센티미터쯤 열리고 핀들 레이 씨가 내다보았습니다.

"모란, 내가 말한 것을 잊었나!"

"핀들레이 씨, 모두 제 탓이에요." 마릴린이 크게 말했습니다.

"뭐야! 주임경감은 여자인가?"

"저는 주임경감도 아니고 어떤 종류의 경감도 아닙니다, 핀 들레이 씨. 그리고 피터가 한 일을 들은 순간 저는 울 뻔했습

니다."

"그래, 무슨 일이오?"

"당신을 위해 다이아몬드를 찾을 수 있습니다. 피터, 두 손을 들어."

"손을 들라니?"

"손을 들고 있어. 더 이상 물건을 부수지 못하도록."

핀들레이 씨는 거실문을 조금 더 열었습니다.

"모란이 우리 집에 드나들고 처음 듣는 분별 있는 말이군. 휴이트, 두 사람을 안내하게."

우리가 거실에 들어가자 그는 문을 잠갔습니다. 마릴린은 영사기를 날카롭게 보고 있는데 왜 그런지는 잘 모르겠습니다. 왜냐하면 저는 거기에는 전혀 손을 대지 않았기 때문입니다. 그리고 그녀는 나폴레옹의 흉상과 꽃병과 베네치안 글라스의 잔해를 보았습니다.

"아, 피터, 당신을 죽이고 싶어!"

핀들레이 씨는 즐거운 듯 머리를 몇 번 끄덕였습니다.

"이거야말로 두 번째 듣는 분별 있는 말이군. 라이플을 빌려 드릴까, 미스…… 미스……?"

"저를 '미스'라고 부르지 마세요, 핀들레이 씨. 마릴린이라고 부르세요. 손녀 헬렌이 틀림없이 제 얘기를 했을 거예요. 마운트 홀요크 대학에서 클래스메이트였어요."

노인은 웃었습니다.

"물론, 물론 들었지! 그 애는 편지에 언제나 자네 이야기를 쓰더군. 같은 농구팀에 있었다고?"

"그렇습니다."

"그리고 같은 친목회…… 아니 여학생클럽에 있었다고?"

"네."

"손을 내려도 됩니까? 팔이 아픕니다." 제가 말했습니다.

두 사람은 "안 돼!" 하고 소리치고, 마릴린은 "벽에서 떨어져, 피터. 그림에 가까이 가지 마! 방 가운데 서서 두 손에 횃불을 들고 있는 자유의 여신상처럼 조용히 있어!" 하고 말하고 핀들 레이 씨를 보았습니다.

"핀들레이 씨, 피터가 잘못한 것은 틀림없습니다."

"그가 한 모든 일이 잘못된 거네."

"그는 저처럼 이해하지 못했습니다. 이 이야기에는 여성의 터치가 있습니다."

그는 숱이 많은 눈썹 아래로 그녀를 보았습니다.

"다시 한 번 말하게…… 천천히. 이 이야기에는……."

"…… 여성의 터치가 있습니다."

그는 고개를 저었습니다. 그것은 나처럼 확실히 이해하지 못 해서 그런 것입니다.

"도로시 세이어즈는 도둑맞은 진주가 겨우살이 나뭇가지에 장식되어, 열매로 보이게 하는 이야기를 썼습니다. 아무도 눈치 채지 못했지요."

핀들레이 씨는 고개를 저었습니다.

"아가씨, 내가 찾고 있는 것은 진주가 아니오. 그리고 뉴잉글 랜드에는 9월에 겨우살이 나무에 장식하는 습관이 없어요."

"저는 단지 일반적인 생각을 말하는 것입니다. 열한 개의 다이아몬드는 일부러 찾지 않아도 될 눈에 띄는 장소에서 발견될 겁니다."

"예를 들면?"

"피터는 작은 조약돌 더미가—같은 크기의 조약돌입니다—영사기 옆의 스탠드에 있었다고 했습니다."

"그것은 보았네."

"아직 있습니까?"

"일요일에 이 방에 있던 것은 모두 그대로 있네."

마릴린은 자갈을 갖고 돌아왔습니다.

"피터가 말했듯이 거의 같은 크기이군요. 질문하겠습니다. 핀들레이 씨, 이것은 사라진 다이아몬드보다 조금 크지 않습니까?"

그때 나도 생각이 났지만 핀들레이 씨에게 선수를 뺏겼습니다.

"마릴린." 그가 말했습니다.

"마릴린이라고 부르라니 마릴린이라고 하는데, 이 자갈이 조금 크네."

두 사람은 서로 끄덕이고 미소를 나누었습니다.

"핀들레이 씨, 망치가 피해를 주었는지도 모르겠습니다."

"이미 피해는 엄청 보았네."

"이 조약돌을 깰 도구는 없습니까?"

그는 서둘러 사이드테이블로 갔습니다.

"호두 까는 도구로 될까?"

"해 보겠습니다."

둘의 머리가 가까워지더니 돌이 '팍!' 하고 깨지는 소리가 들렸습니다.

"보통 돌이네!"

"모란, 팔을 올리게!"

"네."

"다른 것도 깨봅시다."

그들은 계속 깼고, 저는 두 사람의 어깨너머로 들여다보고, 돌 안쪽도 바깥쪽과 마찬가지이고, 코네티컷에 흔히 있는 돌이라는 것을 알았습니다.

핀들레이 씨는 머리를 흔들었습니다.

"안됐군, 마릴린."

"저야말로 죄송합니다. 그 이상으로 부끄럽습니다. 대학 수업에서는 아주 잘했었는데."

"어떤 수업이었나?"

그러나 그녀는 작은 비명을 질렀습니다.

"아, 왜 그 생각을 못했을까! 여자의 터치! 또 한 사람의 여류작가! 도로시 세이어즈가 아니었어! 애거서 크리스티야!"

여기에서 핀들레이 씨는 흥미를 보였습니다.

"나도 애거서 크리스티의 책은 많이 읽었는데, 요점이 뭐지?"

마릴린은 점점 흥분했습니다.

"크리스티의 작품에서는 가장 범인 같지 않은 사람이 범인이에요!"

"무슨 말이야, 마릴린?" 제가 물었습니다.

"조용히 해, 피터." 마릴린이 말했습니다.

핀들레이 씨는 끄덕였습니다.

"말하고 싶은 것은 알겠는데, 기묘하게도 모란이 이미 자네가 말한 그대로 행동했지. 나에게는 훔칠 이유가 없어. 나야말로 가장 범인 같지 않은 인물이지. 모란은 다이아몬드를 훔쳤다고 말하며 나를 문책했네."

"하지만 핀들레이 씨, 당신은 가장 범인 같지 않은 인물이 아닙니다! 토요일 밤, 여기에 누가 있었는지 생각해 보세요."

"알았네." 그는 손가락을 굽혀가며 세기 시작했습니다.

"맥레이 부부, 시무어, 언더우드 부부, 아스키 베빈 부부, 커

다이아몬드 헌터 259

틀러 부부, 존스, 폼로이, 게이로드 부부, 나였지."

"하지만 빠진 사람이 있군요."

"집사 휴이트 말인가?"

"또 있습니다."

"이 방에 있었던 사람을 모두 이야기했는데."

"가장 범인 같지 않은 사람을 빼놓으셨군요."

저는 좋은 생각이 떠올라 말했습니다.

"나폴레옹이다!"

하지만 핀들레이 씨는 "마릴린, 항복하네. 말해 주게." 하고
말했습니다.

"게이로드 아기입니다."

"내 증손자? 그런 말도 안 되는!"

"가장 범인 같지 않은 사람입니다."

그는 숨을 들이켰습니다.

"아기를 이 방에서 유일하게 조사했네. 여자들이 아이 옷 하
나하나 모두 들춰봤네."

그러나 마릴린은 단호했고, 누구도 그녀를 막을 수 없었습니
다.

"그러면 지금 우리가 깬 돌을 누가, 어떻게, 어디에서 가져왔
다고 생각합니까, 핀들레이 씨?"

두 사람은 유모차 쪽으로 갔습니다.

"여기는 조사했네."

"알고 있습니다. 이것을 지나쳤습니다."

"무엇을?"

그들은 그것을 갖고 핀들레이 씨의 책상까지 돌아갔는데 마릴린은 걸어가면서 그것을 흔들었습니다. 그것은 귀여운 소리를 냈습니다.

"아이의 딸랑이입니다. 여기를 보세요! 이것은 셀룰로이드이지만 서툴게 붙어 있군요. 어둠 속에서 접착제를 붙인 것을 알았어요! 생각해 보세요. 모두 영화를 보는 사이 영사기가 돌고 있는 스탠드에서—영사기는 스타트 시킨 다음에는 자동으로 돌아가니까—유모차까지는 몇 초 걸리지 않고, 그리고 셀룰로이드 접착제 통이 바로 옆에 있었어요!"

핀들레이 씨는 아무 말도 하지 않았는데, 바로 끄덕이고 깊게 숨을 들이켰습니다. 그는 책상 앞에 앉아 펜나이프를 열었습니다. 딸랑이를 한 손에 들고, 다른 손으로 펜나이프를 들고…… 그리고 멈추었습니다.

"아가씨, 이것을 할 명예는 아가씨에게 있다고 생각하는데……."

마릴린은 딸랑이를 건네받고는 주저 없이 갈랐습니다. 동그란 딸랑이의 반이 열리고 반짝반짝 빛나는 것들이 책상 위에 굴러떨어졌습니다.

"폼로이 씨의 다이아몬드입니다." 그녀가 말했습니다.

"열한 개 모두 있군." 핀들레이 씨가 확인했습니다.

짐 휴이트를 체포하려 했지만 실패했습니다. 나중에 알게 된 일이지만 그는 열쇠구멍으로 엿듣고 이제 틀렸다고 판단한 순간 도망갔기 때문입니다. 핀들레이 씨는 나에게 500달러 수표를 써 주었습니다. 같은 것을 마릴린에게도 주었습니다. 만약 제가 다이아몬드를 발견한다면 천 달러 주겠다고 적힌 종이가 제 주머니에 있었지만 마릴린은 대학에 갈 등록금을 벌었고 아직 어린 데다, 저처럼 중요한 사건을 많이 경험한 탐정이 아니기 때문에 소동을 일으키지는 않았습니다.

핀들레이 씨와 마릴린은 그의 책상 앞에 앉아, 웃으면서 셰리 주를 마셨는데 저는 그런 작은 유리잔으로 마시는 것은 좋아하지 않습니다. 남자가 마시기에는 양이 너무 부족하고 난폭하게 다루면 바로 유리잔이 깨지기 때문입니다. 하지만 그들이 나에게 손을 내리라고 하지 않는 한, 나와 관계없는 일이고, 팔은 1톤이나 되는 것처럼 느껴졌습니다. 특히 수표를 들고 있는 손은.

핀들레이 씨는 만족한 듯이 끄덕였습니다.

"휴이트는 아이를 이용해 훔쳤군."

"아니면 휴이트의 도움을 빌려 아이가 훔쳤는지도 모르죠."

그녀가 말했습니다.

그는 날카로운 눈으로 마릴린을 보았습니다.

"그 둥글고 작은 조약돌이 아이의 딸랑이에서 나온 것은 분명해—너무 확실해서 자네 이외의 누구도 그것을 생각하지 못했지—그래서 휴이트는 우리가 그 작은 돌에 두 번 눈을 주지 못하도록 어둠 속에서 바꿔친 것이지. 하지만 자네가 범인을 눈치챈 단서는 그 상당히 전부터 알고 있었지."

"피터가 제공해 주었습니다."

"그래, 내가 단서를 주었지." 제가 말했습니다.

핀들레이 씨는 "손을 들고 있게, 모란. 계속해, 마릴린." 하고 재촉했습니다.

"휴이트는 피터에게 시무어 씨의 속옷은 누더기이지만 자신의 속옷에는 구멍 같은 건 없다고 했습니다. 다시 말하면 범죄가 일어나기 훨씬 전에 언제 몸을 조사당해도 좋도록 준비했다고 하는 것입니다."

핀들레이 씨는 다시 머리를 몇 번 끄덕였습니다.

"그렇군, 망할 자식!"

"조사당할 준비를 했다는 것은, 조사할 거라고 예측했기 때문입니다. 즉 그는 신사가 아닙니다. 알겠습니까? 신사들은 바로 신체검사가 굴욕적이고 의미가 없다는 것에 동의했습니다. 단 한 사람 신사가 아니었던 인물만이 그것을 예측하지 못했습

니다."

"그래서?"

"도둑은 보석을 이 방에 숨겼습니다. 그것도 눈에 뜨이는 곳에."

"그래, 확실히."

"······ 다음 주나 다음 달이나 내년이나, 당신이 방을 잠그지 않을 때, 보석을 꺼낼 계획이었습니다. 그야말로 이 방에 쉽게 들어올 수 있는 사람입니다. 유일하게 말이죠! 그가 어디에 다이아몬드를 숨겼는지 알고서는 나머지는 자동으로 알게 됩니다. 최종적으로 딸랑이는 아기에게 돌아가기 때문에 도둑은 그것을 훔치거나—또는 다시 열고 다시 바꿔치기합니다. 그 밖에도 다른 추리가 몇 개 있지만, 모두 같은 남자를 가리키고 있었습니다."

"휴이트, 이 빌어먹을 자식!"

"그리고 피터는, 누가 도둑인지 알았다고 내가 말해도 믿지 않았습니다."

"믿지 않았겠지. 당연해."

"네, 당연합니다."

그리고 두 사람은 웃었습니다. 그러나 제가 이렇게 질문하자 순간 웃음을 멈췄습니다.

"하나 가르쳐 줘, 마릴린! 당신을 올바른 방향으로 이끈 것은 여성의 터치라고 말했지! 어디에 그런 것이 있었지?"

그녀는 대답하기 전에 핀들레이 씨가 준 수표를 접어서 넣었습니다.

"여기에 오기 전에 여러 가지 질문을 했지." 그녀가 말했습니다.

"아기―가장 범인 같지 않은 인물은 여자아이였어. 그다음은 피터, 초보적인 문제야."

지문 전문가

발신 : 코네티컷 주 서리. 미스터 R. B. 맥레이 댁내

　　　　탐정 P. 모란

수신 : 뉴욕 주 사우스 킹스턴

　　　　애크미 인터내셔널 탐정통신교육학교 주임경감

지문 공부를 하고 싶습니다.

발신 : 뉴욕 주 사우스 킹스턴

　　　　애크미 인터내셔널 탐정통신교육학교 주임경감

수신 : 코네티컷 주 서리. R. B. 맥레이 씨 댁내

　　　　탐정 P. 모란

이제 당신에게 축하한다고 말하지요. 과거 여덟 차례 그 말을 쓸 때, 당신은 '짐운'이라고 잘못 썼습니다. 사전으로 찾아보았다고 우리는 츄리하고, 이것을 계속해 가기를 기대합니다. '화료' '배찌' '훌륭하다' '순신간' 등 사전에 올라 있지 않아서 찾을 수 없는 단어는 특히 주의를 기울이도록.

당신도 열 개의 레슨을 마치고, 시작했을 무렵보다 여러 가지를 알았을 겁니다. 우리도 탐정업에 대해 아무것도 모르는 금발머리 비서를 고용할 때까지는 철자를 자주 틀렸었습니다. 이 일은 그다지 말해서는 안 되지만. 하지만 그 여자는 백 미터 경주에서 웹스터 노인(사전 편찬자)을 먼저 달리게 하고 태클을 걸어서 넘어뜨릴 정도입니다. 당신은 그 여자가 지금 계단 밑 드러그 스토어에서 초콜릿이 든 맥아음료와 계란을 먹고 있다고 츄리할 수 있겠지요. 그 때문에 우리가 직접 편지를 타자치는 겁니다. 또 버튼 핀들레이 씨가 러시아제 바주카포로 우리를 쏘려고 한 뒤에도 아직 살아 있는 걸 우리가 기쁘게 생각하고, 당신을 친구와 마찬가지로 여긴다는 걸 츄리할 수도 있겠지요.

그러나 지문이란 과목은 우리가 기초과정으로 강의하는 24개 레슨을 마치지 않은 학생에게는 어려우니, 당신은 먼저 레슨 11을 각별히 열심히 공부해야겠지요. 참고로 그것은 '여자 강도와 그 수법'이란 제목이니까 틀림없이 당신도 마음에 들 거라

봅니다.

1달러 현금이나 우편환, 수표를 동봉한 다음에 답장을 주세요.

J. J. O'B

발신 : 코네티컷 주 서리. R. B. 맥레이 씨 댁내

       탐정 P. 모란

수신 : 뉴욕 주 사우스 킹스턴

       애크미 인터내셔널 탐정통신교육학교 주임경감

여자 강도에 대해 공부하고 싶지 않습니다. 여자에 관해서라면 지겨울 정도로 알고, 저 자신이 책을 쓸 수 있을 정도이니까요. 아마 머지않아 거기에 손길이 미치게 되면 쓰게 되겠지요. 하지만 여자와는 이제 영원히 관계를 끊을 작정입니다. 새로 고용되어 우리 옆에서 일하게 된 제이너스가 약속은 약속이라고 알 때까지는. 제이너스는 진심으로 그럴 생각이 없었다면, 언젠가 제가 쉬는 날 밤에 함께 나가자는 말 따위 하지 말아야 했어요.

제이너스가 말했습니다.

"피터, 나는 내성적이고 연약한 여자라 밤에 나가는 게 무서워. 왜냐하면 늘 끈덕지게 따라붙는 사람이 있거든"

그 말은 이해가 안 됐습니다.

"제이너스, 뉴욕이라면 뒤를 따라오는 경우도 있겠지. 거긴 사악한 도시고 너는 사랑스러우니까―나는 이런 사람이니까 이렇게 말하지 않고는 견딜 수 없어―하지만, 이 서리처럼 1,800명밖에 없는 작은 마을에서 누가 너를 따라다닌다는 거야? 특히 내가 붙어 있는데."

"모르겠어, 피터. 그러니까 무서워. 피터, 우리가 같이 어두운 곳을 걸을 때 덩치 큰 나쁜 남자가 습격해 오면 어떻게 해?" 제이너스가 말했습니다.

"걱정할 것 없어. 나도 꽤 덩치가 있으니까."

"아, 피터, 내가 고민하는 게 바로 그 점이야. 피터는 아주 크고 나는 이렇게 작은걸. 게다가 나는 엄마가 항상 말하는 대로 집에 있는 게 좋으니까, 누구 차를 빌려줄 사람을 피터가 찾을 수 없다면, 밝고 편안한 주방에 앉아 만화를 보며 마음을 풍성하게 하는 게 좋아."

"결국 나하고는 나가지 않겠다는 말이네?"

"오늘 밤은 그래, 피터―네가 차를 갖고 오는 게 아니라면."

"하지만 말했잖아. 주인은 검약가이고 거리계 숫자를 적어둔다고……."

"피터, 너한테 명령을 어기라고 할 마음은 꿈에도 없어. 이것으로 이 이야기는 끝이야. 더 이상 할 말이 없어. 자, 이제 딕

272

트레이시를 읽으러 돌아가야 해. 역사상 가장 좋아하는 인물이 거든."

아주 짧게 자른 검은 머리와 지금 막 눈을 뜬 느낌의 회색 눈동자와 키스해 달라고 말하는 듯한 붉은 입술을 가진 사랑스러운 아가씨이지만, 그녀에게서 끌어낼 수 있는 건 그것뿐이었습니다. 하지만 케이티, 케이티는 요리사 이름인데, 그녀가 말하길 "저 아이는 큰 도시에서 왔어, 피터. 그러니까 너나 나 같은 단순한 시골뜨기에게는 시간을 내지 않을 거야. 지적인 여자니까. 피터, 뭔가 지적이고 재미있는 걸 공부해서 그녀에게 가르쳐 주면 어때? 그래서 잘 될지도 모르고, 잘 안 되더라도 손해는 없잖아."

그래서 뭐가 지적이고 재미있을까 고민하면서 답을 찾지 못한 상태로 저는 우체국에 갔습니다. 우체국장 하비 던이 엽서를 읽으며 혼자 웃고 있었습니다. 제가 큰 소리로 "뭐가 이상해, 하비?" 하고 물을 때까지 하비는 제가 온 걸 몰랐습니다.

하비가 흠칫하고 말했습니다.

"아, 이 엽서에 쓰여 있는 게 말이야."

"나한테도 가르쳐 줘."

"안 돼, 피트. 이건 미국의 우편이라서 제비꽃 색깔(Inviolate(불가침)의 잘못)이야. 결국, 우체국장과 우체국 직원과 철도우체국 직원과 집배원과 지방 무료 우편집배원과 우리 같은 국가공무원만 극비 편지에 쓰여 있는 것을 읽을 수 있어. 빛에 비춰서 쓰여 있는 게 드러나면 말이야. 그리고 엽서에 쓰여 있는 것도, 이것은 극비가 아니니까 누구라도 읽을 수 있지만, 대개 일부러 읽을 정도의 가치는 없어. 하지만 이 사무실에도 여러 가지 재미있는 문구가 있는데, 너는 왜 게시판의 고지를 읽지 않는지 정말 이상해. 봐, 문을 나가서—나오면 제대로 닫아줘—왼쪽에 있는 거야. 새 게시를 내고 아직 1시간도 지나지 않았어."

"네가 말하는 건, '킹즈 도터스의 모임은 수요일입니다.' '감리교 교회 여신도들의 핫도그 파티 행사' '한쪽 귀가 밤색인 코커스패니얼을 발견하신 분에게 사례합니다.' 같은 거야?"

"그런 게 아니야. 그런 건 탐정에겐 흥미 없잖아?"

"그렇지."

"하지만 잘 보면, 우편강도를 발견한 사람에게 상금을 천 달러 지급한다는 고지를 찾을 수 있어. 사진 두 장에 지문도 있고, 키가 178센티미터, 목에 상처가 있고, 선원 같은 걸음걸이를 한다는 특징도 쓰여 있지. 하지만 지문만 있으면 그런 건 필요 없어. 같은 지문은 어디에도 없으니까. 그런 남자를 찾아와서 그 사람의 지문이 수배서에 있는 것과 같으면 네 주머니에 천 달러가 들어가는 거야. 이런 쉬운 돈벌이는 없어."

"하비, 좋은 걸 가르쳐 줬어." 제가 말했습니다.

"그렇길 빌어, 피트. 네가 상금을 받으면 나한테도 몫을 떼어

줄 테니까. 이제 다음 전단을 보면 독일군 탈주 포로가 어디서 수배되었는지 알겠지? 그는 독일이 아닌 오스트리아 출신이지만. 그리고 그 사람의 지문만 입수해서 수배서와 맞으면, 이름과 필적과 사진과 함께 나와 있는 특징 같은 건 신경 쓸 필요도 없는 거지."

"하비, 독일인 포로를 붙잡으면 진짜 천 달러를 받을 수 있을까? 전쟁 중에 우리 측 병사는 많은 독일군 포로를 잡았지만, 한 사람 한 사람에게 그만큼 지불했다면 굉장한 금액이 되지 않아?"

"어떻게 했겠지, 피트. 하지만 그들이 그자를 정말로 붙잡고 싶다면 듬뿍 지불할 거야. 만약 내가 독일군 포로를 붙잡아 감금하고 있다면, 정부에 편지를 써서 그 녀석을 어디에 숨겼는지 알려주기 전에 거래해서 상금을 정하는 거지. 어쩌면 워싱턴에 초대받고 제독이나 장군과 함께 사진을 찍을지도 몰라."

"그냥 체신부장관이겠지, 하비."

"하지만 장군과 다르지 않아, 그렇지? 나는 그들과 악수만 해도 좋아. 그 사람 손에 커다란 돈다발이 있고, 이렇게 말해준다면. '하비, 모두 그대의 것이다. 이것으로 부인이 꿈에 그리던 시어즈 앤 로벅 가구 세트를 사 줄 수 있고, 그대도 너무 오래 타서 보는 것도 지겨운 저 고물 소형차 대신에 아직 5, 6년도 지나지 않은 스포츠 세단을 새로 살 만큼의 돈은 충분히 남을

거야. 그건 그렇고 하비, 즐거운 듯이 웃어봐. 이 남자가 워터
베리의 <리퍼블리컨>에 실을 우리의 사진을 찍으니까. 그리고
만약 그 사람이 물으면 나는 그대를 좋은 미국인의 본보기이며
태어날 때부터의 신사라고 말할 생각이네.'"

"좋아, 하비. 좋아."

"뭐, 그런 셈이지, 피트. 게다가 1주일쯤 전에 FBI가 토링턴에
서 그런 독일군 포로를 붙잡았다고 들었는데, 그 사람은 천 달
러 상금이 걸린 은행 강도 중 한 명이었을지도 몰라. 만약 나
한테 천 달러가 있다면 이 순간 너와 수다 떨면서 귀중한 시간
을 낭비하지 않겠지."

"하비, 네 덕분에 생각이 떠올랐어. 항상 위태롭긴 하지만."

하비가 "잠깐 실례, 피트" 하고, "안녕하세요, 하인켈 부인.
브리지포트의 시누이한테서 온 엽서입니다. 좌골신경통이 좋아
지면 곧 방문하신다는군요. 답장하실 때 안부 전해 주세요" 하
고 말했습니다.

그리고 하비가 제게 돌아와서 말했습니다.

"뭐가 위태롭다는 거지, 피트?"

"지문 말이야, 하비."

"다 그런 거 아니겠어? 만약 내가 독일에서 포로가 된 미국
인이라면—독일은 패전 전에는 많은 미국 병사를 포로로 만들
었었지—나는 그들에게 지문 같은 거 건네지 않아! 죽을지언정

건넬 것 같아! 지문 같은 거 차라리 갈아버리거나 물어뜯어 버리지……."

"FBI는 어떻게 그 남자를 토링턴에서 체포했지? 그 사람의 지문을 입수했었나?"

"맞아."

"지문으로 그를 찾은 거야?"

"아니, 그런 건 아니야. 수배서에 있던 대로 그의 한쪽 눈이 파랗고, 한쪽 눈이 밤색인 것을 보고 체포했는데, 지문도 확보하고 있어서 허사는 아니었다고 생각해. 결국, 이런 쉬운 돈벌이는 없다는 거지."

하비는 항상 어디서 쉬운 돈벌이가 생기는지 알지만, 스스로 시도해 본 적이 없습니다.

제가 "아." 하고 말하자, 하비가 '잠깐 실례.'라는 말도 없이 맞은편으로 갔습니다. 그 이유는 시무어 씨가 우표를 사려고 했기 때문입니다. 하비가 우표를 많이 팔면 우체국의 등급이 더 높아져서 하비의 급료도 더욱 오르게 되지요. 아까도 말했듯이 하비 덕분에 저는 생각했습니다. 웨스트 메인 가에 거주하는 남자가 있는데, 영어가 아닌 신문을 구독하고 있고, 그것은 독일어일지도 모릅니다. 애미니아 유니온 웨이에 사는 남자는 바이에른(독일 남동부에 있는 주) 태생이라고 말하지만 독일 태생일지도 모릅니다. 서리에는 묘한 사람들이 많이 있고, 그중에는 정말 서리인에 머무는 사람도 있습니다. 그리고 만약 모든 사람들이 그들에 대해 모두 알게 되면, 그중 대다수가 교도소에 들어가게 되겠지요.

그래서 제가 지문에 대해 공부하고 싶은 겁니다. 그리고 지적이고 재미있으면 아무리 비싸도 상관없습니다. 그리고 '제이너스, 내가 위대한 지문 전문가란 걸 알아?' 하고 그녀를 깜짝 놀래주고 싶습니다. 하비가 시무어 씨에게 우표를 파는 동안 주머니에 넣은 전단에 '지문분류' '특징' '종교적 지향' '거주지 주소' 등도 쓰여 있고, 그것을 베껴 쓰면 될 뿐이라서 철자는 틀릴 리가 없습니다. FBI가 그 독일인 포로를, 바와 영화관과 댄스홀이 있고, 길모퉁이엔 신호등이 있는 토링턴 같은 보통 도시에서 붙잡았다면, 저도 그냥 마을밖에 없는 이 서리에서 붙잡을 수 있겠죠. 게다가 여기는 뉴욕 주 애미니아에서 주 경계를 걸친 철도역에서 8킬로미터 떨어진 장소이기 때문에 자주 있는 일이지만, 장사가 잘되지 않을 때, 우편 강도가 몸을 숨기는데 뉴잉글랜드에서 여기 이상의 장소는 없고, 독일인 포로도 마찬가지입니다. '지문'이 너무 어렵다고 생각되시면, '초급'부터 시작하겠습니다. 대개의 경우 '지문 중급'이나 '지문 상급'보다 쉽기 때문이죠.

1달러를 동봉합니다.

추신 : 원하신다면 더 보내드리지요. 요즘 주머니 사정이 좋습니다.

발신 : 뉴욕 주 사우스 킹스턴
　　　애크미 인터내셔널 탐정통신교육학교 주임경감
수신 : 코네티컷 주 서리. R. B. 맥레이 씨 댁내
　　　탐정 P. 모란

'탐정 초급'(가격 3달러)과 애크미 특제 지문검출세트를 보냅니다. 세트는 다이아몬드 컷트판 유리 플레이트, 천연고무 잉크롤러, 엑스트라블랙 애크미 지문검출용 잉크튜브 2개, 잉크제거제 1병, 애크미 특제 지문용 카드 100장이 든 니스칠 상자가 정가 19.98달러, 본교 학생에게는 10퍼센트 할인해서 제공합니다. 모두 수령인 지불 속달로 보냅니다.

이와 함께 레슨 11 '여자 강도와 그 수법'도 보냈는데, 보내온 1달러로 지불이 끝났으므로 무료 증정합니다.

추신 : 만약 지문 공부를 계속하려면, 특제 애크미 지문검출용 파우더 흰색과 검은색(정가 1통 4달러), 지문검출용 브러시, 스테인리스로 마무리한 지문 숫자 카운터, 낙타털 브러시, 세발 달린 확대경을 제공합니다. 과학적 범죄수사를 하는데 모란

씨의 장비를 완벽하게 할 겁니다.

J. J. O'B

발신 : 코네티컷 주 서리. 미스터 R. B. 맥레이 댁내
　　　탐정 P. 모란
수신 : 뉴욕 주 사우스 킹스턴
　　　애크미 인터내셔널 탐정통신교육학교 주임경감

아니, 이럴 수가. 그런 돈을 냈는데 값어치 없는 잡동사니를 보내다니, 대단히 뻔뻔스러우시군요. 속달배달부 찰리 대니얼스가 주방으로 세트를 가져왔을 때, 히죽거리면서 이렇게 말했습니다.

"피트, 이건 20달러 99센트야. 마찬가지로 수령인 지불 속달 요금은 빼고 말이네. 그런데 즉시 지불해 주는 게 좋겠어. 왜냐하면 맥레이 씨가 급료를 지불하는 월말이 지나면, 언제 너한테 그런 큰돈이 있겠어, 응?"

요리사 케이티와 신참 제이너스가 한마디 남김없이 다 듣기 전에—이런 말을 듣는 것은 정말로 싫어서—저는 돈다발을 잽싸게 꺼냈습니다. 그것은 20달러짜리 두 장을 바깥쪽에 두고, 1달러짜리 마흔네 장과 여자 친구들한테서 온 편지 몇 장을 안쪽에 끼운 커다란 돈다발입니다. 찰리에게 20달러짜리와 1달러

짜리와 50센트를 건네며, "자네 잔돈은 넣어 둬. 8센트쯤 되겠군. 술이나 여자한테 낭비하지 말고."라고 말했습니다. 그러자 찰리는 "정말 고마워, 피트." 하고, 제 마음이 바뀌기 전에 재빨리 물러갔습니다.

"피트, 뭐가 들었어?" 케이티가 물었습니다.

"저 돈다발 봤어? 대체 뭘 한 거야, 피트? 금고라도 털었어?" 제이너스가 말했습니다.

"무슨 말 하는지 모르겠는데." 제가 말했습니다.

"말했잖아, 제이너스는 인텔리야." 케이티가 말했습니다.

제이너스는 뻐기듯 턱을 추켜세웠습니다.

"내 말은 말이야, 피트, 금고에서 훔친 거냐고 물은 거야."

"우리 탐정들은 금고를 훔칠 필요 따윈 없어."

"탐정? 네가?"

"그렇게 말했는데 아무리 해도 믿지 않았어."라는 케이티.

"피터, 틀림없이 케이티가 놀린다고 생각했어."

"자, 케이티가 거짓말한 게 아니지?"

제이너스의 태도가 갑자기 싹 바뀌었습니다.

"피터, 너 정말 살아 있는 탐정이야? 만화에 나오는 굉장히 멋진 X-9이라든가 케리 드레이크 같은? 피터, 뭔가 사건을 다룬 적 있어?"

저는 아무것도 아닌 것처럼 말했습니다.

"겨우 한 다스쯤. 잊어버렸어."

제이너스가 이제야말로 흥미진진하단 걸 알았습니다.

"언제 밤에 같이 나갈 일이 있으면, 제이너스, 그런 사건에 대해 말해줄 수 있을지도 몰라. 여자라도 이해할 수 있는 간단한 것으로."

"어머, 정말?"

"하지만 같이 외출하기 전에는 가르쳐 줄 수 없어."

그런 다음 제가 어떻게 마리화나 상인 조직을 깨부수었는지 얘기하자, 제이너스는 "리퍼라니, 생각해 봐!" 하고 감동했습니다.

또 어떻게 해서 제가 조 코스텔로를 붙잡았는지 이야기하니, "그는 확실히 위험한 남자야. 강도라고 들은 적이 있어." 하고 말했습니다.

저는 또 어떤 방법으로 은행 강도를 막았는지 얘기했습니다.

"이런 작은 마을에서는 슬리퍼는 고용하지 않아."

"슬리퍼가 뭐지?" 하고 제가 물었습니다.

"물론 경찰이지."

"제이너스, 어디서 그런 묘한 말을 배운 거야?"

"만화를 보면 당신도 알 수 있어." 제이너스가 대답했습니다.

그건 그렇고 케이티는 매일 낮잠 자는 자기 방에 틀어박혔습니다. 제가 해결한 사건은 모두 들어서 또 듣고 싶지 않아서겠지요. 그래서 저는 제이너스에게 지문검출세트 여는 걸 돕게 하고, 튜브며 병에 붙은 상표를 같이 읽었습니다. 제이너스와 같이 읽는다는 건 두 사람의 머리가 아주 가까웠다는 것이고, 그것이 저는 조금도 싫지 않았습니다. 케이티가 저에게 뭔가 지적이고 재미있는 것을 공부하라고 한 것은 옳았다고 생각합니다.

제이너스가 말했습니다.

"재미있어! 튜브에서 잉크를 짤 거야. 오, 피트, 내가 하게 해 줘!"

"조심해, 제이너스, 잉크가 너무 많아."

"빨리 지문을 찍어 봐."

"좋은 생각이야, 제이너스. 먼저 너부터 시작하자."

"이런 미끈미끈한 잉크를 내 손에 철퍽 묻히라는 거야? 말도 안 돼! 피터가 해."

뭐, 전 좋습니다. 왜냐하면 저는 은행 강도도 독일인 포로도 아니란 걸 떠올렸기 때문이죠.

"좋아, 제이너스. 다음은 설명서에 있는 대로 롤러로 잉크를 늘이는 거야."

"내가 할게!"

제이너스가 잉크를 늘였는데, 주방 안이 따뜻해서 간단히 늘일 수 있었습니다.

"먼저 오른손 엄지부터야, 피터."

"지문 채취하는 데 가장 좋은 건, 네가 내 손을 잡아야 한다는 거야." 제가 말했습니다.

"꼼지락대지 마, 피터. 내 깨끗한 제복에 잉크를 묻히고 싶지 않아. 오른쪽 손가락을 하나하나…… 그리고 전부 같이…… 다음은 왼손 엄지야."

그렇게 해서 제이너스는 제 지문이 묻은 카드를 대량으로 만들고, 저는 난로에 그것들을 말렸습니다. 우편을 보낼 시간까지 마르면 이 편지로 보내드리지요. 제이너스가 그렇게까지 많이 만든 까닭은 잉크 플레이트에 잉크가 너무 많이 묻어서, 처음에 예닐곱 장은 정말 마르지 않는 게 아닌가 싶을 정도로 새까매지고, 잉크를 많이 쓸 때까지 프린트가 깨끗하게 되지 않아서입니다. 그러는 동안 저는 계속 농담을 했고, 제이너스는 눈물이 나올 만큼 자지러지게 웃었습니다.

"피터, 이렇게 즐거운 게 몇 년 만인지 모르겠어. 네가 아직 나와 나가고 싶다면 조만간 밤에 나가도 좋아."

"제이너스, 너를 깜짝 놀래주려고 말하지 않은 게 있어. 이렇게 금방 말할 생각은 아니었지만, 내일 밤 우리는 차를 쓸 수 있어. 거짓말 아니야."

제이너스가 저를 물끄러미 봤습니다.

"사모님이 오전 중에 시내로 나가니까? 그런 건 아무 도움도 안 돼. 주인이 나가기 전에 거리계 숫자를 적어 두지 않았어?"

"적었지—하지만 괜찮은 우연이 있었어."

"어떤 우연?"

"오늘 아침, 내가 차 손질을 할 때, 거리계의 케이블이 빠져 있었어."

"어쩜!"

"물론 나 같은 우수한 운전기사라면 가볍게 고치니까."

"물론이지."

"하지만 케이블은 또 우리가 나갈 때 떼어낼 수……."

"그리고 아무도 다른 걸 눈치 못 챈다는 말? 어쩜 머리가 좋아, 피터! 피터, 난 머리 좋은 사람이 좋아!"

그래서 내일 밤, 즉 목요일 밤, 리치필드 군에 있는 널리 알려진 곳 몇 군데로 제이너스를 안내할 생각입니다.

그리고 그렇게 알려지지 않았지만 차를 세우고, 만약 그렇게 하고 싶다면 지적이고 재미있는 얘기를 나눌 수 있는 장소로도 안내할 수 있을지도 모릅니다. 하지만 그렇게 하고 싶지 않다면, 안 해도 좋습니다.

추신 : 잉크제거제 대금 1달러를 동봉합니다. 제 손이며 바지와 얼굴은 말할 것도 없고, 제 뺨이 제이너스의 뺨에 우연을 가장해 닿았을 때, 그녀의 얼굴에 묻은 잉크를 지우는 데 작은

병에 든 잉크 제거제를 다 썼습니다.

　발신 : 뉴욕 주 사우스 킹스턴
　　　　애크미 인터내셔널 탐정통신교육학교 주임경감
　수신 : 코네티컷 주 서리. 미스터 R. B. 맥레이 댁내
　　　　탐정 P. 모란

잉크제거제 발송. 우송요금 지불함.

J. J. O'B

　발신 : 코네티컷 주 서리. R. B. 맥레이 씨 댁내
　　　　탐정 P. 모란
　수신 : 뉴욕 주 사우스 킹스턴
　　　　애크미 인터내셔널 탐정통신교육학교 주임경감

　예, 경감님의 편지는 오늘, 즉 금요일에 도착했습니다. 제가
제이너스에게 편지를 보여주자, 그녀가 한 번 쭉 읽더니 "벌써
외웠어. 이 사람, 어지간히 거들먹거리는 것 같네." 하고 말했습
니다. 그래서 제가 "경감님의 수령인 지불 전보를 보면 더 놀
랄 거야. 그때는 경감님이 하고 싶을 말을 실컷 써." 하고 말했
습니다.

"피트, 나한테 편지 안 왔어? 이렇게 커다란 편지야." 제이너스가 손을 크게 펼쳤습니다.

"제이너스, 누가 너한테 그런 커다란 편지를 쓴다는 거야?"

"질투해, 스위티파이?" 제이너스는 어젯밤 11시 5분쯤 지나서부터 부르게 된 이름으로 제게 물었습니다.

"아니, 질투하는 건 아니지만, 정보로 알아두고 싶을 뿐이야."

"그래? 그럼 가르쳐 주는데 마흔이 넘은 내 소중한 어머니한테서 편지가 올 것 같아. 젊을 때만큼 눈이 좋지 않으니까 글자를 크게 써."

"제이너스, 그렇다면 그렇다고 금방 말하면 될 것을. 왜냐하면 지금은 조금도 질투하지 않으니까. 자기, 그 편지는 오후 편으로 올 테니까 즉시 갖다 줄게."

그렇게 된 겁니다. 잉크 제거제도 오후 편으로 도착하면 좋겠습니다. 왜냐하면 무심코 주인의 손수건에 코를 풀었더니 잉크가 스며들어서입니다. 그건 그렇고 어젯밤, 그러니까 저의 목요일 밤 휴일에 무슨 일이 벌어졌는지 말씀드리죠. 뭐, 주인과 사모님이 없는 밤에는 늘 쉽니다만. 어젯밤은 통상 그런 휴일이었습니다.

밤 8시 무렵이 되어, "슬슬 나갈까?" 하고 제가 제이너스에게 속삭였습니다.

"조용!"

"어째서 조용, 하는 거야?"

"이렇게 훤하게 밝은데 나갈 수 없어, 피터. 나를 항상 뒤따라 다니는 남자들 얘기 했지? 잊었어?"

"안 잊었어. 근데 너야말로 시골 조그만 마을에 있다는 사실을 잊은 게 아니야? 게다가 너는 차 안에 있을 텐데, 어째서 그들이 너를 쫓아온다는 거지?"

"잘 모르지만 항상 뒤따라 와. 어쨌든 제복을 벗고 옷을 갈아입어야지. 더 간편하고 데이트에 어울리는 옷으로."

"그게 좋겠어. 오래 걸려?"

"잠깐이면 돼."

그래서 저는 차고에서 차를 꺼내 뒷문에 세우고, 주방의 시계를 보며 기다렸습니다. 케이티가 안 나갔다면 그녀와 이야기라도 했겠지만.

1시간하고 15분이 지나 겨우 제이너스가 계단을 내려왔는데, 정말로 그녀가 오는 걸까 의심하던 상황이었습니다. 저는 뭔가 비아냥조로, 예를 들면 이런 식으로 말해주려고 했습니다. '아니 이런, 네가 이렇게 화려하게 차려입는데 넉넉히 2, 3분 이상 걸렸단 건 분명한데, 그만큼의 가치가 있었나?' 그러나 처음 제이너스를 봤을 때, 여학생 같은 짧은 드레스를 입고 깃털 달린 모자의 턱밑에 거는 고무줄을 손에 쥐고 흔들며, 마치 열여섯이나 열다섯, 어쩌면 열네 살로도 보일 차림새여서, 저는 "와!"

라고밖에 말할 수 없었습니다.

"피터, 맘에 들어?"

"절대 마음에 들어."

"자, 가—확실히 아무도 안 쫓아온다면."

"네가 직접 봐."

그래서 제이너스가 차의 뒤쪽, 아래쪽을 보고 "네 말대로인 것 같아." 하고 말했습니다.

저는 여자를 처음 데리고 나갈 때 늘 하듯이, 그녀 쪽 차문을 열고 타는 걸 도와주었습니다.

"분위기 띄우게 맥주 한 잔 하는 게 어때?"

"작은 잔이라면 상관없지만, 어디서?"

"그린 랜턴."

"어디에 있는데?"

"레이크빌로 가는 도중에 있어."

"코네티컷이야?"

"응, 코네티컷이야."

"또 어떤 곳이 있어?"

"글쎄, 브룩사이드 태번도 있고."

"거기도 코네티컷이야?"

"아니, 주 경계를 넘어서 뉴욕 주로 들어간 근처야."

"어머, 좋겠다. 그곳으로 가."

"제이너스, 방향이 달라."

"하지만 방향을 바꿀 수 있잖아."

그때 저는 그때까지 깨닫지 못했던 네모난 종이를 봤습니다. 와이퍼에 끼워져 있었는데, 앞유리 너머로 읽으니, '서리인 바 개업 기념: 오늘만 이 카드를 제시하신 분에게 한 잔 요금으로 두 잔 제공'이라고 쓰여 있었고, 결국 옳은 방향으로 가고 있다는 감이 탁 왔습니다.

서리인에서 차를 세우자, 제이너스가 물었습니다.

"여기가 브룩사이드 태번이야?"

제가 대답했습니다.

"아니, 서리인이야."

"코네티컷의?"

"그래."

"하지만 주 경계 맞은편 뉴욕으로 데려가 줄 거라고 생각했는데. 내가 태어난 곳이니까 그쪽이 좋아."

"제이너스, 뉴욕 주의 술집에 모이는 패거리들은 네 마음에 안 들지도 몰라. 난폭하고 때로는 더러운 말도 쓰니까. 게다가 브룩사이드 태번에 가면, 내가 모두에게 음료수를 살 차례이지만, 나는 너에게만 사주고 싶어."

"어머, 그래? 서리인은 어떤 곳이야?"

"창문으로 바를 엿볼 수 있어."

"아직 아무도 없어."

"이쪽이 좋겠지? 쫓아오는 사람도 없으니까."

"그래, 그게 좋겠어. 당신하고 둘 뿐이네."

우리는 안으로 들어가 구석 자리를 골라 앉았습니다. 새로운 웨이터가 있었는데, 커다란 몸집에 황소 같은 어깨를 하고, 이마는 눈 바로 위에서 뒤쪽으로 비스듬하고, 바위 덩어리 같은 턱, 해머 같은 손, 팔 근육은 너무나 굵어서 윗옷 소매가 팔딱거리는 폼이, 언제 찢어져도 이상하지 않다고 느꼈습니다.

웨이터가 말했습니다.

"아, 두 분은 뭐로 하겠소?"

저는 웨이터에게 와이퍼 밑에서 찾은 카드를 힐끗 내보이고, 제이너스가 보기 전에 서둘러 주머니에 챙겨 넣었습니다.

"맥주 둘." 하며 슬쩍 윙크했는데, 한 잔 값 이상 청구하면 제가 크게 불평을 할 거라는 걸 그도 알았을 겁니다.

제이너스가 큰 소리를 질렀습니다.

"어머나, 싫어! 맥주 같은 거 못 마셔! 맥주 한 잔은 나한테 너무 많은걸."

제가 즉시 "네가 남긴 건 내가 마실게." 했지만, 웨이터가 해머 같은 한쪽 손을 테이블에 대고 몸을 내밀며 말했습니다.

"뭐로 하시겠소? 아가씨."

"스카치를 주세요."

"물? 아니면 소다?"

"스트레이트 스카치—더블로."

거 참 그렇게 비싼 술은 예상하지 못했습니다. 그것도 제이너스가 작은 잔이라면 맥주라도 상관없다고 말한 뒤라서. 하지만 웨이터가 힐끗 무섭게 노려봐서 저는 "OK." 했습니다. 그렇게 말하지 않으면 저를 한 방에 때려눕힐 것 같아서요.

"범죄에 건배."

제이너스가 스카치를 마치 물처럼 순신간에 싹 비우자, 웨이터가 "한 잔 더?"라고 물었습니다.

"이번엔 내게 스카치, 여자에게 맥주를 주겠나?" 하고 제가 말했지요.

"섞어 마시지 않아, 피터. 위가 메슥거리는걸."

웨이터가 "한 잔 값에 두 잔이란, 따로따로 손님에게 두 잔이란 건 아니니까."라고 말했지요.

제가 할 수 있는 말은 아까와 마찬가지로 "OK."뿐이었습니다.

그 웨이터는 막 일을 시작한 것 같았는데, 왜냐하면 빈 잔을 이상한 손놀림으로 다루었기 때문이죠. 손으로 잡으려고 하지 않고, 테이블 옆에 쟁반을 가져와서 유리잔 안쪽에 손가락을 하나 대고 쟁반 위로 유리잔을 미끄러지게 했습니다.

"왜 그러지? 유리잔을 잡는 게 무서운가?" 제가 물었습니다.

웨이터가 머리를 위아래로 움직이고, 윗옷 밑에서 어깨의 커다란 근육이 실룩거리는 걸 알았습니다.

"그렇소, 형씨. 바깥쪽을 잡으면 반드시 유리잔을 깨뜨리지. 힘이 너무 세서 말이야. 얼마나 센지 스스로도 알 수 없을 정도야. 악수해서 내 악력을 시험해 보겠나?"

"아니오."

제가 두 손을 등 뒤로 움츠리자 웨이터는 물러갔습니다.

서리인처럼 차분한 사람들이 머무는 조용한 곳에서 왜 저런 엄청나게 난폭한 사람을 고용했는지 이상했습니다. 이윽고 웨이터가 저의 맥주와 제이너스의 더블 스카치를 갖고 다시 왔습니다.

저는 제이너스가 다 마실 때까지 기다리지 않았습니다. 또 같은 걸 부탁할 게 뻔해서 "계산해 주시오."라고 했습니다.

웨이터가 계산서를 주지 않았습니다. 이건 서리인 답지 않은 일입니다. 대개 쪽지에 쓴 계산을 비밀인 것처럼 건네거든요. 그는 단지 엄지를 소맷부리에 걸친 채로 "스카치가 75센트 맥주가 10센트요." 했습니다.

바로 꺼낼 수 있는 주머니에 90센트가 들어 있어서 그것을 쟁반에 얹고 싶었지만, 웨이터가 팁으로 받은 잔돈 5센트 동전을, 제 머리나 어쩌면 제 이빨에 던져 부러뜨릴 것 같아서 1달러짜리를 내고, 제가 '잔돈은 넣어 둬.' 하기 전에, 웨이터는 조끼 주머니에 재빨리 넣고 "고맙소. 또 오시오." 했습니다.

웨이터가 그 자리에 서서 우리가 나가는 걸 전송했는데, 서리인 바가 그런 값으로 술을 팔아서는 벌이가 안 되겠지요? 특히 팔아주는 손님도 없는 경우는요. 하지만 그것은 그들의 장사이고, 저하고는 관계없습니다. 게다가 제이너스가 지금은 더욱 마음을 풀고 제게 딱 붙어서 물었습니다.

"오빠, 우리 이제부터 어디 가지? 뉴욕이든 코네티컷이든 상관없어."

"술이 이제 충분하다면, 제이너스, 멀리까지 가는 건 그만두지. 휘발유 값으로 불필요한 돈이 들어가니까. 바로 요 앞 머지 연못에 차를 세우면, 조용하고 개구리 울음소리도 들려."

제이너스가 말했습니다.

"아무도 안 쫓아오네."

"아무도 없어."

"머지 연못은 뉴욕이야? 코네티컷이야?"

"코네티컷."

"뉴욕에도 좋은 휴식장소를 알아?"

"이다음에 몇 군데 가르쳐 줄게, 제이너스."

제이너스가 "조만간 가." 하고, 우리는 곧 머지 연못에 도착했습니다. 그런데 전에 한 번 스톡브리지 극장에서 연극을 봤을 때의 일인데, 그때 프로그램에 '막이 내리는 것은 3시간의 경과를 의미합니다.'라고 쓰여 있었습니다. 그래서 저도 별표

선을 그어 같은 뜻을 의미하도록 하겠습니다.

*　*　*　*　*　*

잉크 제거제는 오늘, 즉 금요일 오후에 도착했지만 제이너스가 목을 빼고 기다리던 커다란 편지는 오지 않아서, 흠뻑 젖은 암탉처럼 화를 내며 제가 숨길 이유가 없다고 하는데도 믿지 않았습니다. 그리고 맥레이 씨의 손수건에서 잉크 얼룩을 뺄 예정이었는데, 케이티가 그 손수건을 보고 태우고 말았어요. 그러고 나서 밀러턴 스팀 세탁소의 종업원이 세탁물을 가져왔을 때 그의 지문을 카드에 찍고, 뉴욕 주 애미니아의 애미니아 클리너스에서 배달 소년이 왔을 때도, 쓰레기 수거인을 불렀을 때도 그들의 지문을 채취했습니다. 세탁물을 갖고 온 남자와는 한차례 말썽이 벌어질 뻔했지만, 경감님도 기억하는 배찌, 즉 드러그 스토어에서 산, 아래 'G맨' 위에 '소년'이라고 쓰여 있는 걸 보았습니다. 다만 누구에게도 위쪽은 보여주지 않았지만. 그리고 그가 'G맨'이란 글자를 보자, "물론 찍지요, 모란 씨, 물론입니다."라고 했습니다.

제이너스가 저에게 굉장히 화를 내서 지문을 채취하는 걸 도와달라고 하지 않았습니다. 그리고 두 번째 애크미 특제 지문용 카드의 포장지를 뜯으려는데 이미 뜯겨 있었고, 엑스트라

블랙 애크미 지문용 잉크 튜브도 열려 있고, 잉크가 카드 위에 쏟아져 있어 카드는 버려야 했습니다. 그 편지가 안 왔을 때 제이너스가 한 것 같습니다. 제이너스는 오늘 아침부터 저를 '스위티파이'라고 부르지 않습니다.

제가 만든 지문카드를 동봉하니, 이 패거리 중 누군가 독일인 포로나 우편강도라면 수령인 지불로 전보를 치십시오. 또 1달러도 동봉했으니 지문용 카드와 잉크를 더 보내 주십시오.

발신 : 뉴욕 주 사우스 킹스턴
　　　애크미 인터내셔널 탐정통신교육학교 주임경감
수신 : 코네티컷 주 서리. R. B. 맥레이 씨 댁내
　　　탐정 P. 모란

카드와 잉크 발송했음.

J. J. O'B

발신 : 코네티컷 주 서리. 미스터 R. B. 맥레이 댁내
　　　탐정 P. 모란
수신 : 뉴욕 주 사우스 킹스턴
　　　애크미 인터내셔널 탐정통신교육학교 주임경감

어제는 토요일이었고 오늘은 일요일입니다. 어젯밤은 밤새도록 잠자리에 들지 못했는데, 너무나도 여러 가지 일이 벌어져서 뭐라고 전하면 좋을지 모르겠습니다. 경찰에 전화해야 했다면, 경찰이 "무슨 일이십니까?" 하고 물으면, 뭐라고 대답하면 좋을까요? 만약 '습격과 절도와 재물파괴와 유괴와 고의로 기물파괴와 소매치기와 라이트를 켜지 않고 운전했습니다.'라고 말하면, 맥주 한 잔밖에 안 마셨는데 제가 음주운전을 했다고 경찰은 생각하겠지요. 주인이 있으면 의논할 상황이지만, 사모님과 같이 주말까지 부재중이고, 요리사 케이티는 제게 듣고 싶은 것이 산더미처럼 있겠지만, 제가 듣고 싶은 걸 그녀에게 질문할 기회는 전혀 없겠지요. 그래서 경감님께 여쭈어야겠다고 생각했습니다.

어제, 즉 토요일 아침부터 이야기하지요. 우편물을 가지러 우체국에 가니, 제이너스 앞으로 길이 30센티미터 이상, 폭 15센티미터, 평평하고 무겁고, 우표가 많이 붙은 등기우편이 도착해서 그것을 제이너스에게 건네며 제가 말했습니다.

"자기, 기다리고 기다리던 편지가 왔어. 만약 이 편지가 자기의 소중한 어머니한테서 온 것이라면, 어머니는 슬레이트 지붕이나 돌 같은 걸 보낸 것 같아. 게다가 수신인 주소와 이름을 보니 타자기로 쳤고, 그건 네가 어머니에 대해 말한 것과는 전혀 달라."

"스위티파이, 또 질투해?"

"아니야, 자기. 하지만 나는 그 편지를 들어보고, 여러 겹으로 쌓인 뭔가 무거운 게 든 걸 알았어. 내가 츄리하는 데 그건 번호판이고, 차가 없는 네가 번호판으로 뭘 할 생각인지 전혀 모르겠어."

"아직 뜯지도 않았는데 그 편지에 뭐가 들었는지, 내가 어떻게 알아, 스위티파이? 하지만 여기에 온 첫날, 방 세면기의 유리 선반을 떼어서 엄마한테 보내달라고 부탁했으니까, 그거라고 해도 이상할 건 없어."

"그렇게 모조리 말할 필요는 없을 텐데. 그런 선반은 싸구려 잡화점에서 얼마든지 살 수 있고, 등기우편으로 온 그 꾸러미에 붙은 우표 값이 그 몇 배나 비싸게 치이니까. 게다가 어쨌든 부탁하면 주인님이 새 선반쯤 사 주셔. 새 선반을 다는 편이 새 여자를 고용하는 것보다 간단하니까. 그 꾸러미를 나한테 건네주면 눈 깜짝할 사이에 선반을 달아줄게."

제이너스가 등 뒤로 그것을 숨겼습니다.

"그리고 내 세면장이 어떤지 보려는 거야? 마스카라와 마스카라 브러시와 볼연지라든가 립스틱이며 향수, 족집게, 칠리색 페디큐어, 그밖에 여자 방에 있는 자질구레한 용품이 가득하고, 그런 것을 쓴다는 걸 알릴 정도라면 차라리 죽는 게 낫다고 생각하는데도?"

298

"너는 집에 틀어박혀 있는 걸 좋아하는 사람이라고 생각했어."

"맞아, 그래도 잠깐 얼굴을 다듬은 뒤의 얘기야. 그 사이엔 어떤 남자에게도 보이고 싶지 않아, 스위티파이. 결혼해서 그 남자를 꽉 붙잡기 전에는."

"타자기는 어떻게 된 거야?"

"내가 어떻게 알아? 엄마가 사용법을 배웠는지도 모르지."

그래서 제가 말했습니다.

"오늘 밤 같이 나가자고 해도 소용없겠네."

"피터, 스위티파이, 마침 지금 그렇게 말하려던 참이었어."

제이너스가 대답했을 때, 저는 이쑤시개로 찔려도 털썩 쓰러질 정도로 깜짝 놀랐습니다. 이 아가씨는 때론 친한 듯하지만, 때론 정반대이고, 자주 기분이 획획 바뀌어서 그저 정말 놀라곤 합니다.

지문검출용 카드와 잉크도 도착했는데, 이것 정말 굉장한 서비스군요. 왜냐하면 저는 금요일에 그것을 보내달라고 편지를 보냈는데, 토요일 오후에 벌써 우체국 사서함에 도착했기 때문에 대체 경감님이 어떻게 했는지 짐작도 가지 않습니다. 그게 도착한 걸 보고, 저는 서리인에 가서 새 웨이터, 근육이 울퉁불퉁하고 이마가 없는 웨이터, 그 사람의 지문을 채취하고 싶었습니다. 하지만 이번에 만났더니 그 웨이터와 악수하는 처지가 되었는데, 뼈가 두세 개 부러질 것 같아서, 그 사람의 지문은 다른 방법으로 채취하기로 했습니다. 그런 얼굴의 남자라면 경 감님의 솜씨만큼 긴 범죄기록이 있어도 이상하지 않을 겁니다.

저녁이 되어 제가 제이너스에게 물었습니다.

"9시 30분인가 10시, 10시 30분쯤에 나갈 수 있지?"

"바보 같은 소리 마, 스위티파이. 더 빨리 나가고 싶다는 걸 알잖아."

"하지만 먼저 옷을 갈아입어야 하잖아."

"아, 아주 한순간에 갈아입을 수 있어."

그리고 15분 만에 그렇게 해서, 8시 조금 지나 제이너스가 계단을 내려왔을 때 제가 말했습니다.

"자기, 전에 2, 3분이면 끝난다고 말했을 때, 1시간하고 15분 이나 걸려서 이번엔 어느 정도 걸릴까 시간을 재어보았는데, 2, 3분은 한순간의 네다섯 배란 걸 알았어."

제이너스가 웃으며 말했습니다.

"스위티파이, 넌 정말 수학의 천재야. 조만간 나를 웃겨 죽일 생각이야? 자, 이 꾸러미를 뒷좌석에 놓고, 이제 바보 같은 질 문은 그만했으면 좋겠어."

그것은 그녀의 슈트케이스라 저는 영문을 몰랐습니다.

"자기, 여기를 나갈 생각이야?"

"스위티파이, 질문하지 말라고 했지? 하지만 오후 6시 58분

이후에는 기차가 없어. 그것은 2시간쯤 전이었는데 어떻게 나갈 수 있어? 그런 건 네가 더 잘 알잖아."

"하지만 묘한 느낌이군. 게다가 그 슈트케이스가 뒷자리에 있으면, 머지 연못 때처럼 뒤로 옮겨갈 때는, 오늘 밤은 어떻게 하면 좋지?"

"바보! 그때는 슈트케이스를 앞에 두면 되잖아."

제이너스가 차에 올라탔는데, 손에는 그 커다란 편지를 갖고 있었습니다.

"그걸로 뭘 할 거야?" 제가 물었습니다.

"유리선반이 크기가 달라서 어머니한테 되돌려 보낼 거야."

"분명히 제대로 다시 포장했군. 한 번도 열어보지 않았다고 추리할 뻔했어. 하지만 어머니의 이름과 주소 쓰는 걸 잊었네. 그런 상태로 투함했다간 곧장 너한테로 되돌아올 거야."

"스위티파이, 금방 투함하지 않아. 왜냐면 최종 우편물은 이미 가 버린걸."

"그럼, 왜 갖고 왔어?"

"그거야 내가 멍하니까, 늘 갖고 있지 않으면 내일 부치는 걸 잊어서 그래."

"내일은 일요일이고 우체국은 닫혀 있는데?"

"스위티파이, 묻지 말라고 했을 텐데. 처음부터 그렇게 말했잖아. 이번엔 내가 질문하겠어. 누가 따라와?"

저는 백미러로 봤는데 아무도 없었습니다.

"아니."

"오늘 밤은 주 경계 뉴욕 쪽의 휴식장소로 가는 거야?"

"네가 그렇게 하고 싶다면. 도로 가의 커다란 표지가 보여?"

"저건 표지 뒷면이야."

"앞면에는 '코네티컷에 오신 걸 환영합니다.'라고 쓰여 있어. 그리고 서둘러 뒤돌아보고 지금 막 지나친 오른쪽 표지를 보니, 반대쪽에 '뉴욕에 잘 오셨습니다.'라고 쓰여 있어."

제이너스가 후유 하고 한숨을 쉬고 말했습니다.

"네 말을 믿을게, 스위티파이. 게다가 아무도 쫓아오지 않아서 굉장히 기뻐."

"자기, 왜 그렇게 쫓기는 걸 걱정하는 거야?"

"모두 나를 쫓아다니고 싶어 하는걸. 만화의 틸리 더 토일러 같은 거야. 모두 그 여자를 뒤쫓잖아."

우리는 곧 가볍게 한잔할 수 있는 곳에 도착했습니다. 처음 데이트할 때 제이너스가 아주 애교가 철철 넘쳤었기 때문에, 이번에도 힘내보자고 생각했습니다.

"자기, 저번처럼 스카치?"

"아니, 맥주."

"하지만 스카치를 좋아한다고 생각했는데."

"오늘 밤은 맥주—그것도 한 잔만—알았어?"

"그래, 알았어."

제이너스가 말했습니다.

"자, 스위티파이, 계산하고 나가자."

"이렇게 빨리?"

"스위티파이, 당신이 뉴욕 주에서 발견한 휴식장소를 보고 싶어."

"여기서 멀지 않아."

지루하게 마시며 시간을 때우지 않아 좋은 건, 저도 바라는 바여서 차를 빨리 몰았습니다.

"알겠어? 여기서 왼쪽으로 돌고 길을 벗어나 한 100미터쯤 가서 나무가 우거진 곳에 몸을 숨기는 거야."

"오, 과연."

제가 그녀에게 키스하자 그녀도 즉각 키스했습니다. 저는 그녀를 꽉 끌어안았고, 그녀도 똑같이 했습니다.

"스위티파이, 여자랑 같이 있을 때의 남자란 어떤 거야?"

"글쎄, 나로 말하면……."

"아무것도 두렵지 않다, 그런 거지?"

"글쎄."

"만약 누군가 얼굴에 총을 들이대고 '손 들어.' 하면 어떻게 할 거야?"

"모르겠어."

"싸워?"

"나는……."

"아니면 두 손 다 들어?"

"글쎄, 그 사람이 총을 들이대면……."

"생각한 대로야. 자, 스위티파이, 좀 떨어져……. 고마워. 자, 이걸 봐―잘 보는 거야."

"어디를?"

"여기. 너에게 무엇을 겨누고 있는지 보여?"

"제이너스!"

"그래, 총이야. 게다가 쏠 줄도 알아. 스위티파이, 하이스템! '손을 올려!'란 뜻이야."

"제이너스, 농담이겠지!"

"요전에 그렇게 말한 남자는 그 이후로 목발을 짚고 다녀. 손을 들어!"

그 여자가 진심이어서 저는 손을 올렸습니다. 특히, 제이너스가 자리를 이동할 수 있을 만큼 떨어져 앉았고, 그래서 제가 그녀에게 달려들기 전에 대여섯 발 쏠 수 있는 상황인 만큼 더더욱 그렇습니다.

"스위티파이, 당신의 지폐 다발을 넘기라고는 하지 않겠어."

"그거 고맙군, 제이너스"

"고마워할 것 없어. 아까 당신에게 안겼을 때, 주머니에서 슬쩍 빼내둔걸."

"뭐!"

"이 차의 면허증도 달라고는 않겠어."

"그래?"

"그것도 받았으니까. 하지만 넌 차에서 내려, 바지와 구두를 벗고 이쪽으로 넘겨."

"제이너스, 그런!"

"그렇게 해야 내가 꽤 멀리 갈 때까지 뒤를 못 쫓을 거잖아. 얌전하게만 굴면, 스위티파이, 몇 킬로미터 가서 도로에 바지와 구두를 떨어뜨려 둘게."

"제이너스!"

"빨리 내려!"

이런 말씨를 쓸 때의 그녀는, 무슨 말을 해도 소용없습니다. 게다가 저를 똑바로 겨눈 조그만 오토매틱 방아쇠에 걸린 손가락에 힘이 들어가는 걸 알았습니다.

저는 차 문을 열고 막 나오려는데, 그때 느닷없이 제이너스가 "젠장!" 하고 소리쳤습니다.

돌아보니 제이너스가 두 손을 올리고 앉아 있고, 그녀의 맞은편 문이 열려 있고, 뭔가 해머 같은 커다란 것이 뻗쳐 나와서, 그 오토매틱을 마치 장난감처럼 제이너스의 손에서 빼앗았습니다. 그런 다음 다른 한쪽 해머가 뻗어와 그녀의 목덜미를 붙잡고 차에서 끌어내렸습니다.

그때 우리 뒤에 다른 차가 서 있는 걸 알았습니다. 틀림없이 우리가 이야기하는 동안 라이트를 끄고 몰래 다가왔겠지요. 그리고 서리인에서 우리에게 술을 건넨 웨이터가 제이너스를 어깨에 들쳐 메고, 그 차에 밀어 넣었습니다.

"이봐, 기다려!" 하고 제가 말했지만, 그 남자는 저에게 총을 겨누고 "형씨, 입 닥쳐!" 했기 때문에, 저는 조용히 입을 다물었습니다.

남자가 주인의 차로 돌아왔습니다.

남자가 뒤쪽 문을 열고, 제이너스가 두었던 슈트케이스를 들어 올렸습니다. 그리고 차의 엔진커버를 열고 이그니션 와이어를 휙 잡아당기니, 디스트리뷰터(배전기) 헤드가 와이어 끝에 덜렁덜렁하는 게 보였습니다.

"형씨." 남자가 말했습니다.

"너무 금방 따라오지 마."

"당신 실수하는 거야!"

"형씨." 남자가 다시 말했습니다.

"입 다물어!"

남자가 자기의 차에 올라탔습니다. 제이너스는 남자의 옆, 앞자리에 앉아 있었는데 그렇게 행복하게 보이진 않았습니다.

남자가 시동을 걸었습니다.

306

그리고 후진으로 길로 나가서 서쪽으로 갔습니다.

저는 뒤를 따라 달리고, 2, 3킬로미터쯤 간 곳에서 남자의 차 불빛이 깜빡이는 게 보였습니다. 그 뒤, 차는 커브 길을 돌아 사라진 다음은 더 이상 보이지 않았습니다.

저는 걸어서 차로 돌아왔습니다. 이그니션 와이어와 디스트 리뷰터 헤드가 없으면 차를 움직일 수 없고, 그것을 그 남자가 가져간 것 같습니다.

제이너스에게 온 편지가 좌석 위에 있었습니다. 제가 열어 보았습니다. 추리한 대로 번호판이었습니다. 뉴욕 겁니다.

저는 걸어서 돌아왔습니다. 6킬로미터가 넘는 길을.

이그니션 와이어는 차고에 있었지만, 디스트리뷰터 헤드가 없으면 차는 움직이지 않습니다. 그리고 주유소는 월요일까지 닫혀 있습니다.

왜 제이너스가 그 번호판 일로 제게 거짓말을 했는지 모르겠 습니다.

왜 그녀가 저를 총으로 위협하려고 했는지도 모르겠습니다. 아마 제 말이 제이너스의 귀에 거슬린 거겠지요.

제이너스는 색다른 여자였습니다. 아마 저처럼 운이 나빴을 겁니다.

제이너스가 쫓기는 건 옳았던 것 같습니다. 그 서리인의 난 폭하고 몸집이 큰 남자가 자기를 쫓는다고 알아서, 주인의 차

로 달아나려고 한 것입니다. 그렇게 말했으면 '예쁜이, 내가 지
켜줄게.' 하고, 캐넌의 경찰대에 전화하고, 주의 여러 기동대원
이 대여섯 명만 달려왔으면 그 사람을 무사히 붙잡을 수 있었
을 겁니다.

부디 그 고릴라를 붙잡고 싶습니다. 그러니까 오늘, 즉 일요
일, 저는 '지문 초급'을 읽고, 자전거로 차 있는 데까지 돌아가,
그 남자가 만졌던 문의 손잡이를 떼어냈습니다. 이것을 상자에
넣어 경감님께 우편으로 보냅니다. 그 남자의 지문이 묻은 걸
아시겠지요? 만약 그 남자의 목에 상금이 걸려있다면, 제가 받
아야 합니다. 그는 위험한 남자이고 정부는 듬뿍 지불해 주겠
지요. 그런 다음 <레이크빌 저널>에 제 사진이 실리고, 그 밑에
'지역의 영웅, 범인을 붙잡다.'라고 쓰이겠지요. 사실이니까 부
정할 생각은 없습니다.

발신 : 뉴욕 주 사우스 킹스턴
　　　애크미 인터내셔널 탐정통신교육학교 주임경감
수신 : 코네티컷 주 서리. R. B. 맥레이 씨 댁내
　　　탐정 P. 모란

우리의 비서는 "방향을 바꾸지 않는 곤충은 없다('갈림길이 없는
길은 없다. 언제까지나 같은 일은 이어지지 않는다'를 비꼰 말)."라고 하는데,

우리도 그렇다고 봅니다. 또 비서는 "곤충이 방향을 바꿀 때는 조심해요. 달려들어 물 테니까요." 하며, 다시 멋진 말을 해서 우리는 생각했습니다.

당신이 '제이너스'를 '굉장히 짧게 자른 검은 머리와 회색 눈 동자를 가졌다'라고 표현하고, 또 그녀가 몸집이 작고 뉴욕 출신이며 자기가 쫓기고 있다고 굳게 믿고, 만화를 즐겨 본다고 덧붙였을 때, 우리는 흥미를 느꼈습니다. 당신이 말한 것처럼 코네티컷 주 서리는 범죄자가, '흔히 있는 일이지만, 장사가 잘 되지 않을 때 몸을 숨기는' 장소이기 때문입니다. 그러나 당신 의 다음 편지가 도착하고 '금고를 털다' '강도(하이스트맨)' '슬리 퍼(야간경찰)' 같은 그녀의 말이 인용된 걸 읽고, 뭔가 내 머릿속 에서 철컹하는 소리가 났습니다. 왜냐하면 우리도 만화를 보지 만, '제이너스'가 '리퍼'라는 말을 만화에서 배웠다고 해도, 다 른 말까지 전부 만화에서 배웠을 리는 없기 때문이죠.

같은 편지에서 당신은 '제이너스'가 채취한 당신의 지문을 보내왔습니다. 만약 실험을 시작하기 전에 '지문 초급'을 공부 했다면, 손가락이 반짝거리는 표면에 닿으면, 특히 우리의 엑스 트라 블랙 애크미 지문검출용 잉크를 어렵지 않게 늘일 수 있 는 따뜻한 주방에서는 육안으로는 보이지 않는 지문이 남고, 우리 애크미 지문검출용 파우더(정가 1통 4달러인데, 기간 한정 으로 1통에 3.5달러로 판매 중)로 검출할 수 있습니다. 우리는

'제이너스'의 육안으로는 볼 수 없는 지문을 검출했는데, 그 결과가 매우 흥미로워서, 우리의 가장 우수한 탐정이 즉시 서리로 갔습니다.

그는 맥레이 가와 주변 지역을 정탐했습니다. 제이너스를 쌍안경으로 관찰했습니다. 그러나 그녀가 당연히 당신에게 찍게 하지 않았던, 전부 갖춰진 지문을 간절히 입수하고 싶어서, 그 탐정은 서리인의 경영자에게 신분증명서를 보이고 허락을 얻은 다음에, 술 한 잔 값으로 두 잔을 준다는 광고지를 당신의 차 와이퍼에 끼워 두었습니다. 그곳이라면 당신도 놓치지 않을 것이고, 먹잇감에 달려들 테니까요.

당신은 서리인 바까지 제이너스를 태워 가고, 거기서는 우리의 가장 우수한 탐정이 웨이터를 했습니다. 우리의 비서가 말하길, 그 탐정에 대한 당신의 묘사는 무례하긴 해도 정확하고, 그 탐정이 여자가 마신 잔에 묻은 지문을 채취한 방법을 쓴 것도 그렇습니다.

두 사람이 서리인을 나간 10분 뒤에 그 지문 덕택에, 탐정은 제이너스가 웨스트체스터 군에서 강도사건으로 중요한 지명수배 중인 '만화 강도'와 동일인물이 틀림없다고 알았습니다. 그녀의 파란만장한 경력은 고향에서 말괄량이 처녀로 이름을 날리던 무렵부터 시작해 만화에 빠져든 모양새가 주목을 끌었습니다. 그 처녀는 여자 강도가 되었습니다.

크게 웃을 때 외에는 이 편지를 교정하는 우리의 비서는, 우리가 보냈지만 당신이 눈길조차 주지 않은 레슨 '여자강도와 그 수법'으로 당신이 재미있게 공부했을지도 모른다고 봅니다.

최근 만화 강도는 단독으로 일하게 되었습니다. 그녀는 지금도 매일 매주 만화를 봅니다. 그래서 그런 별명이 붙었지요.

하지만 여기 와서 가장 우수한 탐정은 문제에 직면했습니다. 그에게는 코네티컷에 있는 여자를 체포할 자격이 없기 때문이죠. 주 경찰의 원조를 청할 수도 있었지만, 아주 긴 절차가 필요하고, 그렇게 되면 다른 사람들—P. 모란도 포함된—이 보수의 분배에 참여하게 될 것이 확실합니다. 그는 P. 모란에게 뉴욕과 주 경계를 넘은 곳까지 제이너스를 데려오는 것으로 협력할 기회를 주었습니다. 그리고 금요일에 보낸 당신의 편지는 토요일 아침 전화로 그 탐정에게 읽어주었고, 그것을 들은 그는 재미있어하며, 당신이 보낸 1달러라는 불충분한 금액에 대해 잉크와 카드를 오후 배달에 맞게 우체국 사서함에 넣어두었습니다. 당신은 '추리 초급'(레슨 5를 참조할 것)과 소인을 살펴봄에 따라 80킬로미터나 떨어진 도시에서 주문한 물품은 적어도 2, 3일은 지나야 도착한다는 것을 추론할 수 있었을 겁니다. 또 '추리 중급'(레슨 9 참조)은 작은 마을의 신참은 우리가 들여보낸 남자라고 가르쳐 줬을 겁니다. 당신은 기회가 있었는데도 스스로 뭉개버린 겁니다.

제이너스 앞으로 온 커다란 편지가 당신의 손에 있는 걸 가장 우수한 탐정은 봤습니다. 탐정은 당신만큼 가까이서 살필 순 없었지만, 그 추리는 당신과 같습니다. 즉 제이너스가 편지나 전화로 주문한 번호판이란 것이죠. 단 탐정의 추리는 훨씬 앞까지 나가 있었습니다. '만화 강도'는 차를 훔칠 생각이었어요. 당신이 추리에 대해 조금—아주 조금이지만—아는 것과 지문에 흥미를 느낀다고 알았을 때, 제이너스는 서리를 나가기로 한 것입니다. 그리고 이미 알려지고, 즉시 통지가 돌 코네티컷의 번호를 달고 차를 달리는 위험은 무릅쓰고 싶지 않았습니다. 즉시 당신에게 총을 들이대지 않은 건 그 때문입니다. 그것과 아마 자기가 저지른 다른 범죄에서 훔친 차로 주 경계를 넘는다는, 연방정부에 대한 중대한 범죄를 추가하고 싶지 않아서였겠지요.

그래서 우리의 가장 우수한 탐정은 제이너스가 준비한 덫에 당신이 발을 들여놓기를 기다려, 그녀가 아직 차 안에 있을 동안에 덫을 걸었습니다. 그래서 그 탐정은 상금을—완벽히 통째로—손에 넣은 걸 확신하고, 당신이 쫓아와서 사태를 혼란시킬 것을 효과적인 방법으로 막은 겁니다.

화이트 플렌스 경찰서까지 가는 동안, 조용하고 아무 일도 없었습니다. 길을 가면서 제이너스가 딕 트레이시와 릴 애브너, 테리와 해적들, 슈퍼맨, 대그우드와 고아 애니의 이야기를 하고 그를 즐겁게 했습니다.

아직 할 말이 있습니까?(여기까지 4페이지 분량이나 구술했는데, 비서가 이 한 문장이 더욱 많은 걸 말한다며 찢었습니다).

별도의 봉투에 당신이 보내온 차 문의 손잡이를 보냅니다. 거기에 있던 지문은 우리의 가장 우수한 탐정의 지문입니다. 같은 꾸러미로 디스트리뷰터 헤드와 이그니션 와이어도 돌려줍니다. 두 가지 모두 충분히 사용할 수 있습니다.

우리는 제이너스가 당신 주머니에서 훔친 면허증도 동봉합니다. 또 제이너스가 가져간 당신의 지폐 다발과 같은 금액의 수표도 동봉합니다. 20달러짜리 한 장과 1달러짜리 42장이었습니다. 현금은 증거로 필요할지도 모르기 때문에 그냥 둡니다. 그것과 고무 밴드는 기념품으로 받아 두겠습니다.

우리는 여기서 차분한 마음으로 앉아 커다란 근육이 윗옷 밑에서 불끈불끈 움직이는 걸 느끼고, 바위 같은 턱을 내밀고, 눈 바로 위에서 뒤로 비스듬한 이마에 부는 바람을 즐기며, 해머 같다고 말한 두 손을 보고 있는데, 우리의 가장 우수한 탐정이란 물론 나, 주임경감입니다.

J. J. O'B

개성 넘치는 탐정의 포복절도한 모험담

이동윤

시대를 풍미한 명탐정들이 활약하는 모습에 자기 자신을 대입해 보는 것은 추리소설을 읽는 또 하나의 즐거움이기도 하다. 특히 고전 퍼즐 미스터리의 탐정들에게서 풍기는 독특한 매력은 그 누구와 견주어 봐도 빛이 바래지 않는다. 이들 탐정들은 그 탁월한 두뇌를 갖고 있기도 하지만, 무엇보다 일반적인 캐릭터와는 구분되는 강렬한 개성을 지니고 있다는 점에서 차별화된다. 사실 독자들이 탐정들에게 있어 가장 매력적이라 생각하는 것은 그들의 초인적인 추론 능력이 아닌, 외모나 말투, 행동 일부만으로도 확실하게 구분되는 독특한 캐릭터일 것이다.

모든 탐정의 원형이 되었다고 해도 좋을 셜록 홈즈의 모습은 어떠한가? 셜록 홈즈에 대한 패러디와 패스티시가 현재에도 끊임없이 생산되는 이유는 현재에도 유용한 홈즈의 가설추리 기법 때문이 아닌, 홈즈라는 캐릭터가 남긴 전통적인 탐정으로서의 확고한 개성 때문일 것이다. 현재 높은 인기를 구가하고 있는 미드 속에서 큰 인기를 끌고 있는 것은 각각의 작품 속의 수사 방식이라기보다는 그리섬 반장이라든지 탐정 몽크라든지 하는 개성 넘치는 캐릭터라는 사실 또한 같은 맥락에서 놓고 볼 수 있다. 어쩌면 추리소설이 낳은 최대 공로 중 하나는 이러한 전통적인 탐정 상을 구축해 냈다는 것일지도 모른다.

그리고 독자들만이 명탐정이 된 자신의 모습을 꿈꾸는 것은 아니다. 이 작품의 주인공 피트 모란은 코네티컷 주 서리 마을 지역 유지의 운전사로, 열성적으로 탐정 통신교육을 수강하며 명탐정이 된 자신의 모습을 그려 본다. 탐정으로서의 실제 능력이야 어떠하든, 피트 모란에 대해 탐정으로서의 자세가 부족하다고는 할 수 없을 것이다. 자신은 태생부터 명탐정이라 생각하고 무작정 사건에 뛰어드는 대신, 먼저 교육 과정을 수료하고 실습을 해본다는 점에서 피트 모란의 성실함을 짐작해 볼 수가 있다. 그러한 피트의 성실성은 본격적으로 탐정 업무에 뛰어들고 나서도 사건을 수임하기 전 꼬박꼬박 해당 분야에 대한 공부를 선행한다는 점에서도 잘 드러난다. 물론 이러한 태도가 피트 모란의 캐릭터와 결합하면 웃음부터 던져준다는 사실을 부인할 수는 없지만.

이처럼 피트 모란의 탐정으로서의 모습은 초인적인 명탐정들의 면모와는 사뭇 다르며, 이는 기존의 탐정들과는 구분되는 독특한 캐릭터를 형성한다. 범죄와 관련된 분야에 잡학다식한 지식을 갖고 있지도 않고 현학적인 지식을 뽐내며 상황에 맞는 경구를 읊어대는 것도 아니며 남달리 관찰력이나 통찰력이 뛰어난 것도 아니다. 오히려 그는 자신이 쓰는 편지마다 매번 맞춤법 오류를 지적당하며 종종 단어의 뜻을 혼동하기도 하는 등, 그리 높은 교육의 혜택을 받지 못한 평범한 시골 마을 사람인 것이다. 황금기의 명탐정들이 상류층에 속하는 사람이거나 고등교육을 충실하게 받은 상태라는 것을 감안하면, 한참 뒤처져서 출발하고 있는 피트 모란의 탐정으로의 길은 더욱 멀고 험하게 보이기도 한다.

지적 수준이 높지 않고 사건 정황을 파악하는 번뜩이는 통찰력도 기대하기 어렵다는 것도 탐정으로서는 흔치 않은 면모이지만, 피트 모란의 가장 강렬한 개성은 바로 그토록 성실하게 배운 지식을 실제로 적용할 때 필요한 상상력과 응용력을 겸비하지 못했다는 점에서 발생한다. 이로 인하여 그가 말려드는 사건은 그의 대처 방식과 실제 정황과의 괴리가 발생하면서 한편의 포복절도한 촌극이 되어버린다. 피트 모란이 자신 있게 내세우는 탐정학의 전통적인 방식은 그 자신에 의해 유쾌하게 뒤틀려 버린다. 그리하여 고전 추리소설의 작법에 익숙한 독자들은 피트 모란의 모험담에 깔깔대고 웃게 되는 것이다.

편지를 통한 1인칭 내레이션 서술 방식은 이러한 피트 모란 의 캐릭터를 대단히 능수능란하면서도 생생하게 구현한다. 탐 정과 떼어놓을 수 없는 단어인 '추리'의 철자조차 항상 틀린다 든지, 상대방의 말하는 의도를 제대로 잡아내지 못하고 동문서 답을 한다든지 하는 모습이 피트 모란 그 자신이 쓰는 편지 문 구에 의해 천연덕스럽게 드러나고 있다. 이러한 서술 방식은 작가 퍼시벌 와일드가 이전 작품인 《Inquest(1940)》에서 이미 시 도했던 바 있다. 그리고 다양한 내레이터에 의해 등장인물의 개성을 표출하는 서술 방식은 피트 모란의 세계에 와서 본격적 으로 그 효과를 뽐내고 있다. 번역자의 고충이 느껴질 정도로 개성적인 서술 속에서 주인공 피트 모란의 강렬한 캐릭터가 형 성될 수 있었던 것이다.

그리고 이 작품에는 또 한 명의 흥미로운 캐릭터가 등장한 다. 그는 피트 모란의 편지에 항상 수신자 부담 전보로 답장을 보내는 탐정학교의 주임경감이다. 이들의 관계는 공식적으로 선생과 학생이지만 이들이 서신으로 대화하는 대목을 보고 있 노라면 좀 특별한 형태의 버디 관계라는 생각이 들 정도로 알 콩달콩하는 모습이다. 매번 으스대고 서로를 비방하면서 본의 아니게 상대방을 골탕먹이게 되는데도 불구하고, 피트 모란은 끊임없이 주임경감에게 자신의 사건 진척 결과를 보고하고 주 임경감은 자신의 학생에게 끊임없이 참견하거나 때로는 도망친다. 책 전체에 걸쳐 끊임없이 으르렁대면서 이들의 관계가 역전되고 뒤집어지는 대목이야말로 유머의 핵심이기도 하다. 이쯤 되면 이들의 관계는 세상에서 가장 사이가 나쁜 동료 사이로 보아도 좋을 것이다.

재미있는 점은 이처럼 범죄자들이 이용하기 딱 좋을 정도로 어수룩한 모습을 보이는 우리의 피트 모란은 사건이 거듭할수록 나름 성장을 거듭한다는 점이다. 초반에는 소가 뒷걸음질치다 쥐를 잡은 것처럼 순전히 우연에 의해 사건을 해결할 뿐이다. 의도하지 않은 사고를 치기도 하고 그 사고로 인하여 자신도 모르는 사이에 사건이 해결되기도 한다. 하지만 후반부로 가면 피트 모란은 가끔은 전통적인 탐정 상에 어울리는 모습을 보여주기도 한다. 자신을 만만하게 보는 범죄자에게 이용당하는 것은 여전하고 '추리'의 철자를 틀리는 것은 절대로 못 고치지만, <호텔 탐정에서>의 중매쟁이 역할은 찰리 챈이 부럽지 않을 정도이니까.

그리고 이제는 '지문'의 철자를 제대로 쓸 수 있게 되는 피트 모란의 성장에 맞물려 그는 이제 '주변의 명탐정들'에게 손을 내밀 수 있게 된다. 이로 인하여 피트 모란뿐 아니라 작품 자체도 미묘한 변화를 겪게 된다. 책 후반부에 수록되어 있는 작품들은 앞의 작품들과는 달리 뚜렷한 추리소설의 사건 해결 과정을 거쳐 진행된다. <협박장>이나 <다이아몬드 헌터>에서 알 수 있듯, 초반부의 포복절도한 유머를 잃지 않으면서도 본격적인 추리소설로서의 구조를 갖추게 된다는 점은 이 단편집은 단순히 개별 단편을 모아놓은 것만이 아니라는 사실을 분명하게 드러낸다.

이러한 점은 이 책에 수록된 단편들은 나름대로 고전 추리소설의 장치들을 비틀고 깔깔대기는 하지만, 기본적으로는 고전 추리소설에 대한 애정을 밑바탕에 깔고 있다는 사실을 보여준다. 고전 추리소설의 클리셰들을 비웃는다기보다는 추리소설의 거장들이 만들어 놓은 세계를 놀이터 삼아 재미있게 놀고 있는 개구쟁이의 이미지가 더 먼저 떠오르는 것이다. <방화범>은 셜록 홈즈에 대한 오마주 격으로 보이기도 하며, <다이아몬드 헌터>에서는 엘러리 퀸, 존 딕슨 카, 코난 도일, 도로시 세이어즈, 애거서 크리스티의 작품들을 열거하면서 고전 추리소설에 대한 애정을 노골적으로 드러내고 있기도 하다.

동시대에 여러 작가들이 추리소설에 유머를 결합시키려고 노력했지만, 퍼시벌 와일드처럼 추리소설의 전통적인 장르 토양 위에 이토록 강렬한 유머를 꽃피운 결과물을 내놓은 작가는 흔치 않을 것이다. 이는 캐릭터의 힘이기도, 서술 방식의 힘이기도, 추리소설 장르 일반의 힘이기도 하다. 그 어느 쪽이든 추리소설 애독자로서는 상당히 반가운 단편집일 것이다.

탐정 피트 모란

2011년 7월 01일 초판 발행

지은이　퍼시벌 와일드
옮긴이　정태원
펴낸이　이경선
펴낸곳　해문출판사

등 록　1978년 1월 28일 제3-82호
주 소　서울시 서초구 서초동 1328-11 도씨에빛 2차 1420호
전 화　325-4721
팩 스　325-4725

값 12,000원

ISBN 978-89-382-0514-8

※ 잘못 만들어진 책은 구입하신 곳에서 바꾸어 드립니다.

국립중앙도서관 출판시도서목록(CIP)

탐정 피트 모란 / 퍼시벌 와일드 지음 ; 정태원 옮김.
-- 서울 : 해문출판사, 2011
p. ; cm

원저자명: Percival Wilde
영어 원작을 한국어로 번역
ISBN 978-89-382-0514-8 03840 : ₩12000

미국 현대 소설[美國現代小說]

843.5-KDC5
813.52-DDC21　　　　　　　　　CIP2011002270